浮世絵宗次日月抄

天華の剣

上

新刻改訂版

写真・文／編集部

浮世絵師宗次(徳川宗徳)系譜

徳川義直(慶長5年・1601〜慶安3年・1650)
- 徳川家康の九男
- 御三家筆頭、尾張藩初代藩主(61万9500石)
- 従二位権大納言
- 武術に長じ学問をよくし利発

淀殿(永禄10年・1567〜不詳)
- 豊臣秀吉の側室
- 尾張隠密集団の手で尾張へ
- 春姫誕生の後、自害
- 宗次の曽祖母

春姫(宗次の祖母)
- 豪商菱山録五郎に預けられる
- 咲姫誕生の後、自害

徳川家光(慶長9年・1604〜慶安4年・1651)
- 二代将軍徳川秀忠の次男
- 元和9年三代将軍となる
- 老中、若年寄体制の確立
- 参勤交代を制度化して大名の支配体制を確立
- 武家諸法度の改訂

咲姫(宗次の母)
- 尾張藩筆頭家老神坂家に預けられる
- 宗次(徳川宗徳)誕生の後、自害

徳川光友(寛永2年・1625〜元禄13年・1700)
- 尾張藩二代藩主
- 藩札の発行
- 治山・防火対策に熱意
- 寺社建立を奨励、書画をよくする
- 尾張柳生新陰流を極める
- 大剣客、柳生厳包と同年

浮世絵師宗次(徳川宗徳)(承応元年・1652〜)
- 稀代の大剣客で揚真流兵法の開祖である故・梁伊対馬守隆房に預けられ、文武をよくし「まさに修羅・菩薩両有の剣」と対馬守を唸らせた。

新刻改訂版

天華(てんげ)の剣(上)

浮世絵宗次日月抄

門田泰明

祥伝社文庫

目次

天華の剣（上）

一

「先生、大変だよう。死んじゃったよう」

朝五ツ（午前八時頃）、真向かいに住む腕のいい屋根葺職人久平の七歳になる上の娘花子が、金切り声をあげて土間に飛び込んできたので、徹夜で絵筆を執って鶯を描いていた宗次は「え？」と立ち上がった。

手にしたままの絵筆の先から一滴、緑色の絵具が垂れ落ち、宗次の足の甲で小さな花びらのように散った。

花子が表を指差して、また叫んだ。

「シロが冷たくなってるよう先生。早く見てやってよう。早く」

「なに、シロが。判った」

宗次は花子の幼い肩を抱くようにして土間から表へと飛び出した。

長屋口を一歩入った左手に、女房たち五、六人が集まって、うち二人が宗次に背中を向けてしゃがみ込み、何やらやっている。一生懸命な感じだ。

「どしたい」

と、宗次は女房(かみさん)たちの中へ割って入った。皆、家族同様な間柄だ。

「あ、宗次先生……」

「シロがとうとう駄目だよう」

しゃがみ込んでいた二人の女房(かみさん)が、目を真っ赤にさせた顔を殆(ほとん)ど同時に宗次へと向けた。

屋根葺職人久平の女房チヨと、棒手振(ぼてふ)りで干物(ひもの)を売り歩いている忠助(ちゅうすけ)の女房信(のぶ)の二人だった。

犬小屋の外へ一歩出たところに、誰が見てもひと目で年老いていると判る白い毛並の犬が、横たわっていた。眠っているような、穏やかな死顔だった。二人の女房(かみさん)チヨと信(のぶ)に体を拭(ふ)き清めて貰(もら)っていたのであろう、首と腰に手拭(てぬぐ)いが掛かっている。

宗次は念のためシロの体の要所要所に掌(てのひら)を当ててみたが、命の証(あかし)を僅(わず)かでも掌に捉(とら)えることはなかった。

「よく今日まで頑張って生きてくれた……いい子だ」

宗次が呟くように言って命絶えた犬の頭をそっと撫でてやると、後ろでチヨの娘花子が「わあっ」と泣き出した。

「花子、さ、こちらへ来てシロの頭を撫でてやりねえ。喜ぶぞ、シロが」

宗次は立ち上がって、花子の手を取りそっと引っ張った。長屋の誰よりもシロの面倒をよく見てきた花子である。受けた衝撃は相当大きいのだろう。

「花子がいつ迄もめそめそしていると、シロはなかなか成仏できないぞ。可哀そうじゃねえか」

宗次が少し口調を強めると、花子は漸くしゃっくりを堪え、尾を振ることがなくなったシロのそばに腰を下ろした。

ひと目で老犬と判るシロが何処からやって来たのか、長屋の者は誰も知らない。はじめ長屋口を出て直ぐの柳の木の下に、ぐったりとした感じでよく寝そべっていた。長屋の誰かがシロと名付けたのはその頃だ。

土の上に寝そべるのは体に悪い、とかで干物売りの女房信が筵を敷いてやると、「それじゃあ、ついでによう……」とばかり、久平が自分の手で簀子板を作ってその上に信の筵を敷いてやったものだ。

長屋の誰彼が飯の残り物などを与えるようにもなり、老犬シロはみるみる元気になって、朝早くに稼ぎに出かける長屋の男衆を、尾を振って見送るまでとなった。

長屋口を一歩入った左手に、大きめな屋根を被った犬小屋を造ってやったのも、手先の器用な久平である。犬小屋は高さ三、四寸の脚四本で確りと支えられており、屋根も大きいから雨が降ってもシロは快適に過ごせた筈だった。

「お花ちゃん、これでシロを包んでやんな。花ちゃんにして貰えばシロはきっと喜ぶから」

大工の女房波が綺麗に折り畳んだ白い古敷布を花子の後ろから肩ごしに「ね……」と差し出した。

「うん」

花子は頷いてそれを受け取った。

花子は三つ下の四歳になる妹吾子と一緒にシロをよく散歩に連れて行ってやったりした。その吾子は小さな体を母親チヨの陰に隠していたが、姉が古敷布でシロの体を包み出すと、おずおずとその横にしゃがんで手伝い始めた。

「安乗寺の境内の隅にでも埋葬させて貰おうかねい。和尚に頼んでみるよ」

宗次が立ち上がって誰に対してともなく呟くと、女房たちは一様に頷いてみせた。

宗次は古敷布で丁重に包まれたシロを胸に抱いて、長屋口を出た。

花子と吾子の姉妹が宗次に付き従った。

古すぎて寺歴はよく判っていないが、宗派が浄土宗となっている安乗寺は、八軒長屋から目と鼻の先にある。何代目とかになる老住職の楽安は長屋の仏壇持ちの家へ命日とかで読経に訪れるため、シロをよく知っている。年老いたシロも楽安にはよく懐いていた。花子と吾子がシロを連れて散歩に出かけるのも、安乗寺の境内であることが多い。さほど大きな建物がある寺ではなかったものの、境内は広く桜の巨木が幾本もあって、春にはそれはそれは見事に薄緑色の花を咲かせて近在の人人の目を楽しませてくれる。花びらがやさしい薄緑色であることが安乗寺の自慢であった。

近在の町の衆たちは「仏様の花」とか「仏様の木」とか呼んで、誰もその桜の木の本当の名前を知らない。もちろん由来も知らない。老住職の楽安さえもよく判っていないらしいのだから仕方がない。

宗次と花子と吾子の三人は、安乗寺の大層古いとひと目で判る小さな三門（さんもん）の前で佇（たたず）んだ。五段の石段を上がって三門を潜れば境内だ。

宗次が言った。

「この古い三門（さんもん）を潜るとな、シロはいよいよ仏様になるのだよ」

「先生、シロといつも一緒に潜ってきたこの門を何故（なぜ）、三門と言うの？」

七歳の花子が宗次に抱かれたシロを古敷布の上から撫でながら真剣な眼差（まなざ）しで訊（たず）ねた。四歳の吾子もそれを真似て幼すぎる手で幾度も撫でる。

「三門とはな、三解脱門（さんげだつもん）のことを言うのだ」

「さんげだつもん、て？」

花子は小首を傾（かし）げて宗次と目を合わせた。

「三門の三とはな、三つの毒、という意味を持っているのさ。人間が持っている三つの毒のことをな」

「毒？」

聞いてさすがに花子はびっくりしたのであろう大きく目を見開いた。「お寺」

と「毒」が結びつかないに相違ない。シロの骸を撫でていた手を思わず引っ込めてしまった。妹の吾子もそれを真似て引っ込めたが「毒」の意味が判っているのか、少しばかり怪しい年頃だ。

「人間にとっての三つの毒。こいつの意味は、花子もそろそろ覚えておいてもいいかな。先ず一つ目が**貪欲**だ。判るか花子、貪欲」

「うん。欲深いとか、欲張りとか……」

「それでいい。よく知ってるな、偉いぞ。次が**瞋恚**だ。こいつあ、ちょいと難しいだろ」

「難しい。判らないよ先生」

「怒りという意味だ。とくに自分の気に食わない者に対して下品なまでに激しく怒り狂うこと、を言っている。判るか？」

「判るよ、なんとなく」

「そして三つ目が**愚痴**……」

「あ、母ちゃんだ。父ちゃんもよく言ってるよ。ちくしょう、こう雨が続いたら屋根葺職人の俺は仕事にならねえじゃねえか雨野郎めが、とか何とか」

「ははは っ、ま、そんなところだい」

「母ちゃんは、あと一部屋ほしいって、いつも言ってるよ。夫婦だけで大声が立てられる部屋がほしいって……」

「う、うーん、それも確かに愚痴だなあ。ともかく今言った**貪欲**（とんよく）、**瞋恚**（しんに）、**愚痴**（ぐち）を人間にとっての三つの毒、つまり三毒（さんどく）って言うのさ。覚えておきな」

「愚痴はどうして人間にとっての毒なの先生。父ちゃんも母ちゃんも、しょっちゅう口にしているけど……」

「いいところに疑問を持ったなあ。疑問って、判るかえ」

「うん、判るよ先生」

「愚痴っていうのはな花子よ。『物事を冷静に判断できない』という意味を含み持っているんだい。『物事を正しく認識することができない』という意味に置き換えることもできるかな」

「なんだか先生、とってもよく判る」

「そうか、よく判るか」

この花子という七歳の子はひょっとして、と宗次が手応え（てごた）のようなものを感じたのは、実にこの時であった。

「次に解脱(げだつ)の意味だがな。これは色色な悩みとか苦しみの『毒』から解き放されて、迷いの中にある自分から脱(ぬ)け出せることを言っているのだ。つまり三つの毒……解脱……門。三門を潜れば悟(さと)りの世界へ行けるってえ訳だ」

「先生、凄(すご)くよく判ったよ。凄(すご)くよく判った、うん」

「そうか。判ったかえ。じゃあ行こうか。三門の向こうの世界へなあ」

宗次は花子と吾子を促して石段を上がり三門を潜った。吾子が甘えるように宗次の着物の袖口(そでぐち)を摑(つか)んだ。袖口を摑むのは吾子の癖になっている。仕事が休みの日の父親久平と出かける時の吾子はいつもにこにこと、その袖口に可愛(かわい)くしがみついている。

三人は「薄緑色」の花を咲かせる桜並木が庫裏(くり)の方へと続いている石畳の上を歩いた。ただ「仏様の花」は疾(と)うに咲き終えて、目に眩(まぶ)しい艶(つや)やかな葉に変わっている。青葉の季節はすでに遠くに去っていると言うのに瑞瑞(みずみず)しい葉色であった。

「あ、先生。和尚さんだ……」

宗次の前を歩いていた花子が、そう言うなり前方に見えている庫裏に向かって小駆けとなった。

なるほど庫裏から杖をついて現われた楽安が、三人に気付いて笑顔を拵えている。

宗次は楽安に向かって一礼をし、楽安が頷き返した。

楽安と向き合った花子が、顔をくしゃくしゃにして宗次を指差し何やら告げている。

楽安がちょっと驚いた様子を見せ、近付いてくる宗次の方へ自分の方からも間を詰め出した。

「和尚様、シロがとうとう大往生でござんす」

宗次は和尚への敬いを込めた調子で、穏やかに言った。

「そうじゃとなあ。一昨日長屋を訪ねたとき、なんだか妙に静かな澄んだ目をしておったので、これは近いかなという気がしておったのじゃが」

「あ、そうでございやしたか。う、うむ、凡人の私は気付きやせんでした」

「大往生じゃな。うん、大往生じゃ。何より何より。花子や吾子や長屋の皆に大事にされてシロも幸せであったろう」

「はい、そう思っておりやす。朝早くに稼ぎに出掛ける男衆が誰ひとりとして気付いちゃあおりやせんでしたから多分、いつも一番遅出の左官職人番蔵どんを長屋口外まで見送ってから、ひっそりと息絶えたんでござんしょうねえ」

宗次のその言葉で、花子がまた泣き声を張り上げた。

楽安が「よしよし。泣いてやれ泣いてやれ、ここは寺じゃ。大きな声で泣いてよいぞ」と花子の幼い肩を抱き寄せて目を細めた。

「シロの骸を敷布でくるんで持ってきたのでござんすが和尚様。ひとつ……」

「うんうん、判っておる。ついて来なさい」

楽安はそう言うと、しゃくり上げている花子の手を取って庫裏の脇の小さな玉石を敷き詰めた小道へと入っていった。その小道が庫裏の南側の墓地へと通じていることを、宗次は無論のこと承知している。

玉石をジャリジャリと踏み鳴らして、四人は墓地へと向かった。

墓地では珍念と徳念という小僧が二人、竹箒を使って掃除をしていた。随分と古い墓地だったがきちんと区画割りがなされており整然とした美しい造りである。清掃が行き届いているからであろう、苔生した墓は何処にも見当たらない。

「珍念と徳念もついてきなされ。手伝うて貰いたい事があるのでな」

楽安に言われ二人は揃って「はい」と、竹箒を傍の桜の木に立て掛けた。

　墓地の中をいくらも歩かぬ内に「埋葬は、ここいらでどうじゃ……」と、楽安が宗次に自分の足元を指差して見せた。

「此処の区画は和尚様、安乗寺歴代御住職の墓所に当たる区画ではございやせんか。お宜しいので？」

「だからよいのじゃ。シロはこの儂にもよう懐いてくれた。じゃからこの儂の区画でゆっくりと眠ってくれればええ」

「なんと、この区画は将来の和尚様の墓所と決まっているのでござんすか」

「うんうん。シロが先に入って待ってくれていると、儂も淋しくのうてよい」

「ありがとうございやす和尚様。長屋の者を代表いたしやして厚く感謝申し上げやす。長屋の皆も安堵いたしやしょう。のちほど、きちんと御報謝をお持ち致しやす」

「そんなものは、いらぬよ。気遣い無用じゃ」

「いいえ、そうは参りやせぬ。罰当たりな不敬は致しとうござんせんから」

「ならば好きにしなさい。珍念と徳念は直ぐに鍬を持ってきて此処を掘っておくれ」

終始やさしくにこにこと笑顔を崩さない楽安和尚であった。

二

翌日、日が西に大きく傾いた頃、八軒長屋にひと騒動が起こった。

「先生、宗次先生、花子と吾子の姿が見えないんだよう。知らないかい」

宗次が鶯の絵の仕上げをしていたところへ、チヨが血相を変えてやってきた。髪がかなり乱れているところから、既にあちらこちらを探し歩いたのであろうか。

「今日は朝に井戸端で出会ったきりだが、いつ頃から姿が見えねえんだい」

宗次は絵筆を置いて、膝の向きをチヨの方へくるりと変えた。

「昼御飯を母子(おやこ)三人一緒に食べたあと、私(あたし)ゃあ背中がぞくぞくするもんだから用心して、ちょっと横になってうとうとしていたのさ。そしたら……」

「どれくらい眠っていたんでえ」

「眠っちゃあいないよ。少しうとうとして……」

「どちらでもいいやな。どれくらい横になっていたんでい」

「一刻（二時間）ばかり……」

「で、目を醒(さ)ましたら二人とも家にいなかったんだな」

「二人とも元気に外遊びする子だけど、なんだかいつもより長過ぎるんだよう。近くを見て回って顔見知った誰彼に訊いてみたけど、皆『見かけてない……』と首を横に振るんだわ先生。どうしよう」

「安乗寺は行ってみたかえ」

「あ、気が回らなかった。迂闊(うかつ)だったよう先生」

チヨの顔が、くしゃくしゃになった。

「よし判った。なあに大丈夫(でえじょうぶ)でい。私(あっし)が安乗寺ほか幾つか見当をつけて、走り回ってみようかい。日が暮れるまでにはまだ充分に間(ま)がある。心配しねえで待っていな」

「うん。すまないねえ。お願いするよう」

「いいってことよ。任せておきない」

宗次はチヨの肩を軽く叩(たた)くと外に飛び出した。

井戸端には心配顔の女房(かみさん)たち四、五人が集まっていた。

「先生、私(あたし)たちも手伝うから……」

「今はまだいい。頼む時は言うからよ」

宗次は心配顔の女房(かみさん)たちの傍(かたわら)をゆったりと走り抜けて、表通りへと出た。花子や吾子の気性をよく知っているせいか、あまり深刻そうでない走り様(よう)だ。先ず昨日(きのう)シロを埋葬した目と鼻の先の安乗寺へ行く積もりだった。

西の空の方角で、うっすらとだが夕焼けが始まっている。が、町はまだまだ明るい。遅い午後と言っていい明るさだった。通りには人の往き来も多い。

宗次は間近にある八軒稲荷(いなり)の猫の額(ひたい)ほどの境内を東方向へと抜け、一間幅の子泣堀川(こなきほりかわ)に架かった小さな木橋を一足飛びに渡って安乗寺へ向け走った。

このところ江戸の昼間の治安は比較的落ち着いている。かって多発した明るいうちの凶悪な押し込み強盗はすっかりと言ってよい程に姿を消し、浪人や博徒の諍いも殆ど無い。ただ、日が落ちてからの物騒な噂は全く減っていない。其処此処の大店小店の商いは活況を呈し、消費は旺盛で、したがって飲食業や普請関係も大忙しで人手が足りない程とか言われていた。八軒長屋の職人たちや棒手振り商いの者たちの表情も明るい。このような世情だから町はとかく元気な話題の方が勝っている。

（年に似合わず、しっかり者の花子のことだ。万に一も心配なことはねえとは思いてえが……）

胸の内で呟いてしかし多少の不安と共に安乗寺の三門を潜って、宗次の足がぴたりと止まった。

その表情が（やっぱり……）という感じでみるみる緩んでいく。

石畳が敷き詰められた参道の向こうから、花子と吾子の二人が仲睦まじく肩を並べてこちらの方へとやってくる。

「ん？」

という顔つきになって、宗次の足がゆっくりと幼い姉妹に向かった。

　花子が胸に何かを抱いているではないか。それが、もぞもぞと蠢(うごめ)いているように見える。二人とも、そのもぞもぞとするモノに夢中の様子だ。

「子猫？……いや、子犬かえ？」

　呟いて首をひねった宗次は、そのもぞもぞと蠢いているものに夢中になって、足元が危なげな幼い姉妹に、

「これ、躓(つまず)くぞ」

　とやんわり声を掛けた。

　花子と吾子が、びっくりしたように宗次の方を見て、たちまち破顔した。

「あ、先生だよう」

　と、吾子の黄色い声。

「先生、変な子犬を見つけたんだ」

　吾子の言葉のあとを、花子が継(つな)いだ。

「変な子犬？……とにかく、二人共こっちへ御出(おいで)。足元に気い付けてな」

　宗次は二人に近付いていきつつ、手招いた。そして辺りに注意を払うことを

も忘れない。自然と身に付いた習慣だ。この刻限になると、さすがに寺の境内は人の姿が絶えて、ひっそりと静まり返っている。

花子と吾子が、小駆けに宗次の前へとやってきた。花子が「子犬」を落とすまいとして両手でしっかりと抱きしめている。確かに「子犬」だ。小さい。

「どれどれ……」

宗次が花子の手から「子犬」を抱き取った。その顔色が、すかさず変わった。

（こいつあ……狆じゃねえか。間違いねえ）

声にこそ出さなかったが、宗次は大きな驚きに見舞われていた。犬は犬でも狆はただの犬ではなかったからだ。

狆は西暦七百年代になって**遣唐使**が日本へ持ち帰り朝廷に貢上した「チイヌ」あるいは「チヌ」（いずれも小さい犬の意）を始祖として、日本人が日本人の手で**「日本の犬」**として改良作出した傑作犬種であって、体重は凡そ五百匁（約〇・五貫）から八百匁（約〇・八貫）の超小型犬である（体重約二～三・五キログラム）。

丸く小さな顔の奴斑、おでこで低いしゃくれ鼻、〈狆くしゃ顔〉と表現されている何とも愛嬌(あいきょう)が過ぎる表情、黒斑（または黄褐斑）まじりのふさふさとした長い直毛、左右に離れ過ぎている感の二つの円(つぶ)らな瞳。

その余りの愛くるしい姿に、「高位」にある者たちはたちまち「愛玩(あいがん)の虜(とりこ)」となった。

つまり宗次から見れば、狆は権力ある者に可愛がられる特別な犬であったのだ。

「可愛いでしょ先生。シロが子犬に生まれ変わったんだね」

「こいつあな花子よ、狆てえ犬なんだ。この大きさでよ、たぶん大人犬(おとないぬ)だぜ」

「ちん？」

「そう、狆だ。字はあとで書いて教えてやるが、この犬、どの辺りで見つけたんだえ」

「お墓に座ってたのを、吾子が見つけたんだよ」

「お墓に？……そのお墓へ連れていってくんねえか」

「いいよ。こっち……」

花子と吾子がつないだ手を大きく振って宗次の前を歩き出した。天真爛漫(てんしんらんまん)で実に元気だ。

（厄介な事の前触れでなきゃあいいが……）

そう思いつつ宗次は、狆の小さな頭を撫でてやりながら、幼い姉妹のあとに続いた。

三人は白木の柱が立てられているシロの埋葬地の前を通り過ぎて、尚のこと奥へと進んだ。ただ、シロの墓標の前では、吾子が駆け出すようにして、柱を何度も何度も小さな掌で撫でた。

花子はと言えば、余程のこと狆に関心を強く抱いているのか、吾子と吾子を見守る宗次を残して、歴代住職の墓所の前を奥へと足を速めていく。

花子の歩みには全くたじろぎが無い。この墓地が姉妹の常からの遊び場になっているからであろう。姉妹でシロをよく散歩に連れて来てもいる。

墓石のまわりでは境内の西の端にある池で生まれた子亀がいっぱい戯れていた。豊かに花と甘い実を生らす桜の木がところ狭しと植わっているから昆虫も多い。それらが姉妹をも引きつけているのであろう。

右手で狆を抱いた宗次は左手で吾子の手を引き、花子のあとに従った。

「此処だよ先生」

花子が立ち止まって指差した其処には、大きな——というよりは巨大な——墓石が並んでいた。

その数四基。いずれも真新しい墓石ではなく、かといって然程に古くもなく、しかしよく見るとなかにはうっすらと苔生したものもある。

これらの墓石の存在については無論知らぬ筈がない宗次であった。

此処だよ、と花子が指差した墓石は左から数えて二番目。

ひときわ巨大な墓石だった。ただ、どの墓石にも鮮明に彫り込まれてある文字は戒名では決してなかった。

「おい花子よ。吾子がこの狆を見つけた時の犬の様子は、どうだったい?」

「このお墓を番するみたいにね、きちんと座ってたよ。ね、吾子」

「うん、座ってた」

と、宗次の左手を握って放さない吾子が、即座にこっくりと相槌を打って宗次を見上げた。

「で、近寄ると、吠えたかえ」

「吠えなかった。尻尾を振って喜んでね、抱っこして、と言うみたいに立ち上がった」

「そうか……よし、もう帰ろう。母さんが心配して待ってるからな」

「ねえ先生。この狆が座ってたこの巨きなお墓は一体誰のお墓なの？」

「それを説明し始めると少し難しくなるのでな。またゆっくりと別の日にでも教えてやらあな。今日はともかく早く長屋へ帰ろうや」

「はい」

三人と一匹は、巨大な四基の墓石に背を向けて歩き出した。

「先生、花子に抱かせて」

花子が目を細めて両手を差し出したので、宗次は笑顔で頷き狆を幼い手に預けた。

「足元に気い付けて歩きな。落とすんじゃあねえぞ」

「大丈夫だよ先生」

シロの墓標の前まで戻ってくると、吾子は宗次の手から離れて、またしてもその白木の柱を愛おしむかのようにして何度も何度も撫でた。シロの命の終わりを、吾子は幼い胸でしっかりと受け止めているのだろう。

「吾子、姉ちゃんの分もたくさん撫でといてねえ」

「うん、撫でてるよ」

狆の頭を半ば夢中でさすりながらひとり離れてゆく花子の背に、宗次は「ほら、その先、階段だぞ花子」と声を掛けてやった。

「判ってるよ」と花子の返事が前を向いたまま返ってくる。

吾子が宗次のそばに戻ってきて、また手をつないだ。二人は目を合わせて笑いながら、つないだ手を振って歩き出した。

「どうだ吾子。充分に柱を撫でてやったかい」

「姉ちゃんの分と、吾子の分と、先生の分と、いっぱい撫でたよ」

「満足したかえ」

「満足した。吾子はシロが大好きだから」

「シロは、きっと喜んでいるなあ」

「明日(あした)も来ていい？」

「ひとりじゃあ駄目だ。母さんか、この宗次先生にひとと声かけてくんな」

「うん。母ちゃんと先生にひと声かけるよ」

かわいく応える吾子のために、宗次はつないでいる手を「よいしょ、よいしょ」と大きく振ってやった。

吾子が「きゃっ、きゃっ……」と声を立てて笑う。

けれども宗次の気分は巨大な四基の墓石の方へと引き返していた。重い気分となって。

さきほど花子が「此処だよ」と指差した墓。

それは今は亡き従二位権大納言徳川**忠長**（慶長十一年・一六〇六～寛永十年・一六三三）の墓であった。父は、二代将軍徳川**秀忠**。母は、絶世の美女と伝えられてきた織田信長の妹、お市の方の三女、お江である。

忠長が従二位権大納言に叙任されたのは、駿河国駿府藩の藩主であった寛永三年（一六二六）八月のことで、この叙任によって**忠長**は**駿河大納言**の名で世に知られていくようになる。

しかしながら駿河大納言の歴史上の終焉の地は上州高崎であって、しかも寛永十年十二月六日の寒い日に**自刃**して果て、高崎の地の浄土宗**大信寺**（現、群馬県高崎市通町（とおりまち））に埋葬されている筈であった。

駿河大納言にまつわるこの事実は既に、今世の江戸の人人の間には知れわたっている。隠しようのない事実として。

ではなぜ、駿河大納言ほどの人物が、その官位が表している駿河の地よりも遥かに遠く離れた上州高崎で自刃して果てたのか？

高崎の浄土宗大信寺に確かに埋葬されている駿河大納言の墓が、なぜ江戸は八軒長屋より程近い浄土宗安乗寺にもあるのか。

そこには幼い花子に話して聞かせても理解し難い、徳川将軍家の深い闇があるのだった。だから宗次は花子の問いかけからやんわりと逃げたのである。

「またゆっくりと別の日にでも教えてやらあな……」と。

七歳の花子が知るには、余りにも深すぎる闇なのだ。

墓地を出た三人は、肩を並べて庫裏の板壁に沿うかたちで桜の巨木並木の下を三門へと向かった。

このとき、突如として「その事態」が生じた。

三門の石段を駆け上がるようにして、数名の侍が忽然（こつぜん）と現われたのだ。

浪人ではない。いずれも身形正しく、いずこかの大藩の藩士か、大身旗本家の家臣と見てもおかしくはなかった。

宗次は素早く、花子と吾子の小さな肩を抱くようにして、桜の巨木の陰に潜んだ。

「黙って……」

宗次が唇の前に人差し指を立てると、花子も吾子も真剣な目つきで頷いた。宗次の様子に、「大変な事」を幼いなりに感じたのであろうか。

「何としても探し出せっ」

侍の一人が甲高い声を張り上げた。大声を出すな、と叱る別の声。

「見つからぬと、お家の一大事ぞ。われらの首も飛ぶ」

抑えたやや冷静な声に「おうっ」と二、三人の声が矢張り低めな声で応じた。

侍たちが庫裏の反対側——東側——へと走り込んでいく。実はそこからが墓地への本道（参道）であって、綺麗に石畳が敷かれているのだった。

「今のうちだ、急ごう。慌てなくともいいからよ」

言うなり宗次は、吾子を抱きあげた。

「花子、狆を落とさねえように気い付けて、先生の前を走んねえ」

「うん」

三人は、いや、二人は小さな玉石が敷き詰められている桜の巨木の下を走り出した。ジャリジャリと玉石がうるさく二人の足の裏で鳴ったが、その音を気にしている場合ではない。三門を出て石段を駆け下りたところで、花子がちょっとよろめいた。

「大丈夫か花子」

「うん、大丈夫」

気丈な花子の返事だった。たとえ躓いて膝小僧を打ちつけても、抱いている狆は手放すものか、といった意気込みの顔つきだ。

宗次は背後に注意を払いながら花子に前を走らせて従った。

宗次は感じ取っていた。侍たちの様子に、異様な殺気の漂いがあったことを。

三

殺気立った侍どもが出現したが、何事もなく無事に花子と吾子をチヨのもとへ届けた宗次は、道道思案して決めた通り、狆をチヨの手に預けた。嫌な顔をするどころか二つ返事ならぬ一つ返事で引き受けたチヨに対し、宗次は勿論のこと、徒ならぬ侍たちが出現したことを打ち明けた。

だが案外に平然たるチヨであった。

「何かあったら、この宗次が深夜であろうと早朝であろうと大声をあげて外へ飛び出すから、心配はいらねえ」

念のために、そう告げてやることで、チヨに安心を植え付けた宗次であった。

侍どもに後をつけられていないという確信はあった。

わが家に入った宗次は、チヨ宅の表口が見えるようにと、念のためわが家の表障子を開けっ放しとした。表障子を閉めたところで、どうせ突っ支い棒ていどのことしかしない毎夜である。それにこの貧乏長屋は、泥棒に入られた事など一度もない。

日が暮れ出すと、宗次は絵仕事で使う大きな燭台を一対（二台）点した。と、チヨが、外に出てきた。宗次と目が合うとニッと笑顔であった。夕飯が載った古い盆を両手にして、母親か姉の態で宗次の家へと入ってくる。

「ご飯と、玉子を落とした葱と大根の味噌汁と、鰯の干物。今夜はこれで我慢をしておくれ」

「大変なご馳走だあな。いつも申し訳ねえ」

「早く嫁を貰うんだね。私のように胸の大きな女を」

「私はチヨ母さん一人でいいやな。それ以外の女には関心が無えし目にも入らねえ」

「またあ……純真な私を本気にさせるんじゃないよ、この不良があ」

チヨは盆を上がり框に置いて宗次を軽く睨みつけてから、くるりと体の向きを変えた。

「あ、チヨさん、表障子は閉めないでおくんない」

「あいよ」

宗次は豊かな尻を掻き掻き我が家へと戻っていくチヨの背に、「ありがとう。おっ母さん」と呟いて合掌し頭を下げた。真顔であった。

大きめな椀にたっぷりの味噌汁には、なんと安くはない玉子が二つも落とされていた。

「うめえ」

空腹を覚えていた宗次は、外への注意を怠らぬようにしながら、米に粟が混じった飯をかき込んだ。

夕飯が終わる頃、花子が湯飲み茶碗を手にして上機嫌でやってきた。嬉しくて楽しくてたまらない、という表情だ。

「先生はい、本当のお茶……ちょっと熱いよ」

「本当のお茶とはまた、ありがてえ。やっぱり、いい香りだな」

「父ちゃんがこの前、鎌倉の玄長寺さんの屋根葺を十日かけて終えたとき、住職さんから御礼に貰ったんだって」

「あ、鎌倉の玄長寺って言やあ、広い境内で茶を栽培していることで有名だったな」

「うん」

「久平父さんは、現在は？……」

「小田原の青雲寺さんだよ。あと五日くらいかかるって、母ちゃんが言ってた」

「小田原かあ、遠いなあ。久平父さんは滅法腕のいい職人で知られているから、あちらこちらから声が掛かって、花子ん家は幸せだよなあ」

「でも母ちゃん、いつもお金が無い、お金が無いって言ってるよ」

「なあに、花子や吾子がお嫁に行くときに備えて、母さんはきちんきちんと考えてくれていらあな。心配はねえよ。花子と吾子の母さんは、本当にしっかり者だい」

「うん。父ちゃんも、そう言ってたことがあったよ」

「だろうねい。ところで花子よ。狆公の機嫌はどうだえ」

「凄く母ちゃんに懐いてる……と、言うか凄く甘えてるよ。あのペチャ顔で」

花子はそう言うと肩を窄め目を細めて、心底から楽しそうに「うふふっ」と笑った。

「シロの生まれかわりかも知れねえから、大事に大事に可愛がってやんな。寺の境内を妙な侍が走り回っていやがったからよ、当分の間は家の中で飼ってやりねえ」

「そうするよ先生」

「油断すんじゃあねえぞ」

「油断しない」

頷いたが、まだ笑顔の花子だった。

「久平父さんが泊まり仕事だからよ。狆を連れて散歩に出るときは、子供だけで出掛けちゃならねえ。この宗次先生と必ず一緒に出かけることだい。判ったかえ」

「判った。約束する。母ちゃんも、そう言ってたから」

「それからな花子よ……」

宗次は熱い茶をひと口ふた口すすって「うまい」と呟いたあと、傍の絵机に向き直った。

そして絵筆に朱色の絵具をつけると、半紙にさらさらと滑らせた。花子が真剣な顔つきで覗き込む。

書いた文字は、はじめに「ちん」、次に「チン」、最後に「狆」であった。

宗次は簡単な説明を加えて、その半紙を花子に手渡した。

「ところで花子よ。字が自由に書けたり読めたりと、勉強したかあねえかい」

「したいけど、私ん家は貧乏だから」

「子供は金のことなんぞ口にするもんじゃあねえ。久平父さんは確りと稼いでいるんだい。大事なのは花子に一生懸命に勉強する意欲があるかどうかってえことだ」

「ある。勉強したい。字を自由自在に書いたり、色色な本を読めるようになってみたい」

「ようし。なら宗次先生に全て任せておきねえ。いい学びの場所を見つけてやっからよ」

「寺子屋？」

「いや、ちゃんとした『塾』ってえのがいいねい。読み書きだけでなく、礼儀作法とかお茶、茶道って言うのもね、花子は女の子だから身に付けておいた方がいい」

「でも、『塾』だと月謝が高いという噂だし……」

「心配すんねえ。花子にはこの宗次先生がついているんでえ。体の中に花子と同じ血は流れちゃあいねえが、頼もしい兄（あん）ちゃんだと思って甘えてりゃあいいのさ」

「甘えてりゃあいいって、どういうこと？」

「本当の兄（あん）ちゃんだと思いねえ、ってえことさ。確かに江戸の『塾』の月謝は高（たけ）え。だがよ、月謝のことなんぞ、子供は考えなくていい」

「その話、母ちゃんに言ってもいい？」

「いいともよ。宗次先生が強い口調で言ってた、とな」

頷いて花子は飛び出していった。花子の利発さにかなり前から気付いていた宗次であった。早い内から学ぶ習慣を身に付けさせることで、自分で自分を積極的に成長させていけそうな子である、という気がしていた。

花子から打ち明けられたのであろう、チヨが直ぐに家から飛び出してきた。なんだか地震の大揺れに遭って飛び出してきたかのように血相が変わっていた。眦が吊り上がっている。

「先生。花に『塾』へ行けだなんて、あんまりな……」

本気で怒っているチヨの顔つきだった。無理もない、江戸の『塾』の月謝の高さは誰もが知っているのだ。

「ま、上がんねえ、チヨさん」

絵机の前に座っている宗次に促され、「手、出しちゃあ嫌だよ」と小声を漏らしながらチヨが禿びり下駄を脱いだ。こんなときでも冗談を忘れないチヨに、宗次がチラリと苦笑しながら「もっと机のそばへ……」と更に促す。

もともと宗次を男として怖がっている筈などないチヨであったから、絵机まで躙り寄って、胡座を組んでいる宗次の膝頭に、正座をする自分の膝頭を当たり前のようにくっつけた。

「先生、花に妙なことを吹き込まないでおくれよ」

「妙なこと?……『塾』で勉強してみな、って勧めたことが妙なことになるのかえ」

「私（あたし）ん家（ち）は職人の亭主の稼ぎでなんとか食べていけてるんだよ。『塾』っていやあ、旗本家とか大店（おおだな）の子弟が通っている所じゃあないのさ。月謝が一両も二両もするって話を聞いたことがあるよ」

「いや。教え上手なよい先生がいる『塾』だと一両や二両じゃあ済まねえだろう」

「だったら私（あたし）ん家（ち）なんぞ手も足も出ないよう……」

「それでも行かせてやりねえチヨさん。私（あっし）が全ての責任を負う。全てのよう」

「宗次先生、あんた……」

「花子は……あの子はきっと才能を開花させる。私（あっし）たち大人が気付いていねえような、とんでもなく立派な才能ってのをよう」

「……」

「四、五日前（めえ）だったか、私（あっし）が下描きで半紙に小鳥の頭の部分を描いていた時だったい。それを此処に上がり込んで興味深そうに熟（じ）っと眺めていた花子がいきなり『鶯だ、そうでしょ』と言ったんでえ。誰が見たって鶯だとは判らねえ段階の小鳥の頭の下絵を見てよう」

「で、先生。その小鳥は、鶯だったの?」

「そうさな。私は驚いたねえ。どうして判ったんだえ、と訊いたら、下絵が『私は鶯よ』と喋ったってえんだ」

「ま、薄気味の悪い……」

「そういう捉え方はよくねえやな。生まれながらにして花子は並の者より数倍も鋭い感性ってえのを持ち合わせているんだろうよ。あの子はきっと、既に自分に訪れる未来ってえのを確かな手応えでもって見つめているぜい。きっとよ……」

「こ、怖くなってくるよう先生。幽霊じゃああるまいし、そういう言い方をされるとさあ。母親として体が震えるよう」

「学ぶ機会、学ぶ場所の選択、そいつを親として肚太く黙って認めてやるこった。親のそういった度量の大きさが本人にとっちゃあ何よりの励みになるからよ。あとの細細としたことは私に任せな。久平さんやチヨさんは何も心配しなくっていいやな」

「先生ほどの人がそこまで言ってくれるんなら、久平も反対はしないと思うけど……」

「久平さんは腕のよい優れた職人だあな。腕のよい職人ってえのは、頭の構造が並の者よりも遥かに鋭く出来ているんでい。わが子が学ぶについて、久平さんは決して反対なんかしやしねえよ」

「判ったよ宗次先生。でも学問をする花子が親の手が届かないほど立派な人間になっちまったら、私(あたし)や久平から離れていってしまうんじゃないのかねえ」

「だから学問をするだけじゃあ駄目なんでい。人間の『あるべき姿、形』についてもしっかりと教えてくれる『塾』を探すことが大事になってくるのさ。そうじゃあねえかい」

「うん、そう思う……本当に、そう思うよ先生。頭だけがいい子になるのは親として嫌だよ」

「だから任せておきねえって。道から外れるような学び方は花子にはさせねえからよ。頭の良さばっかりがでっかくなって、人間の良さが育たなきゃあ、こいつあ平衡(へいこう)感覚を失った妖怪だあな。花子は、あの子はそんな妖怪人間になんそはさせねえよチヨさん」

「本当にそうであってほしいよう。でさあ、一つだけ、親として譲れない点があるんだけど……」

「言ってみな。なんでえ」

「花子はまだ七歳だから、この家から通いで学ばせたいねえ。『塾』へ泊まり込んで学ばせるなんてえのは、母親としては耐えられないよう先生。あの子がいない家庭なんて、久平もきっと耐えられないと思う」

「承知した。この八軒長屋から通わせよう。うん、それがいい。私(あっし)も花子の顔を毎日見ねえことには淋(さみ)しいからよ」

「わあ、よかった……安心した」

声を微(かす)かにだが震わせるチヨの目は、潤み出しさえしていた。チヨにとっては、まさに寝耳に水の、だしぬけな花子の「塾」問題であった。

四

「子供たちだけで狆を連れての散歩は絶対に行かせねえように」

宗次がチヨにそう言い含めて翌朝、八軒長屋を後にしたのは、男衆が稼ぎに出かける六ツ半頃（午前七時頃）だった。

「いつもは朝早くない先生が、今日に限って一体どうしたんだい」

昨夕の「塾」問題があってか、朝飯を調（ととの）えるチヨが不安そうに訊ねたが、

「絵仕事でちょいとばかし遠くまでな」とチヨの肩を軽く叩いて長屋口を出た宗次であった。いつもの身軽な着流しの身形だったこともあって、チヨの不安は長屋口まで見送る程ではなかった。

宗次の足は、浅草（あさくさ）へと向かった。勝手知ったる大江戸八百八町だ。人の往き来すくない裏道を選び、犬猫が欠伸（あくび）をして寝転んでいる路地を通り抜け、大外（おおそと）濠川（ぼりがわ）（神田川（かんだがわ））に架かったまだ完成していない木橋の作業桁（足場）を羚羊（かもしか）のように渡った。その際に宗次と職人たちとの間で交わされる会話は軽妙なものだっ

た。

「よう六さん、すまねえが、ちょいと渡らせてくんねえ」

「おっ、宗次先生じゃあねえかい。この刻限に此処の足場を渡るってえのは、朝の吉原へでも直行けえ」

「冗談言うねえ。病気見舞だよう、病気の年寄りのよう」

「おっと、すまねえ。失礼を言っちまったい。足もと、気い付けて渡りなせえ」

「ありがとよ、六さん」

「あいよ、先生」

今やこの大江戸の職人たちの間で浮世絵師宗次の顔を知らぬ者はいない。大棟梁（棟梁の中で秀でた者。棟梁組合の支配人）の町屋敷、豪商邸の大広間、大寺院庫裏の大襖、などに「働いて明日」と題して職人たちの働く姿を、次次と描き上げているからだった。いわゆる連作画だ。

しかも、どれも浮世絵の大作であり、その評判の高さから、大名家江戸屋敷からの依頼も絶えない。

大外濠川を渡った宗次の足は、たちまちにして浅草へと入った。

目指すは、天王町の三味線堀川に面して建つ刀商百貨の老舗「対馬屋」である。とくに小太刀、脇差、合口などの鍛造と商いで名高いこの老舗刀商の創業者である初代柿坂作造は、静かなる大往生、まさしく静かなる大往生を遂げて、既にこの世にはない。厳父梁伊対馬守を亡くしてからの宗次が、何かにつけて「爺、爺……」と心の頼りにしてきた初代柿坂作造であった。その名は名刀匠として関八州の向こうにまで今もなお轟きわたっている。

「対馬屋」が四半町ほど先に見えはじめ、速足だった宗次の歩みが漸くのこと緩んでゆったりとなった。間口が狭く、そのかわり奥行が反対側の通りにまで達している高屋根・二階建の立派な町屋敷である。

立派な町屋敷であることが老舗「対馬屋」の看板であった。したがって目立った店看板をあげている訳でも暖簾を下げている訳でもない。つまり外から眺めただけでは刀商百貨の老舗とは判り難い（祥伝社文庫『夢剣　霞ざくら』）。

「あっ……」

「若様だ……」

店の前の通りを竹箒で掃き清めていた十二、三歳ぐらいの小僧二人がその場に箒を投げ出し、小慌て気味に店の中へ駆け込んだ。宗次が思わず苦笑をする。

店の中から小僧二人を従えるようにして笑顔で現われたのは六十半ばくらいの白髪が見事な老爺だった。かつての「対馬屋」の大番頭であり、また名研ぎ師としても、江戸市中の刀職人たちから敬われている旧名**進吉、現在の二代目**柿坂作造だ。

宗次にとっては**二代目の〝爺〟**である。

ゆったりとした宗次の歩みを待ち切れないと思ってか、作造の方から急ぎ足で宗次に近付いてきた。

「お久し振りでございまするな若様。お元気な御様子、安心致しました。いつお見えになるか、とお待ち致しておりましたぞ」

目を細め、物静かに話す二代目柿坂作造の所作、雰囲気などは初代作造に生き写しだった。宗次は心の底から、そう感じている。

「爺も元気そうだな。職人たちも皆、変わりはないか」

いつものべらんめえ調が消えている宗次の口調だった。

「はい。御蔭様でどの職人たちも元気に頑張ってございます。して、いつ京(みやこ)よりお戻りになられましたので？」

「ま、それについては茶でも飲ませて貰いながら、ゆるりと話そう」

「左様でございまするな。これ、文吉(ぶんきち)に八平(はちへい)や。お種(たね)に若様がお見えになられたと伝えてきなされ」

作造が後ろから付き従ってきた小僧二人に命じると、二人は「はい」と笑顔で応じ、撥条(ばね)仕掛けの人形のように戻っていった。種(たね)とは「対馬屋」の奥向きを差配し、七人いる女中を束ねている女中頭(がしら)だった。

「文吉も八平も元気で、いい子だのう」

「はい。文吉は研ぎ師に不可欠な鋭く冷厳な感性がぼちぼち芽吹き始めてございます」

「ほほう、それは素晴らしい。文吉がこの『対馬屋』の門を潜ったのは確か

「……」

「七歳の時でございました」

「八平の方はどうじゃ」

「あの子も研ぎに関心が強いようでありますが、文吉よりも二年遅れで『対馬屋』の門を潜ったこともあって、その差は歴然としてございます」

「ふむう……」

「今思い出しますと、私（わたくし）が研ぎに強い関心を持ち出したのも、矢張り七歳の頃でございました」

「七歳の頃というのは、学びを開始するという意味において、人間の肉体上もっとも適正であるのかのう」

「一つの技を学ぼうとする出発点としては、最も適正であろうと経験的にも私（わたくし）は考えていまするが……しかし、まあ、人間の優劣の部分、長短の部分などには個人差が色色とございますから」

「遅咲き、という言葉もあるしのう」

「その通りでございます。ある時点におきまして遅咲きな八平が文吉を追い抜くかも知れませぬから……けれども未知なる世界に踏み込んで学びを開始するという点では、七歳の頃は誠に適正ではないかと考えますなあ」

二代目爺の言葉に深深と頷いて、ふっと花子の顔を脳裏に思い浮かべた宗次であった。

「朝が早い職人たちは既に仕事を始めているのであろう。邪魔をしてはいかぬゆえ、横手口から入ろうではないか爺」

「畏まりました。ただ後ほど、職人たちへも若様のお元気なお顔を見せてやって下され。皆も若様のことは常に気にかけておりますゆえ」

「そうだな、うん。判った」

「では、参りましょうか」

宗次は作造に促されて、隣家の銭屋久左衛門邸との間を仕切るかたちになっている路地へと入っていった。

「対馬屋」の横手口というのは路地の奥まった右手にあって、地味で小造りな冠木門を備えている。この横手口が「対馬屋」の職人や奉公人たちの日常生活上の出入口であった。

表通りに面した商い口は、あくまで訪れた客のためのものだ。

横手口冠木門の前に立った宗次は、「対馬屋」とは切っても切れない間柄にあると判明した京の刀商「浪花屋」の勝手口と、(なんとなく似ているなあ……)と感じた。

先に立った作造に従って、宗次は「自分の部屋」に通された。かつて初代作造が居間兼思索の場として使っていた座敷が、二代目作造の揺るがぬ強い意思によって、「宗次の部屋」となっていた。いつ何時、宗次の訪れる事があっても寛ぐことが出来るように、という二代目作造の配慮であった。

「まあまあ若様、ようこそいらして下さいました。お待ちしていたのでございますよ」

宗次が「自分の部屋」で座卓を挟んで作造と向き合って座るや否や、待ち構えていたかのように種が顔中に笑いを広げて現われた。手にしていた盆をひとまず音立てぬよう座卓の上に載せるや、するりとひと膝ばかりを退がって丁寧に頭を下げることを忘れない。四十半ばを過ぎた色の浅黒いしっかりした気性の女で、職人たちの信頼も大層厚い。

「いつ京からお戻りになられたのでございますか若様」

そう言いながら宗次と作造の前に置いた湯呑みに、香り高い茶を注ぐ種であった。

宗次はこの「対馬屋」では、その生い立ちの全てを知られ温かく理解されている。だから「若様」であった。その表現は嫌だ、止せ、と言っても職人奉公人の誰ひとりとして承知しないから、もう随分と前から此処では仕方なく「若様」になりきっている。諦めて……。

「京への旅については、また日を改めてゆっくりと話をさせて貰うとしようお種さん。すまぬが今日はな、これから出掛けたい所があるゆえ、身形をきちんと調えたいのだ。武士らしくな」

武士らしく、と聞いて作造と種は顔を見合わせた。二人とも思わず硬い表情に変わっていた。だが出過ぎたことを言ったり訊いたり仕掛けた気持を強く抑えた。なにしろ天才的浮世絵師と評されている宗次の背には、武士としての「重い影」が貼り付いていると知っているからだ。それも大身旗本どころではない「重い影」がである。政治の情況次第では、幕府将軍の座が回ってこないとも限らない「重い影」なのだ。

作造が言った。物静かな口調であった。

「お種さん。じゃあ急いで別間に調えておくれ。先代が若様のために誂えなされた小袖、羽織、半袴、が衣裳部屋にあるのでな」

「羽織は家紋無しの濃い茶色、半袴は濃紺の地に細い茶線が縦に走ったものであったと覚えておりますが、それでお宜しいですね」

「うん、まさしくそれじゃ。大小刀は研ぎ師頭の喜兵に言うて、美濃伝『**和泉守兼定**』を揃えて貰いなされ」

「承知致しましてございます。では若様、また後ほどに……」

作造の指示に頷き、宗次へ頭を下げることを忘れずに、種は小急ぎに退がっていった。作造が、改まった表情を宗次へ向けた。

「若様、実は……」

「ん？」

「先代が若様の万一に備え真心を込めて誂えなされた羽織には、確かに表向きの家紋は入ってはおりませぬ。なれど場合によっては、あるいは場所によっては素羽織で出向かれることで予期せぬ危険を招くこともございまする」

「その時は、その時よ爺。が、今、爺は表向きの家紋、とか申したな……」

「はい。まあ聞いて下され若様。先代はそのような突発的な事態に対処するため、実は羽織の胸襟の内側（裏側）に、銀糸で葵の御紋を刺繍なされておられます」

「なんと内襟に葵の御紋をのう。先代らしいやさしい気遣いじゃ」

宗次は苦笑はしたが「それは着ない……」などとは言わなかった。それどころか先代のやさしい温もりを大事にしたいという気持の方が強かった。

「襟内に葵の御紋が銀糸で刺繍されたる羽織、着て下さいまするな若様」

「うむ。着させて貰うぞ。先代爺の遺品とも言えるものだからのう」

「有り難うございまする。先代も今の若様のお言葉を天上でお聞きなされて喜んでおられましょう。それから若様……」

「なんじゃ」

「この二代目爺は多くは申しませぬ。何処へ目指されるに致しましても、どうかくれぐれも御身お大切に、お出掛けなされますように」

「安心するがよい。危険な所へ出掛ける訳ではない。無茶はせぬ」

「はい。是非にも、そうあって下さりませ。是非にも……。それから、京でのお話を聞かせて戴けるのを心から楽しみにお待ちしておりまするぞ」

「その京（みやこ）での話じゃがな爺。前以て（まえもつ）一つだけ確かめておきたいことがある」

「一つだけと申されますると、はて？」

「二条城そばにある刀商『浪花屋』と此処『対馬屋』との切っても切れぬかかわりについてだ」

「あ……」

「ふっ……その驚きようが、何よりの答えになったのう爺」

「とうとう、お知りになってしまわれましたか。『浪花屋』の円（まどか）奥様のことを……」

「円様とは膳を挟んで共に向き合い親しく話を交わしも致したわ。が、まあ、積もる話は日を改めてじゃ。一刻（いっとき）や二刻（ふたとき）で話し切れるものではないからのう」

「は、はあ……」

このとき、廊下にそっと腰を下ろした女の影が障子に映って、澄んだ若い声がした。

「旦那様。ご用意が全て調いましたからと、お種さんが申しておられますけれど……」

「おお、そうか。判った、直ぐに行く」

「宜しくお願い致します」

若い声の女の影が退がった。では若様、と作造が宗次を促してゆっくりと立ち上がる。

うむ、と頷いて宗次もまた腰を上げた。身形を侍らしく調えて宗次は一体何処へ出掛けようというのであろうか。

五

宗次は美濃（みの）伝**和泉守兼定**を腰に帯びて「対馬屋」を後にした。

作造ほか誰にも見送らせなかった。ただ独（ひと）り、ひっそりと横手口から表（そと）へと出た。

宗次が腰に帯びる兼定は、切れ味の点で天下一と評され「最上大業物（さいじょうおおわざもの）」の評価が揺るがない名刀であった。この兼㝎と向き合っている矢張り切れ味天下一を争う美濃伝の名刀に、知る人ぞ知る関の孫六（孫六兼元）があった。共に美濃国関の刀工であり、室町時代後期の和泉守兼㝎と関の孫六（孫六兼元）は、まさに名刀の天下を切れ味の点で二分した。とくに兼㝎は実戦向きの名刀として武士の間で信頼が厚い。

その兼㝎の大小刀が「対馬屋」に存在していたとは、さすがの宗次も知らなかった。

しかし今日の宗次は、この「切れる名刀」兼㝎に頼らなければならないような場所へ訪れるのではなかった。わざわざ「対馬屋」で侍の身形を調えたのは、八軒長屋の住人たちに見られないためだった。八軒長屋の住人は、宗次の背に貼り付いている重く悲しい身分素姓をまだ知らない。

「対馬屋」を出た宗次の足は、大外濠川（神田川）の方向へと再び戻り出していた。

ただ、おそらく意識してだろう、町家が建ち並ぶ通りは避けて、つとめて人の往き来の少ない武家屋敷の通りを選んで歩いた。半町も歩けば必ず見知った顔の三、四人には出会う、と言われてさえいる宗次である。武士としての改まった装いを誰彼に余り見られたくないのであろう。

そのため宗次は「対馬屋」にあった粗編み（あらあ）の軽い編笠（あみがさ）をやや前下げ気味に、かぶっていた。

大外濠川に架かった和泉橋（いずみばし）を渡った宗次の足は、暫く（しばら）流れの右岸に沿って進み、昌平橋（しょうへい）を右に見て過ぎ、宏壮な武家屋敷が建ち並ぶ地区へと入っていった。大名家の上屋敷や中堅の武家屋敷多数が隙間（すきま）なく建ち並ぶ広大な一画だ。

宗次の歩みはとくに急いでいなかったが、その表情は編笠の下で真剣であった。

むろんのこと、その真剣な表情は殺気など孕ん（はら）でいない。

どれほど歩いたであろうか、正面に武士や百姓町人の信仰が厚い「建国（けんこく）神社」の鬱蒼（うっそう）たる森が見えてきた。

よく手入れされた清涼な森ではあったが、林立する巨木は原始の姿を止め（とど）ている。

宗次が歩む道はその「建国神社」の森の西側に沿うかたちで、緩く弓なりに曲がってずっと先へと延びているのであったが、宗次は迷うことなく境内へと入っていった。

境内――つまり「建国神社」の森であった。決して薄暗い陰気な森ではなく、日がよく射し込んでいた。

この森の春季三月から五月にかけては、大木の下の随所に二葉葵が群生して紫褐色の小さな花を咲かせる。そのため、徳川幕府の歴代将軍はもとより、葵を家紋として許されている徳川の縁戚家は、この「建国神社」を殊の外うやまい、また森を大切に維持する寄進についても積極的であった。

しかし、今は二葉葵の花の時期ではない。

宗次は、真っ白な石畳が敷き詰められた四尺幅ほどの参道を、森の冷涼な空気を胸の内で味わいながら、ゆったりとした気分で進んだ。

この石畳の参道を三町ばかり歩いた宗次は、人の往き来が殆どない「旗本八万通」という表通りへと出た。

その名の通り、旗本屋敷がずらりと建ち並んでいるのであったが、この界隈は千五百石以上の大身旗本家の拝領屋敷が多かった。中堅、中小の旗本屋敷は少ない。

いわゆる城下での「超一等地」とかの区域である。

「旗本八万通」を半町ばかり歩いて、宗次の歩みがふっと止まった。一町半ほど先に、重重しい長屋門をどっしりと構える雄壮な拵えの屋敷が見えていた。

幕府筆頭大番頭旗本八千石西条山城守貞頼の本邸であった。ひと声発すれば「番方」五番勢力約三千数百名を手足の如く動かすことが出来る、と言われている幕臣中の幕臣である。「番方」とは、一朝有事の際には将軍直属の武兵として立ち上がる近衛集団のことであって、「大番」十二班、「書院番」十班、「小姓組番」十班、「小十人組」十班、「新番」六班の合わせて「五番」四十八班によって構成されていた。このうち最大勢力の「大番」だけは老中支配下に置かれ「五番」の中では**別格的存在**であった。とくに筆頭大番頭西条山城守くらいともなると、老中支配下というよりも、将軍近侍の扱いが強まる。

また若年寄支配下の「書院番」「小姓組番」「小十人組」「新番」のうち二番勢力の「書院番」と三番勢力の「小姓組番」を合わせて**「番方」両番勢力**と称

した。

立ち止まって西条家の雄壮な拵えの屋敷を眺める宗次の口から、「なんとのう懐かしい……」という静かな呟きが漏れた。考えてみれば随分と長いこと、西条家を訪れていないことに気付いた宗次である。

「さてと……訪ねるか」

宗次は編笠をとり小脇に抱えて歩き出した。

この時だった。西条家の表門の手前にある勝手口門が開いて、風呂敷包みを手にした一人の老爺が現われた。

「お……」と宗次の面が思わず少し動いた。が、しかしゆったりとした足取りはそのままだ。

老爺はやや俯き加減の速足で次第に近付いてくる。大身の旗本邸が多いこの「旗本八万通」の界隈では、下男下女などは通りを歩いていて誰に出会うか判らないため、常に俯き加減で歩くのが習わしだった。そして旗本邸の家臣などに出会うと、「あ……」と漸く気付いた振りを装って、丁寧に腰を折りつつ道の端へと寄るのだった。遠くから相手に気付いてしまうと、間近となるまでの間の装い拵えが大変だからだ。間近で出会えば、「よいお天気でございます」と微笑(ほほえ)んで丁寧に頭を下げ道の端へ寄れば、それで済む。

下働きたちのその辺の呼吸を心得ている宗次であったから、西条家から現われた老爺に遠い位置から声を掛ける無粋(ぶすい)な真似はしなかった。

双方の間が四、五間(けん)ほどとなって、老爺が遠慮がちに顔を上げた。

そして控え目な笑みを見せて腰を折りかけた一瞬、宗次としっかり目があって「あ、こ、これは……」と小慌てになった。西条家に五人いる下男の頭(かしら)、与市(よいち)である。かつては中間(ちゅうげん)の頭であったのだが脚腰(あしこし)に老いを覚えて辞職を申し出たところ、「それならば下男たちを束ねてくれ」と西条家用人から申し渡されたのだ。したがって中間たちに対してもやんわりと睨(にら)みが利く、穏やかな気性の下男頭与市であった。

「これはまあ、宗次先生ではございませぬか」

与市が満面に笑みを浮かべて、宗次の前へ歩み寄ってきた。久し振りに肉親にでも出会ったかのような、嬉しそうな顔つきだ。

ただ与市は宗次の素姓について、天才的な浮世絵師、という表の面しか知らない。

知らないがしかし西条家の中間頭を務めてきた程の、人生の裏も表も知り尽くした老爺である。

「この御人は只者ではない……」

口にこそ出さなかったが、密かにそう眺めている与市だった。

「久し振りでござんすねえ、与市さん」

武士の身形とは不似合い過ぎる宗次のべらんめえ調であった。

「大事な御用で京へお発ちになられたようだ、と美雪様から伺ってはおりましたが、いつ江戸へお戻りになられたのでございますか」

「許しておくんなさい与市さん。江戸へ戻ったのはいいが、幾つもの絵仕事を半ばで放っぽり出して京へ出掛けてしまいやしたから、戻るや否やそいつの片付けに追いまくられておりやしてね」

「左様でございましたか。でも、お元気なご様子で、この与市安心いたしましてございます」

はじめて見る宗次の侍身形ではあったが、決して「その両刀差しのお姿は一体どうなさいましたので」とは訊かぬ与市であった。自分は下男頭の立場であるとの心得を忘れぬ与市であったし、宗次先生と自分の仲は気兼ねなくあれこれを訊けるほど近しい間柄ではないと承知もしている。とにかく苦労人の与市なのであった。

「与市さんは、これからお出かけですかえ」

「はい。今日一日、休みを頂戴いたしまして、これから風邪をこじらせた兄を見舞うため、板橋まで出掛けるところでございます」

「板橋に兄さんがいらっしゃいやしたか。それは知りやせんでした」

「はい。元気に小商いをしていたのですが、先月半ばに惹いた風邪を背負ったまま無理をして商売を続けておりましたようで……」

「そいつあいけやせん。風邪をこじらせやすと、侮れやせん。充分に気を付けておあげなさい」

「有り難うございます。それじゃあ先生、私はこれで……」

与市は深深と腰を折って、宗次に背中を向けた。

宗次は袂に手を入れて二分金を二枚（二枚で一両）を取り出すと素早く懐紙で

包み、「与市さん……」と四、五歩先の老いた背中に小声を掛けた。

与市が「はい」という返事と一緒に振り返った。

宗次は何を言うこともなく与市に近付くと、その荒れた手に懐紙に包んだものを握らせた。手渡した、のではなく握らせたのであった。

「兄さんに何ぞ精のつく食べ物でも買っていっておあげなさいやし。それと、なるべくいい薬をね……」

「先生、そのような事をして戴いちゃあ……」

「なあに……いいから、いいから」

宗次は与市の肩をポンと軽く叩くと、訪ねるべき方向へと踵を返した。

「申し訳ございません先生、それでは素直に……」

与市は宗次に向かって抑えた調子の声で言うと、頭を下げる代わりに目を閉じて合掌をした。懐紙に包まれたものは金、とむろん予想できている与市であった。

与市の兄の小商いは決して順風満帆という訳ではなかった。与市は爪に火を点して蓄えた中から二両を、兄の女房に手渡してやる積もりで懐に入れている。

今世において二両は大金であった。下働きの者だから大金なのではない。二両は武士にとっても大金であった。

だから宗次が二分金を二枚も包んでくれたと知れば、与市は大層驚くに相違ない。

与市は合掌を解いて目を開けた。ちょうど宗次が西条家表門の前で足を止めて、こちらを見たところであった。

ここで与市は丁重に頭を下げ、もう一度腰を曲げつつ「失礼します」という感じで体の向きを変えた。

（ああ、宗次先生はやはり美雪様を訪ねて下さるのだ……）

と、気分が明るくなった与市だった。びしっと調えた侍身形の宗次が何処へ行くのか気にならぬ訳がない与市である。けれども「これから何処へ？……」とは訊ける立場にはない。

少し行った所で与市が振り向くと、まだこちらを見ている宗次がはっきりと頷いて微笑んでくれた。

与市も笑みと辞儀で応じると、宗次はもう一度頷いてから、西条家の表門に通じる石段を上がり出した。

その石段は一段の高さが極めて低い——極めて薄い——大きくて平(たいら)な庵治石(あじいし)で拵えられていた。表面には、雨の日でも足が滑ることがないように、との配慮であろう、網状に線が刻まれている。

表門の脇門の前に立った宗次は、片開きの扉がほんの少し開いているのに気付いた。

宗次がその扉を、そろりと押し開くと、目と鼻の先の桜の巨木の下に、植木職人と判る紺の法被(はっぴ)を着た四人が思案気に木を見上げていた。

こちらへ背中を向けて腕組をしている職人の法被には（清）と白く染(そ)め抜(ぬ)かれている。

四人に気付かれていないのを幸い、宗次は後退(あとずさ)りをして片開き扉を閉じた。

市谷平山町(いちがやひらやまちょう)の「植清(うえせい)」の親方清二郎(せいじろう)五十歳は宗次もよく知る明るく義侠心(ぎきょうしん)に富む人間である。三十人からの腕のよい職人を抱えて、大名旗本邸への出入りも頻繁であった。

春日町の平造親分とは、家族同士で往き来をするほど親しい間柄だ。

宗次は与市が出てきた勝手口門の前を通り過ぎ、西条邸の白い土塀に沿って四半町ばかり行った先の角を左へ折れて、小路へと入っていった。

西条邸の裏長屋門へと足を向けたのだ。ところが、様子がどうも違った。

小路に沿って延びている西条邸の土塀が、宗次が知っているよりも遥かに長くなっているではないか。

「ここから真新しくなっているなあ……」

宗次は土塀の色がはっきりと分かれているところで足を止めた。左側の白い土塀はやや日に焼けた感がある。だが右側は真っ白だった。

（そうか……）と、宗次はひとり頷いた。西条家の息女美雪は先頃、四代様（四代将軍徳川家綱）の秘命を受けて旅立ち、奈良大和国の三輪山大神神社への大役を無事に終えている。大波乱が続いた御役目ではあったが、女の身でその大役を果たしたことへの将軍家の評価は高く、千石の御加増が認められて、西条家は八千石の旗本となっていた。

直参旗本の八千石である。幕閣への影響力あるいは政治力は万石をこえる大名の比ではないと言われている。

（なるほど、八千石旗本となったことで、屋敷裏手にあった広い空地をも拝領したという訳か……）

確か五、六百坪ほどはあった筈、などと考えながら宗次は気持よいほど真っ白な土塀に沿って歩き、次の角を左へと折れた。

直ぐの所に、真新しいが脇門を持たない質素で小造りな四脚門（よつあしもん、とも）が拵えられていた。五、六百坪もの空地の拝領までも許されたが決して傲り高ぶらない、という西条山城守の実直かつ質実剛健な気性がその脇門を持たない小さな四脚門の造りによく表われている。

加増されたり賞されたりすると、「俺は偉い」と勘違いをして思い上がる者が少なくない中で、西条山城守のこの質実さは光っていた。

と、その小さな四脚門の両開き扉の片側が開いて、右の手に箒を持ち、きりりと襷を掛けた身形正しいひとりの女性が姿を見せた。

四脚門の前の平らで薄い二段の石段を掃きかけたその女性が、ゆっくりとした足取りで近付いてくる宗次の姿に気付き、（あ……）という驚きの表情になった。

六

「これはまあ、宗次先生ではございませぬか」

驚きの表情をすぐさま笑顔に変え、箒を塀に立て掛けて手早く襷を解き解き宗次の前にやってきたのは、八千石西条家の奥向きを差配する菊乃であった。大身西条家に奉公する身であったが、没落して今は無い下級武家の出である。下級とはいえ格式を重んじた家風であったようで、菊乃の身に付いたあざやかな諸作法は、西条家の誰彼から重んじられていた。

「お久し振りでござんすね。菊乃さんも、お元気そうで何よりです」

「大事な絵仕事で京へお出かけらしい、と耳に致しておりました。いつ江戸へお戻りだったのでございましょう」

「申し訳ござんせん。なにしろ江戸の絵仕事を半ば放っぽり出して京へ出かけたものでござんすから、戻ってからそれら遣り残しを片付けるのに大童の毎日でござんした。お詫び申し上げやす」

「それはまあ、さぞやお忙しい毎日だったことでございましょう。でも先生も御元気そうで、この菊乃、ほっと安心いたしましてございます」

「ところで菊乃さん、御屋敷の敷地がかなり広くなりやしたね」

「はい。宗次先生のことですから、おそらく御存知のことと思いますが、西条家はご加増により八千石となったのでございまする。その際に将軍家より、西条家の裏の空地五百八十坪をも拝領させて戴いたのでございます」

「それは真（まこと）に目出たい事でござんすね。裏手の空地といやあ確か一本の木立（こだち）も無かったと記憶しておりやす。これからの造園がまた楽しみでございやすね」

「その造園で今日はすでに『植清（うえせい）』ほか三組の業者が入っているのでございます。それはともかくとして宗次先生、裏手御門からで申し訳ございませぬが、どうぞお入りになって下さいませ。美雪（みゆき）様がお喜びになることでございましょう」

「じゃあ、ちょいとお邪魔させておくんなさいやし」

宗次は菊乃の後に従うかたちで邸内へと入り、「これは……」と目を見張った。脇門を持たない小造りな四脚門を入って左手直ぐの所に、剣術道場かと見紛う平家の立派な建物が完成間近な外観を見せていた。工事はおそらく内装に移っているのであろう、職人たちの出入りが頻繁であったが、誰もが黙黙たる動きである。

金槌や鋸を使う音が聞こえてはくるが、それらの音は曇っていた。音が出来るだけ外へ響かぬように、との手配りなりがなされての作業なのだろう。

「菊乃さん、この立派な建物は一体……」

思わず立ち止まって眺める宗次を残して、先へと行きかけた菊乃が、立ち止まって振り向いた。

「宗次先生、美雪様のお近くまで御案内いたします。詳しくは美雪様から……」

言い終えて、にっこりと微笑む菊乃であった。その清清しい笑顔からひょっとして美雪に何か喜ばしい事でも生じたな、と宗次は想像した。

だが美雪が再婚して住む新居とは、とうてい思えない。幾つもの櫺子窓を持つ如何にも堅牢そうな建物は、矢張り剣術道場に似つかわしく、宗次の目には映るのだった。

宗次は、職人たちが忙し気に出入りする建物を眺め眺め、菊乃の後に従って、「新」拝領地から「旧」拝領地へと入っていった。

前を行く菊乃の足が、枝を四方へと逞しく広げている霞桜の大樹の下で止まり「おそれいりますけれど先生……」と振り返って、宗次と目を合わせた。意味あり気だ。その顔に、枝枝の重なりの間からこぼれる木漏れ日の小さな花が、点点と咲いている。

「ここから先は、先生おひとりでお進み下されませ」

「いや、しかし、ここから先の御殿は菊乃さん……」

「御殿様は今日はご登城の日でございます。老中会議、若年寄会議ほか幾つもの会議にご出席なされますから、お戻りは遅くなられましょう。さ、このままどうぞお進み下されませ……私はこれよりまた、裏手御門の前を掃き清めなければなりませぬゆえ」

菊乃は言い終えると、宗次の脇をするりと抜けるようにして、裏手御門の方へ戻っていった。

宗次は呆気に取られて、離れてゆく菊乃の背中を見送った。

仕方なく宗次はひとり、御殿に沿った庭の石畳を敷いた小径をゆったりとした足取りで進んだ。初めて訪れた屋敷ではないから、広い庭に迷い込んでしまうような心配はない。おそらく美雪は、〝あの広縁〟あたりにいるのではないか、という思いもあった。

宗次の足が止まった。予想した通りであった。美雪は広縁にいた。主人である西条山城守貞頼の居室「殿様御殿」の明るい広縁に美雪はいた。今の今まで倭琴を奏でていたのか、六本の弦の一本一本を緩めている。

宗次は歩みを止めて、見守った。美雪は緩めた六本の弦を今度は雪のように白くほっそりとした指先で軽く押してみて緩め方に満足したのか、黒漆塗の地に桜の花を散らした矩形の入れ物に倭琴を納め静かに蓋を閉じた。錠でも付いているのか、カチッという乾いた音が宗次の耳にまで届いた。

そこで宗次は、広縁へと近付いていった。美雪が気付かぬ筈がない。

「まあ……宗次先生」

宗次と視線を合わせた美雪の頬が、すうっと紅の色に染まっていった。

「お久し振りでございます。大和国では色色と大変お世話になり本当に有り難うございました」

美雪は広縁の床に三つ指をついて、美しい御辞儀をした。美雪の作法の美しさには、大名家、大身旗本家へ出入りすることの多い宗次さえも唸ってしまう。

「裏手御門の前で出会いやした菊乃さんの了解を得て、……と言いやすか、勧めに従いやして此処までひとり勝手に入らせて戴きやした。お元気そうでござんすね」

「今日は父が登城の日に当たり、あいにくお目に掛かれませぬが、どうぞゆっくりとお寛ぎ下さいませ。それに致しましても今日は常のお身形と違うていらっしゃいますけれど、若しや何事かが御身に……」

そこで言葉を切った美雪が、表情をふっと曇らせた。四代様（将軍徳川家綱）の秘命をおびて大和国を訪れた美雪は、幾度も身の危険を味わっている。二刀を帯びた今日の宗次の身形に、再び何事か起こったのか、と怯えるのは無理からぬことであった。

宗次は「いや……」と首を小さく横に振って、言葉静かに返した。

「今日は美雪様に大事なお願いがあって参りやした」

「私に、でございますか」

「はい、美雪様にでございやす。しかし、最終的には御殿様にお会いしてお許しを戴かねばならぬ大事なことでもございやす。それでこうした改まった身形で参りやした」

「では、どうぞお上がりになって下さいませ」

「宜しゅうございんすか」

「今日は父の帰りが遅くなりまする。先生からお伺い致しましたお話が、父の許しが必要な内容でございましたならば、私から父に話し承諾を得るように致しまする」

「判りやした。では暫く厚かましくお邪魔させて戴きやす」

宗次は大きな自然石の踏み石の上で雪駄を脱ぎ、広縁へと上がって、手に提げ持っていた編笠を美雪の手に預けた。そして腰の大刀を、手に移した。

「どうぞ先生、こちらへ御出下（おいで）されませ」

促す美雪の後に宗次は従った。美雪は、控え目にひっそりと嬉しそうであった。つまり、その嬉しさを決して表情に露（あらわ）にさせなかった。寧（むし）ろそういった感情は抑制しなければ、とするところに美雪の性格の純粋さがあった。その様子が美雪の嬉しさや喜びの表れであると傍（はた）で眺める者には判るのだった。今この時であれば「宗次の目には判る」ということである。

長い廊下を突き当たって左に折れ、広大な庭を前に見て右へ折れたところで美雪が立ち止まった。振り向いた端整な表情が、微（かす）かな恥じらいを覗（のぞ）かせている。

「おお……」

宗次の口から小声が洩れた。広大な庭に向けられた視線は、やや高い彼方を捉えているかのようであった。

「あれは確か浄善寺（じょうぜんじ）の山門に通じる坂道……此処から、こういう具合に眺めることが出来るのでござんすね」

「左様でございます。あの坂道を登り詰めました辺りで、私（わたくし）と菊乃は初めて宗次先生にお目に掛かりましてございます」

「そうでござんしたねえ。あのとき私は、白い大輪の花の余りの美しさに、絵師の立場を忘れて思わず目眩を覚えたものでござんした」

「え？」

「いや、なに、懐しく思い出しているのでござんすよ。まるで千年も昔の物語であったかのようにねい」

「浄善寺の霞桜を宗次先生の御案内で拝見できましたあの日のことがこの美雪にとりましても、千年も昔の物語であったかのように、胸の内を温かく過ぎりましてございます」

「本当に綺麗な霞桜でござんした……ところで、私のお願いというのを美雪様に聞いて戴かなくちゃあなりやせん」

「では私の居間で」

「御殿様がご登城の最中に、美雪様の居間へ立ち入って宜しゅうござんすか」

「はい。宗次先生ならば、おそらく父は目を細めるだけで何も申しませぬ。大和国で先生に色色とお助け頂きましたることにつきまして、先生にご迷惑が及ばぬ範囲で父には既に打ち明けてございます」

「左様で……」

「はじめの内は、打ち明けて若し先生のお立場にご迷惑の及ぶようなことがあってはと随分と悩みましたけれど、大和国における四代様（将軍徳川家綱）の御名代としてのお役目が成功した上は、先生のことを父に黙っている訳にはいかないと思った次第でございます」

「左様でござんしたか。いや、よっく判りやした」

「とくに、これはもうどうしても父に知って戴かねばならぬ、と決意致しましたのは、私の大和国への旅が四代様の評価を得まして、西条家に対し千石の御加増が決定した日でございます」

「うむ、なるほど」

「あ、すみませぬ。さ、先生、私の居間へどうぞお入りになって下されませ」

その美雪の居間は、宗次が浄善寺への坂道を眺めて立っている直ぐ後ろにあって、六枚の大障子のうち四枚が開け放たれていた。

美雪の居間には立派な文机が備わっていて、その机の上には何冊もの書物が載っていた。幾本もの筆、そして硯(すずり)などの備えは勿論のことである。それぞれはきちんと専用の箱に納まっているが蓋(ふた)はされていない。つまり蓋をする必要がない程に、筆、硯を用いているのであろう。

宗次は美雪に促されはしたが、床の間を背にしての上座には座らず、手にしていた大刀を身の右脇に置いて下座に腰を下ろした。むろんのこと正座である。終始、控え目な笑みを絶やさない美雪は、意外なほど上座・下座にこだわらなかった。実に意外なほど。

「先生、私(わたくし)に暫(しば)しお時間を下されませ」

「ん?」

「お茶と香の物でも調えて参りまする」

美雪は、さも楽し気にそう言い終えると、笑みを残して宗次の編笠を手にしたまま居間から出ていった。宗次の侍(さむらい)の身形については、もう一言も口にしない。

「あ……」

と思わず洩(も)らしたが次の言葉が出てこない宗次であった。宗次らしくなく、言葉を詰まらせたのである。それはそうであろう。たった今、美雪が「お茶と香の物でも調えて参りまする」と言ったのだ。美雪は八千石大身旗本家の姫君である。しかも父である西条山城守貞頼は筆頭大番頭の地位にあって上様（四代将軍徳川家綱）の覚えめでたき文武両道の大人である。

その名家の姫君が「お茶と香の物でも調えて参りまする」と言ったものだから宗次が驚くのも無理はない。西条家の膳部（賄処）には大勢の者が立ち働いているように、菊乃の下にいる女中の数もかなりの数になろう。なにしろ万石に迫らんとする大身旗本家だ。そこの姫君が自ら「茶と菓子」ではなく「茶と香の物」を調えるなど、当たり前ならある筈がない。香の物とはつまり漬物ではないか。

だが宗次は（待てよ……）と思った。さきほど美雪に会ったときのことだが、一瞬、これまでの美雪とは違うようなもの――言葉には表し難い――を感じていた。それにたった今の、さも楽し気な様子。

（確かにうっすらとした変わり様を感じた……それに今の楽し気な様子は何であるのだろうか）

宗次は腕組をした。そういえば奥向き取締の菊乃にも、明るい変わり様——あくまで品性や作法を失っていない——というようなものが感じられた、と思う宗次であった。

奥向き取締の菊乃が、裏手御門の前を箒で掃き清めるなどは、似つかわしくない作業である。が、それは裏手御門を入って直ぐの建物工事で出入りする職人たちを、然(さ)り気(げ)なく確認する目的があったのかも知れない。

（……しかし、まるで私(あつし)の訪れを判っていたかのような気持よい程に明るい表情だった……）

宗次は、ま、考え過ぎるのは止(よ)そうかい、と腕組を解いて日差しいっぱいの庭を眺めた。とにかく桜の巨木が目立つ庭であった。

（よし、来年の春には、御殿様の許しを得て、ひとつ描かせて貰おうかねい）

宗次がそう思ったとき、足音が静かに近付いてきた。女のものと判る。

しずしずと居間に入ってきたのは、盆を手にした美雪であった。

「お待たせ致しまして申し訳ございませぬ」

「いい香りでござんすね。駿河の葉茶でございやすか」

「大和国(やまとのくに)の葉茶でございます。曽雅(そが)のお祖母様(ばば)からつい先頃、送られて参りました」

「おお、曽雅のお祖母様(ばば)……」

宗次の表情が、たちまち綻(ほころ)んだ。大和国(やまとのくに)の曽雅家と言えば、千数百年の昔より連綿と続いてきた、知る人ぞ知る清貧の豪家であり、今は亡き美雪の母雪代(ゆきよ)の生家であった（祥伝社文庫『汝(きみ)　薫(かお)るが如(ごと)し』）。

つまり「曽雅のお祖母様」は雪代の実母であり、美雪の祖母である。

「懐かしゅうございますねえ。お祖母様、お元気にしていらっしゃいやすか」

「はい。葉茶と共にお祖母様(ばば)のお手紙も届きまして、また宗次先生に是非にもお目に掛かりたいので明日にでも大和国(やまとのくに)を発つかも知れぬ、と冗談とも本当ともつかぬことが書きしたためられてございました」

美雪はにこやかに話しながら、体の位置、手と指の動かし方、まなざし、など一つ一つの作法を美しく保ちつつ、文机の上に湯呑みと小皿を二つ載せていった。

「はははっ、お祖母様(ばば)のことだから無鉄砲はなさらないと思いやすが、しかしこうと決めたなら一人でも旅立たれやしょう……ん？……ところでこれは？」

宗次は上体をやや前へ傾けるようにして、文机の上の小皿二つを交互に眺めた。

それらの小皿には、ひと目でそれと判る「白い物」と「薄黄色い物」が、薄く切られて上品に盛り付けられていた。前者を大根の浅漬、後者を大根の糠漬と判らぬ筈がない宗次である。

八千石大身旗本家の姫君が、しかも石秀流茶道を心得る姫君が、客に対して「茶菓」ではなく「茶と香の物（漬物）」を自ら持ってきたことで、（これは何か事情がある……）と宗次は読んだ。

「茶の香りも色もなかなか宜しいが、これはまた美味しそうな漬物でござんすね。茶に合いやしょう」

「私が漬けたのでございます。ご賞味下されませ」

「なんと……美雪様が自ら漬けられやしたか」

「はい。はじめから終わりまで生まれてはじめて私の手で漬けたのでございますよ。父は大変美味しいと褒めて下さいましたけれど、父は私のこととなりまするといつも褒めて下さるばかりでございますから、どうぞ先生の味覚で厳しく味を検て下さいませ」

「よござんす。これは楽しみだ……」

宗次は美雪と目を合わせてやさしい笑みを見せてやると、添えられている箸で先ず大根の浅漬を抓み口へと運んだ。

いかにも旨そうな音が、宗次の口からこぼれた。

「なんとまあ、こいつあ美味しい。漬物屋の浅漬以上でござんすよ。実に美味しい……あ、が、しかし、ちょいとお待ちなせえよ……この何とも言えねえ旨え味は」

宗次はもうひと切れ箸で抓んで口へ入れ、カリカリと噛み鳴らした。

と、美雪が目を細め肩を窄めて「ふふっ……」と含み笑いを洩らした。

宗次の面に（ひょっとして……）という表情が広がった。どこか楽しそうな。

「美雪様、間違っていたならご免なせえよ。この浅漬、若しや八軒長屋の私の家前のチヨさんから漬け方を教わったのではござんせんかい」

「はい。八軒長屋のチヨ殿より教わりましてございます」

「矢張りそうでしたかい。するてえと美雪様……」

「宗次先生が京(みやこ)へ行かれている間、私はそうとは知らずに菊乃と連れ立って、八軒長屋を訪れてございます。大和国(やまとのくに)で大変お世話になっておりながら、正式な御礼を先生に申し上げていない儘(まま)であったからでございます」

「もちろん長屋へは、警護の供侍を従えて……でござんすね」

「そうでなければ父も外出を許して下されませぬから」

「そりゃそうでございやしょう」

「それで二、三度、八軒長屋を訪ねるうちに、いつも出迎えて立ち話の相手になって下さるチヨ殿とすっかり親しくなり、私も菊乃も漬物の漬け方とか、美味しいお味噌汁の作り方とかを教わったのでございます」

「ほほう、それはようござんした。チヨさんてえ人はとにかく料理の上手な人でございやして、とりわけ漬物の腕にかけちゃあ、その右に出る者は近在にはいやせんでしょう」

「まあ、それほどチヨ殿は有名な御方(おかた)でございましたか」

「いや、なに、有名とかとは少し言い回しが違うのでござんすが……」

「父は近頃、膳部方の漬けた漬物ではなくて、私(わたくし)の漬物でお酒を楽しんで下さいます。父はチヨ殿の名前までも覚えてしまわれて……」

「ははは、それこそ有名になってしまった、とかですよ。で、チヨさんからは他に何を教えて戴けやしたかえ」

「魚の捌(さば)き方とか……」

「それはまた凄い……美雪様、捌けやしたかい」

「ええ、チヨ殿が大層上手だと手をたたいて褒めて下されました」

「するてえと煮染(にしめ)も教えて戴けやしたな。これもチヨさんが大変得意としておりやす」

「教えて戴きました。味付けや煮加減がとても難しゅうございました」

「じゃあ、煮染についちゃあチヨさんから免許皆伝を貰えなかった？」

「いいえ。戴きましてございます」

「なんとまあ……そのように楽しい出来事があったなど、チヨさんは一言も私(あっし)に打ち明けてはくれやせんでしたが……」

「内緒にしておきましょう、という約束でございましたから」

美雪はなんとも嬉しそうに言い、また「ふふっ」と短く笑った。

聞いている宗次も、たまらなく心が温かくなってきた。自身のことを、とかく抑えて抑えて眺めたり表したりする傾向がある美雪にとって、それは実に好ましいさわやかな変わり様である、と宗次は思った。

「それだけのことを身に付けるほど学ぶには、私が京に滞在していやした間に随分と頻繁にチヨさんを訪ねやしたね」

「そのためチヨ殿だけではなく、二人の幼子たちともすっかり仲良しになれましてございます」

「ほほう、花子と吾子とねえ。あの幼い姉妹は実に可愛い……うん」

頷きながら宗次は箸を休めることなく、浅漬も糠漬もたちまちにして平らげてしまって、「たまらねえ旨さでござんした」と締め括った。

「真でございましょうか先生。ご無理をなさって食されたのではございませぬでしょうか」

「そのように見えやしたかい。不味いものを偽って、さも旨そうに食する芸当なんざあ、この宗次には出来や致しません。心から美味しいと思いやしたよ美雪様」

言葉の終わりの方で宗次は美雪のために、やさしい物静かな響きを際立たせた。

美雪は頬を染め、思わず三つ指をつき黙って頭を下げた。宗次が言ってくれたのだ。美雪にとってそれは、最高の讃辞、と受け止めることが出来たに相違ない。

改めて考えてみるまでもなく、美雪まだ二十一（現在の満齢でいう二十歳）という輝くばかりの若さである。この若さで婚家を去るという辛さを味わっている。

心打ち拉がれるその日の前に、ある日ふわりと出現した宗次によって、傷ついたわが身がどれほど勇気付けられ、労られたか、と思う美雪であった。

宗次は、茶の味と香りもじっくりと楽しみながら、美雪との久し振りの会話に心を和ませた。いや、和み楽しむという意味では、美雪の美しい表情や優美な話し様も、一層であった。その話の中でも美雪は、宗次の両刀差しの身形については、全く触れなかった。今や我れ知らぬ内に美雪は、宗次に対して心得ねばならぬことを殆ど無意識の内に〝会得〟しつつあった。

「ところで美雪様……」

宗次がようやくのこと表情を改めた。

「今日はこのように身形を改め、美雪様に大事なお願いがあって参上いたしやした。事前の連絡もしねえで、このような突然の無作法、どうか許してやっておくんなさいやし」

「宗次先生ほどの御方が、私のように未熟な者に〝大事なお願い〟とは、どのような事でございましょうか」

「ご自分のことを未熟な者、などと仰ってはいけやせん。それはともかくとして、お願いの前にひとつ、ざっくばらんに訊かせておくんなさいやし……宜しゅうございやしょうか」

「宗次先生ならば、如何様なことにでもお答え申し上げます」

そう答えはしたものの、さすがに美しい表情を少し硬くさせる美雪であった。

「新しい拵えの裏手御門を入って直ぐ左手に、剣術道場のような立派な建物が出来つつありやすが……あれは一体(いってえ)」

聞いて美雪の彫りの深い端整な面立ちが、明らかに、ほっとなったのを宗次は見逃さなかった。

上品で控え目な笑みを取り戻した美雪が、答えた。

「あの建物は塾でございます」

「塾?……てえと、学問とかを教える、あの塾でござんすか」

「いいえ、学問は対象には致しておりませぬ。主として道徳、読み書きを含みます教養、茶華道、礼儀作法などでございます」

「なるほど武家の娘たちのための、いわゆる女性塾でござんすね。これはいい」

宗次は内心、己れの膝をピシャリと平手で打っていた。が、美雪は静かに小さく首を横に振った。

「入塾できまするのは武家だけではございませぬ。時代の将来を見据えて、商家の女性(にょしょう)たちにも入塾の機会を与えねばならぬ、と御老中堀田備中守正俊(ほったびっちゅうのかみまさとし)様より申し渡されてございます」

「御老中の堀田様が……でございやすか？」

宗次の表情が、さすがに驚いた。予想もしていなかった大変な人物の名が、出てきたではないか。

「左様でございます。堀田様は父と昵懇の間柄でございますことから、塾の名誉塾頭になって戴くことになっております」

「それはまた……で、塾頭は美雪様なのでございやしょうね」

「いいえ、私のような年若い女子がいち早く塾頭の地位に就くべきではない、と父は申しておりますし、私も同感でございます。道徳、教養、茶華道、礼儀作法などにつきまして私は身に付ける努力を怠ってはおりませぬけれど、士農工商の封建社会を厳しく眺める点においては、まだ経験が浅うございますゆえ」

「なるほど……では一体どなた様が塾頭に？」

「堀田様とも父ともお付き合い浅からぬ高家筆頭、吉良上野介義央様の奥方様、富子様が塾頭に就いて下さることになりました」

「な、なんと……」

宗次は思わず背中を反らせてしまった。またしても予期せざる名家の人物の名であった。しかもである。宗次は名門吉良家とは「出入り自由勝手」の付き合いをさせて貰っている仲だ。

「あのう……」

宗次の驚き様に、美雪の美しい表情がふっと曇った。

「宗次先生は若しや、吉良様をよく御存知でいらっしゃいますのでしょうか」

「あ、いや、とんでもございません。名誉塾頭に御老中堀田様、塾頭に高家筆頭の奥方富子様、と聞けば幕府ご重役のどなた様でも驚きなされてござんすよ。それに致しやしても……」

宗次はそこで言葉を切ると、そっとした優しい感じの眼差しで美雪を眺めた。

美雪が宗次の次の言葉を恐れでもするかのように、視線を落とした。

「今回の女性塾の計画は、西条家にとって大変な出来事でござんすが、筆頭大番頭という幕府ご重役の御殿様に対し、幕閣の御歴歴はよく許可なさいやしたもので……」

「私もその点を懸念致しておりましたけれど、父の女性塾の申請に対して老中会議ではお一人の反対もなく、むしろ『それはよい。女性力の育成に是非努められたい』との励ましがあったと父から伺ってございます」

「ほう……女性教育には、とかく後ろ向きである場合が多いと言われてきやした老中会議も、漸く時代の先というものを、眺めるようになって参りやしたか」

「老中会議で女性力育成について前向きな意見を述べられたのが、堀田正俊様であられたようでございます。父との間でとくに事前の打ち合わせなどは、なかったにもかかわらず……」

「堀田様は頭脳明晰なご立派なお方、と江戸庶民にまで知られている御方でいらっしゃいやすからねえ……ところで、その女性塾は美雪様ご自身のご発案でござんすか、それとも御殿様の？」

美雪は弱弱しい笑みを見せてから、やや俯き加減に答えた。

「私にはとてもこのような大それた計画を立てる智恵も勇気もございませぬ。婚家を出て生家へと戻った年若い私の将来を心配した父が、人生を独りで不安なく送れるようにと考えに考えて、女性塾の計画となったようでございます」

「左様でしたか。いずれ美雪様が塾頭の立場に、と御殿様は考えておられるのでございやしょう。美雪様のために美雪様のために、と考えていらっしゃるのです。素晴らしいお父上ではありませぬか」

「はい。お前のこれからが心配でならぬ、と父によく言われまする。婚家を追い出されて生家に戻るなど、私(わたくし)は親不孝な娘でございます」

「そのように自分を痛め付けて眺めちゃあなりやせん。大丈夫、美雪様には、まかり間違っても不仕合せなんぞが訪れたり致しやせん。安心しなさるがい い」

「塾では教授として塾生を指導いたす予定になっておりますけれど、私(わたくし)に出来ますかどうか」

「ご自分に自信をお持ちなさいやし。私(あっし)が私(あっし)の目で確(しっか)りと保証いたしやしょう。美雪様は周囲が驚くほどの指導力を発揮なさいやしょうし、近い将来きっと素晴らしい塾頭になられましょう。大丈夫」

「まあ、そのように仰せになられましては私（わたくし）……」

「今日、私（あっし）がお訪ね致しやしたのは、偶然にも今回の塾計画と大いに関係あることなんでございやす。全く驚くほど偶然にね。それと、いま美雪様のお話を聞いておりやしてフッと思いついたご提案事（ていあんごと）が二つ」

「どうぞ先生、仰せになって下さりませ」

「まずご提案でございやすが美雪様。教科に道徳、読み書きを含む教養、茶華道、礼儀作法の他にあと二教科増やす考えについて、御殿様とご相談なされては如何（いかが）でございやすか。時代の先を見つめる、という意味におきやしても」

「若しや先生、その一つと申しますのは加減乗除には欠かせぬ計算道具、算盤（そろばん）のことではございませぬか」

「さすがは美雪様。その通りでござんすよ。美雪様もおそらく御存知とは思いやすが算盤が国の外（そと）から何時（いつ）ごろ日本に伝わったのか学問的にも判然（はっきり）とは致しておりやせん。ただ足利（あしかが）時代（一四〇〇年代）には既に上級貴族、武家の間で用いられていたことは、確かめられておりやす」

「はい。実は百俵取り御家人のひとり娘として十七歳の頃より二十五年以上に亘り西条家に仕えておりますす菊乃が大変算盤が出来まするることから、私は幼い頃より菊乃に算盤を教わって参りました」

「ほう、菊乃さんから……で、その百俵取り御家人の生家と申しやすのは？」

「すでに絶えてございませぬ。ご両親ともに病にてお亡くなりでございます」

「百俵取り御家人の生活ってえのは〝貧しく厳しい〟なんてえものじゃあ、ござんせんからねえ」

「百俵の俸禄（米）を春と夏に四分の一ずつ、そして冬に四分の二を幕府の御蔵より支給されるということを、私は迂闊にも菊乃より教えられるまで長く知らなかったのでございます。そして食べるに必要な量のお米を受け取った残りは、生活費用のためお金に換算して戴いていたとか申します」

「その通りです美雪様。ですから無役の御家人てえのは殆どが、色色と内職をして生活を支えているのでござんすよ。傘張り、鈴虫の飼育、植木職人の手伝いとかねい。余り感心しねえものに、用心棒なんてえのもございやす」

「菊乃の生家も内職に明け暮れていたと、聞かされてございます。それでも辛い表情を見せることなく一生懸命に西条家に仕え続けてくれました菊乃に、私は算盤教授の御役目を任せて、それに見合う手当を支給しようと考えております。

「それはよい。菊乃さんのため是非にも教科としての算盤を実現なさることでございんすね。御殿様のご承諾が必要とは思いやすが」

「父はきっと反対は致しませぬ。菊乃に対する父の信頼感は大変に大きなものでございますゆえ。それに、これから先の時代は、算盤が欠かせぬ商業がます発展致しましょうから」

「仰る通りです。今のお話を菊乃さんが聞けば喜びなされやしょう。ところで、もう一つご提案申し上げたい教科がござんすがね美雪様。そいつあ芸術でございやすよ」

「茶華道も芸術の一つの分野と心得てございますけれど、宗次先生の仰います芸術とはひょっとして絵画ではございませぬでしょうか」

「その絵画でございやすよ。ただ、ひと口に絵画と申しやしても、肖像画、静物画、風俗画、歴史画と様様にございやす。描き方も、画題も実に広い裾野を有しておりやすし、制作の仕方も御存知のように一枚物や版画物とかがありやす。版画とひと口に言いやしても木版画、銅版画、とね……」

聞くうち美雪の表情が、みるみる輝き出した。頬をほんのりと紅潮させてもいる。

「宗次先生……」

「へい」

「教科としての芸術、是非にも実現させたく思います。どうぞお力をお貸し下さいませ。そして宗次先生が芸術教授をお引き受け下さいまして、女性塾の運営のあり方についても、美雪の傍でご指導下さりませ。この通り、お願いでございまする」

美雪は座っていた位置を少し下がり、深深と頭を下げた。それは、常に控え目な性格の美雪が、宗次に対し初めて見せた迸るような意思の（思いの）表しようであった。

宗次が（うん……）と黙って頷いた。宗次をして初めて見る美雪のその熱意に二つ返事での、いや、一つ返事でのやさしい頷きであった。

「宜しゅうございんす。この宗次、確かに承りやした」

「え……真（まこと）でございましょうか先生」

面（おもて）を上げた美雪の目に気力が漲（みなぎ）っていた。

「ご安心なさいやし。美雪様の傍（そば）に確（しっか）りと控えてこの宗次、己れの力の及ぶ限り塾の運営にも御力（おちから）添（ぞ）え致しやしょう。頑張りなせえよ美雪様」

「今宵（こよい）にも父に……今宵にも父にこの事を申し上げて宜しゅうございましょうか」

「むろん、御殿様のお許しを戴くことを忘れちゃあなりやせん」

「宗次先生につきまして、いかように父に打ち明けるかにつきましては……」

「美雪様に全てをお任せ致しやしょう。美雪様が御殿様に打ち明け易いかたちでお話しなさるのが一番よござんす。私（あっし）と共に大和国（やまとのくに）で困難を克服致しやした美雪様に対し、今さらあれは言うな、これは止しなせえ、などと肚（はら）の小さな事はこの宗次、決して申しやせん」

「有り難うございまする先生。この美雪、この通り心から感謝申し上げねばなりませぬ」

美雪はそう言うと、もう一度深深と頭を下げ、嬉しさの余りであろう肩を小さく震わせていた。

七

雲一つない澄んだ青空の下、編笠をかぶって西条家を辞した宗次の気分は晴れやかであった。美雪がチヨの娘花子の教育について、それこそ〝一つ返事〟で受け入れてくれたからである。但し入塾年齢は今のところ老中会議で九歳からと決められているようで、その年齢に達するまでは美雪のもとへ花子が日を決めて通う、ということになった。塾の組織的な細部にわたっては、開塾の時期までに詳細が決められるということである。しかし塾名だけは西条家と老中会議の合意によってすでに求学館「**井華塾**」と決定され、二年制で単年度の塾生数は五十名を予定しているとの、美雪の説明だった。つまり**総塾生数は百名**の規模になるということだ。

求学館「井華塾」の井華とは〝清浄で若若しいこと〟という美雪の説明であった。宗次は石秀流茶道において、用いられている水を「井華水」と称していることを承知している。「清らかな若水」を意味しての雅称（芸術的表現のこと。文学的表現とも）である。

「それにしても名誉塾頭に御老中堀田備中守正俊様、塾頭に高家筆頭の名家吉良上野介義央様の奥方富子様とは……さすが八千石大身旗本西条家の事業。てえしたもんだ」

ぶつぶつと呟きながら懐手の宗次の足は鍛冶橋御門を目指していた。

言わずと知れた、御曲輪内の吉良邸へと向かっているのである。吉良家の奥方が初代塾頭の地位に就く以上は、早目に挨拶に行っておく必要がある、との考えであった。その考えの裏には、自分が求学館「井華塾」の芸術を担当することについて、西条山城守貞頼様はよもや反対はすまい、という確信に近いものがあった。

西条家から吉良家までは、さほど遠くはない。

実に気持のよい晴天下、さわやかなそよ風の中を、宗次はゆったりとした足取りで歩いた。外様三万石大名以上の登下城門となっている常盤橋御門を濠の右手向こうに見つつ通り過ぎて暫く行くと、外様一万石大名以上の登下城門である鍛冶橋御門が見えてきた。御曲輪内に向けて外濠を跨いでいる鍛冶橋を渡って右手方向へと折れると、吉良邸は直ぐ目に止まる。

「おい、そこの者……」

宗次が鍛冶橋を渡り出すと、槍を手にする御門の衛士のひとりが大声を張り上げて宗次を指差した。鍛冶橋御門の警備は、外様一万石大名から二万石大名に割り当てられており、交代制で藩士二名、小者数名が門番として立つ。

「私でございやすよ、高月様」

宗次はかぶっていた編笠を取って、笑顔で若い門衛を見た。

「おお、これは宗次先生ではございませぬか。お久し振りでございます」

門衛として立つ外様小藩の藩士たちに、すでに古今独歩の浮世絵師として知られている宗次であった。むろん吉良家から門衛たちへの御達示（御達し、とも）によるものである。

若い侍——二十歳くらいの——は宗次の両刀を帯びた身形にかなり驚いたようであったが、それについては何も言わず「どうぞお通り下さい」と、控え目な笑みで応じた。

「国許の母上殿の両膝の痛み、その後いかがでござんすか」

「はあ、もう年が年ですゆえ、痛みがあったり無かったりを繰り返しておりますようで」

「そうでござんすか。江戸には有能な蘭方医が幾人かおりやすから、よかったら紹介させて戴きやす」

「有り難うございます。そのときは宜しくお願い致します」

「お立場上、藩医の気分を損ねるようなことになっちゃあいけやせんから、ま、そのへんの事を考えることも大事でござんしょうが」

「はい。真に……」

「じゃあ、通らせて戴きやす」

　宗次は若い侍に対し丁寧に腰を折って、鍛冶橋を渡った。古今独歩の浮世絵師としての高名さに似つかわしくない程の腰の低さ、謙虚さが、いずれの御門警備の侍たちにも好感を持たれている宗次であった。「おれがおれが……」の見苦しい踏ん反り返りが無いということである。

　高家筆頭吉良家の表御門が、宗次の目の前に近付いてきた。ここ鍛冶橋御門内と言えば内濠の外側とはいえ、最早「江戸城域」である。吉良家の周囲には、主として親藩諸侯の（将軍家に親しい譜代の）宏壮な上屋敷が、ずらりと建ち並んでいる。

「もし……」

宗次が吉良家の表御門の前に立ったとき、右手方向から声が掛かったので、宗次はその方へ顔を向けた。既に「江戸城域」である此処では、どのような大身の侍に出会うか知れないことへの、心の準備は出来ている宗次であった。

宗次は相手が何者であるか直ぐに判って、少し驚きはしたが顔には出さなかった。

「おお、やっぱり絵師の宗次だったか」

相手が宗次に近寄ってきつつ言った。表情のない不遜な顔つきの相手だった。絵師の宗次か、という言葉の響きの中にも不遜さがあらわれている。傲慢な響きだ。

「私のことを知っていような宗次。幾度か出会うておるぞ」

「へい。よっく存じ上げておりやす」

「其方のその形はなんじゃ。御曲輪内の大名屋敷にでも招かれて、絵を描くのではなく芝居でも演じる積もりなのか」

唇の端に皮肉っぽい笑みを浮かべて言う、両刀差しの身形よい相手であった。

「この先にございます大名家より武士の姿絵を頼まれておりまするることから、自らこのような形をしてその特徴を摑んだり致しておりやす。一本差しの博徒の真似をしたり、十手を手に目明かしの姿をしたりと、絵師の仕事も結構大変でございやして……」

「なるほど。学問を得意とする私は、絵なんぞには全く関心がないから絵師としての宗次の腕の程はよくは判らぬが、耳にした噂によれば其方にはそこそこ人気が集まっているというではないか」

「とんでもございませぬ。絵師の仕事なんてえのは学問なんぞより遥かに難しゅうござんして、そう簡単に人気を得られるもんじゃあござんせん。へい」

宗次の強烈な皮肉の切り返しであった。まわりに江戸雀たちが群（屯）していたなら、わあっと拍手喝采が響きわたっていたところだろう。

案の定というか、当然というか、学問を得意とするとかの相手の表情がムッとなった。

「ところで……」

と、宗次が相手に一歩近寄って言葉を続けた。

「ここは親藩のしかも大藩の上屋敷が建ち並ぶ場所でござんす。このように恐れ多い場所へ一体何用で、今日はまた見えていらっしゃいやすので」

これもまた平手打ちのように強烈な響きの、宗次の皮肉であった。

「おい宗次。いまの言い方はなんじゃ。無礼を言うと許さんぞ」

「へ？」

「私は譜代四万石田賀藩の『御中老』六百石の職にある廣澤家の当主として、さる御大家に用があって藩命により参ったのだ」

「えっ。いま廣澤家の当主、と仰いやしたか……」

「その通り。偉大なる忠義者と評された父廣澤安衛門が病にて他界したゆえ、今は私が廣澤家当主として藩『御中老』の職にあるのじゃ。加えて、打貫流剣術の他に示現流の位を極めたことにより、殿より藩兵法指南役を仰せ付かってもおる」

「それはまた、大変な御出世でございやすね」

「あと私が何としてもやらねばならぬことは、西条家に匿われておる美雪を、取り戻すことじゃ。廣澤家にな」

相手はなんという事であろうか、美雪のもと夫、廣澤和之進であった。打貫流剣術の免許皆伝に加えて、示現流剣法の位をも極めたという。しかも藩において二つの重責を負うまでに出世している。

宗次はふっと思った。この男もしや西条家近くの街路樹にでも、へばり付いて見張っていて、私が訪れたことを目撃したのではないか、と。そして尾行し巧みに先回りして此処に現われた。宗次は、そう推測した。

外濠に沿った通りから御曲輪内に向かっては鍛冶橋御門の他に幾つもの橋が架かっており、廣澤和之進の譜代大名家の重役という現在の身分素姓ならば、容易に出入りはできる。

和之進が目を光らせ口元を歪めて言った。粘液質な印象の嫌な目つきだ。

「宗次よ。お前は人気絵師の立場を利用して、口先うまく西条家へ、いや、我が妻美雪へと近付いているのではあるまいな。この私の目はごまかせぬぞ」

「滅相もござんせん。私は一介の町人絵師でござんす。そのような恐れ多い事が出来る訳もござんせん」

「その言葉を忘れるなよ。もう一度言う。美雪は今もこの私の大事な妻だ。邪なる横恋慕で美雪に近付く者は誰であろうと叩っ斬る。左様心得ておけ」

和之進はそう言うと、刀の柄をポンポンと平手で軽く二度叩いて、宗次から離れていった。宗次は吉良家に迷惑が及んではならぬと考え、和之進の後ろ姿が大名屋敷の角を折れて見えなくなるまで吉良家の表御門へは近付かなかった。

「こいつあ……ちょいと拙い事になってきやがったい」

宗次は腕組をして、かなりの間、吉良家の門前に立ち続けていた。

と、不意に遠雷が鳴り響いた。

ん？と宗次は空を仰いだ。澄んだ青空が広がっているというのに、またしても遠雷の轟きが伝わってきた。なんとなく重苦しい響きだ。

「まるで妖怪芝居の幕開けを告げているみたいじゃあねえか」

呟いた宗次の頰に、ぽつりと冷たいものが当たった。

（念入りに狐の嫁入り〈晴天に降る涙雨のこと〉まで登場ときたか。まったく薄気味が悪いやな）

宗次はそう思って、天を仰いでいた視線を、和之進が消えさった方角へと戻して思わず寒気に襲われた。背すじを薄く斬られたような。

大名屋敷の角に和之進が姿を現わし、こちらを見てニタリと笑っているではないか。

（なんてえ粘ついた性格をしていやがる……）

そう思った不快感を、宗次はぐっと飲み込んで丁重に腰を曲げ頭を下げた。譜代藩の重役廣澤家の嫡男として当主の座を引き継いだというのに、全く気色悪い粘った育ち方をしていやがるぜい、と舌を小さく打ち鳴らしながら。

遠雷が再び轟いて、和之進が姿を消した。

遠雷がなかなか消えない。長く尾を引いている。

宗次が（もうよかろう……）と思って面を上げると、和之進がまたしても大名屋敷の角から、ぬっと顔だけを覗かせた。

遠雷がようやく鳴りやんだ。

八

室町の頃（時代）には足利将軍家に次ぐ名族と言われた御曲輪内の高家筆頭吉良家四千二百石の表御門（脇門付き四脚門）は、六尺棒を手にし帯に短刀を帯びた若党が警備に立っていた。

この仁八という名の若党は、宗次が吉良家を訪ねて来たと理解できてはいたが、曰く因縁がありそうな侍と、何やら只事でない雰囲気で話を交わしていることから、「あ、これは宗次先生……」といつものように声を掛けられないでいた。

もちろん、宗次先生の身に何事かが起こりそうなら、六尺棒を振り翳して表御門から飛び離れる積もりだった。しかし、今日の宗次先生は侍の身形だ。浮世絵師の宗次先生、としか知らない若党の仁八には、その点が「はて？」だった。

その宗次先生が、印象の余り良くない侍を見送って漸くのこと、表御門へ体の向きを変えた。仁八は、宗次先生の侍の身形について関心を持たぬことを、素早く決めた。

「これは宗次先生。お久し振りでございます。どうやら京へお出かけらしい、と御殿様から伺っておりましたが、江戸へお戻りでございましたか」

「仁八さん、お元気そうで何よりでござんすね。京から舞い戻ってきたのはいいが、沢山な仕事を中途半端のままにして旅立ったものですから、それを片付けるのに、てんやわんやでござんした。許してやっておくんない」

宗次は、そう言い言い三段の石段を上がって表御門を背にして立つ仁八に近付いてゆき、軽く頭を下げた。

「御殿様も奥方様も、この仁八の顔を見るたび『宗次先生が一向に見えぬではないか。何とかせい仁八』などと申されたりするものですから、困ってしまったことが幾度かございましたよ」

「それは全く申し訳ない。ところで御殿様は今日は？」

「あいにく登城なさっておられますが、奥方様はいらっしゃいます」

「いや、御殿様ご登城の最中に御屋敷へ入らせて戴く訳には参りやせん。では日を改めて訪ねて参りやしょう」

「それでは私が困ります。御殿様以上に奥方様も、宗次先生が京からお戻りになるのを楽しみにしておられたのですから。ともかく御門内に入られて、少しお待ちになって下さい。さ、先生……」

仁八に袖口を引っ張られるようにして促された宗次は、仕方なく脇門を潜って邸内に入った。

「動かないで下さいましよ先生。此処をね」

仁八はそう言うと、庭の奥に向かって一目散に走っていった。若党の立場では、奥方富子に直接に接することなど出来る訳がない。先ずは奥向き取締の指図を受ける下位の誰かに取り次いで貰うのであろう。

だがである。

静かだった玄関式台の方から、こちらへと次第に近付いてくる幾人かの人の気配が伝わってきた。庭の奥へと一目散に駆けていった仁八はまだ戻ってこない。

もしや、と考えた宗次は、表御門を背にしていた位置から、玄関式台の正面へと移動した。

四人の御女中を従えるようにして、藍の地に白い小さな花模様を散らした小袖を着た吹輪髪の美しい奥方富子が姿を現わしたのは、その直後のことであった。

「これはまあ宗次殿。いま仁八の上に立つ若党頭から伺いました。お忙しい中ようこそ御出下されました」

奥方富子はそう言いつつ玄関式台にまで下り、その端まで来て正座をするや三つ指をついて深深と頭を下げた。宗次の身性の何も彼もについて承知している者の、迎えの作法であった。侍の身形も、全く気にしていない様子だ。従っていた御女中四人も奥方富子を見習った。

若しこの場に仁八がいたなら、その光景に衝撃を受けたに相違ない。室町時代、足利将軍家に次ぐ名族と謳われた「清和源氏につながる吉良家」であったが、今の主人である従四位上・上野介義央の奥方富子もまた、足利八代将軍義政公の正室富子（日野富子）とは遠いながらも縁続きという高い身分だったからである。

その上野介義央の奥方富子が、浮世絵師宗次に対して深深と平伏したのだ。宗次は奥方富子の直ぐ前まで寄って腰を下ろし、そっと囁いた。

「富子様、今日は浮世絵師宗次として扱っておくんなさいやし。でないと、この宗次動き難うござんす」

富子が面を上げて宗次と目を合わせた。そして、矢張り小さく囁いた。

「そうとは心得てはおりまするけれど、こうして向き合いまするとが下がってしまいまする。そうした不思議な輝きを、お隠し様もなくお持ちなされておられまするゆえ」

「ともかく御女中たちを、お下げ下さいやし。今日は二人して大事な話を気楽に交わしとうござんすので」

「二人して大事な話を気楽に……でございまするか」

「へい。御殿様がご登城のなか、いささか無作法ではございやすが」

「いいえ、徳川宗徳様が御出のときは、いつどのような場合であろうとも大切にお迎えするようにと、夫義央より強く申しわたされておりまする」

富子が「徳川宗徳……」と囁いたので、宗次は（しいっ……）という表情を拵えて唇の前に人差し指を立ててみせた。富子が（はい……）と頷き、そして後ろへ身を変えて、まだ平伏したままの御女中たちに告げた。

「皆の者は下がってくりゃれ。それから、咲江は書院の次の間に控えて私の頼み事に備えているように」

「承知いたしました」

年齢の頃は二十五、六といったところであろうか。きりりとした男まさりな顔立ちの御女中が面を上げて答えてから、四人は呼吸を合わせるかのようにして下がっていった。

宗次は、この呼吸の「美しさ」を、やがてチヨの娘花子も会得するだろう、と想像した。

「それでは書院の方へ御案内申し上げます」

富子が立ち上がった。書院は宗次が吉良家へ訪れたときに必ず通される部屋であった。書院というのは本来、禅寺において禅僧が住む（用いる）居間兼書斎を指して言ったものである。武士の台頭によって、武家屋敷という大邸宅の構造が進化する過程において、その屋敷を構成する「表向き」及び「奥向き」の各部屋ともに進化してゆくのだが、なかでも床、納戸構、棚、花頭窓などのいわゆる座敷飾を備えた「上座の間」と、二の間、三の間と呼ばれる「下座の間」を擁してその四周に広縁を走らせた重厚壮麗な書院の出現は、武士にとってはまさしく〝権威なる座敷〟であった。

が、吉良家の書院が、若しそのような重厚壮麗な造りの〝権威なる座敷〟であったなら、上野介に「出入り自由勝手」と認められた宗次ではあっても、余り訪れることはなかったであろう。

吉良家の書院は、実に質素であったのだ。青畳の敷かれた十畳の座敷に板の間の八畳の書斎が付属しているという飾り気の無い書院であった。十畳の座敷には床の間があって大小刀を横たえる刀架けがあるだけだ。もっとも付属する板の間の八畳の書斎の北側と西側には書棚があって、色色な書物が隙間なく並び、上野介義央の日頃からの研鑽熱心を窺わせた。高家筆頭という重要な地位にあるだけに、「己れの研究不足を他人のせいには出来ない」という知性派らしい確固たる強い信念と責任感があるのだろう。学び不足によって生じる失敗は即、己れの責任となる高家の職務である。老中支配下に属する高家は、宮中への使節（将軍家もしくは幕府を代表して朝廷へ）、日光などへの代参（将軍家に代わって参詣する）、勅使（天皇家からの使者）や朝臣参府（京都御所より幕府へ訪れた朝廷の廷臣）の接待、柳営礼式の掌典（幕府の諸礼式を統括して明文化するなどを掌る）、またそれら礼式の諸大名への教示訓導、などの役目を負っており、重責だ。

宗次と奥方富子の二人は、手入れの行き届いた庭の眺めが美しい書院十畳の間で向き合った。

「宗次先生は京へ御出とうかがっておりました。いつお戻りになられたのでございますか」

富子はにこやかに訊ねた。宗次とこうして向き合うことが、心から嬉し気であった。

「江戸へ戻りやしてから、もう随分となりやす。なれど多くの仕事を中途半端にしたまま江戸を発ちやしたもので、帰ってからが大変でございやした。御無沙汰をお詫び申し上げやす」

「人気評判この上ない先生の御仕事でございますゆえ、江戸へお戻りになられてからの整理や仕上げの大変さが、容易に想像できまする。今日は登城いたしておりますます上野介が帰参するまで、ゆるりとお寛ぎ下さいまして御酒などをお楽しみ下さい」

「いえ、御殿様がお戻りになられるまで、ゆるりとは出来やせん。今日は是非とも富子様にお願いの儀があって罷りこしましたが、このあともう一件、予定が控えてござんして」

もう一件、予定が控えている訳ではなかったが、突然に目の前に現われた譜代四万石田賀藩の「御中老」六百石廣澤和之進がどうにも気になっている宗次であった。しかも和之進は打貫流剣術の免許皆伝に加えて示現流剣法の位を極め、藩兵法指南役とかの地位にも就いたというではないか。

（……美雪は今もこの私の大事な妻だ。邪なる横恋慕で美雪に近付く者は誰であろうと叩っ斬る……）

和之進のその粘ついた言葉が、脳裏にこびり付いて離れない宗次であった。

「では上野介に会って戴けぬまま、お帰りになられるのでございまするか」

「申し訳ござんせん。今日のところは、そうさせて下さいやしょうか。日を改めて必ず御殿様に御挨拶に参りやす」

「上野介はきっと残念がりましょう。で、私への願いの儀とはどのような事でございましょうか。先生のお役に立つことでございましたなら、如何様な事でもお受け致しまするけれど」

「有り難うございやす。実は……」

宗次はそこで言葉を切ると、ほんの一瞬ではあったが次に持ってくる言葉を探すかのような目つきをした。有職故実の指南の立場にあって諸大名の評価極めて高い従四位上・吉良上野介義央の奥方富子は、出羽米沢藩（山形県）十五万石の二代目藩主上杉定勝の娘である。その人柄そして学び熱心な教養など、吉良家の家臣や奉公人たちの間では大変に評判がよい。いかに御三家筆頭尾張大納言の庶子である徳川宗徳（浮世絵師宗次）であろうとも、決して軽く見てはならぬ相手、富子であった。もっとも、そのあたりの配慮は疎かにはしない、宗次ではある。

「実は富子様。打ち明けやすとこの浮世絵師宗次、筆頭大番頭八千石西条山城守貞頼様のご息女、美雪様とは茶道や絵仕事を通じまして昵懇にさせて戴いておりやして」

「えっ……」

富子が思わず目を見張った。相当に驚いた様子であった。

「西条家のあのお美しいお姫様と、宗次先生とが、昵懇の間柄でございますの？」

「はい。無作法な打ち明けようで申し訳ござんせん」

「それでは、あのう……美雪様が四代様（将軍徳川家綱）のお役目を負って大和国へ参られた事は、御存知でございましょうか」

「よっく存じ上げておりやす」

「若しや、それでは若しや美雪様が仰っておられました『大和国でのお役目の最中に数数の危難に見舞われましたけれども、天からの御遣いかとも思われる素晴らしい御方にその都度ごとに救われました』は、宗次先生のことではございませぬか」

「……」

「どうぞお答え下さりませ宗次先生。これは美雪様にとって、いいえ、西条家にとって非常に大事なことになるやも知れませぬのです。美雪様が仰っておられました〝天からの御遣い〟。しかし幾ら私が訊ねても、その天からの御遣いが誰様であるのか美雪様は決してお明かしにならなかった……その御方とは宗次先生」

「確かに……美雪様の大和国でのお役目では、この私が美雪様の身傍に控えておりやした」

「おお、矢張り左様でございましたか。どう致しましょう。ああ、どうすれば宜しいのでございましょう」

「え？」

「いえ、あのう、宗次先生。今日は上野介が戻ってくるまで当屋敷にて、お寛ぎ下さりませぬでしょうか。これはこうしては、おれませぬ。あ、私としたことが取り乱してしまいました。見苦しいことで申し訳ありませぬ。余りに驚きが大きかったものでございまするから」

「あのう富子様……」

「失礼申し上げました先生。はい、承りまする。私への願いの儀と仰いまするのは？」

「あ、では、本題に入らせて戴きやす。この度、西条家におかれましては、老中会議の決裁を得て女性育成塾として求学館(きゅうがくかん)『井華塾(せいか)』を創設なさることとなり、名誉塾頭に御老中堀田備中守正俊(ほったびっちゅうのかみまさとし)様、塾頭に富子様がお就きなさると伺いやしたが……」

「宗次先生が美雪様とご昵懇とお聞き致し、願いの儀とは『井華塾』の件ではなかろうかと予想してございました。先生仰せのように、私(わたくし)は時代の先を捉えて女性力を育成するという『井華塾』の未来志向に賛同いたしまして、塾頭を二年という期限付きで引き受けさせて戴きました」

「二年……」

「左様でございまする。二年が経てば美雪様に塾頭に就(つ)いて戴きまして、私は名誉塾頭に、御老中堀田様は最高顧問に、という段取りとなってございまする。あくまで現在(いま)の時点では、ということでありまするけれど」

「その塾に芸術および算盤(そろばん)を是非とも教科として取り入れてほしい、そう考えやして参上した訳でございやす。富子様のご内諾を戴きましたなら、これより私は西条家に参って美雪様にもお伝え致しやす」

宗次は珍しく、やや早口となって芸術と算盤に関して説明を始めた。この件は既に美雪との間で話し済みにもかかわらず、それは口にしなかった。美雪の考えに左右されない富子流の考え方なりに触れてみたかったからだ。

宗次の話を聞いて、富子はにっこりと微笑んだ。

「私には全く異存はございませぬ。宗次先生が『井華塾』にかかわって下さいますことを大変嬉しく思いまする。そしてこのことは近い将来に塾頭に就かれます美雪様にとってもとても幸せなことと思いまする」

「それをお聞きして安心致しやした。今宵は貧乏長屋にて旨い酒が呑めそうです」

「宗次先生……」

「は？」

「宗次先生はいつまで長屋暮らしを、お続けになるのでございますか。今や天下にその名を知らしめられ、お仕事は片付けても片付けても増えるばかりでございましょう。構想を練るのに致しましても、絵筆を手に取るに致しましても、長屋住まいは余りに狭うはございませぬでしょうか」

「確かにねえ。しかし私の仕事はその絵を必要とする場所へ自ら出向くことが殆どでございやす。寺社とか大名旗本邸とか商人の町屋敷とかへ直接出かけて絵筆を手にすることが多うございやして……」

「だからと申して、先生ほどの御人がいつまでも長屋住まいという訳には参らぬと思いまする。そろそろ素晴らしい女性をお迎えなされませ。家庭なるものをお築きになりましたなら、やがて子供も生まれましょう。いかがでございましょう、新しいお住居やその他の事について上野介にお任せ下されませぬでしょうか」

「いやいや、今は美雪様の『井華塾』を応援して差し上げる事の方が、余程に大事でございやす。私の住居とか家庭のことなんぞは五年先でも十年先でも宜しいのでございやすよ」

「今の美雪様が置かれている状況なりを、先生はご心配なされておられますのでしょうか」

「富子様ゆえ率直に申し上げやす。いま城中では次期将軍問題が沸騰し、京に在わす後西天皇の第二皇子であらせられる有栖川宮幸仁親王を五代将軍として迎えようとする『力』と、それに反対する『力』が激突状態にある、と耳に致しておりやす」

「やはりその事、宗次先生でいらっしゃいますから若しや御存知なのではと案じておりました。ここに来ては対立する『力』の素姓を隠しても仕方がございませぬ。有栖川宮様を五代将軍に迎えんと画策する『力』は、譜代の名家として聞こえた大老酒井雅楽頭忠清様。そしてこれに断固として反対なされておられますのが、今は亡き春日局様の縁者である譜代の老中堀田備中守正俊様お一人でございます」

「老中会議を構成する稲葉美濃守正則様、大久保加賀守忠朝様、土井能登守利房様たちは大老酒井派という事でござんすね」

「はい。今のところは……」

「今のところは、と申しやすと、老中堀田備中守様を支援する『宮将軍反対勢力』が強まれば寝返りの可能性がある、ということでござんすか」

「上野介からは左様に聞いてございます。それから京におきましては大老酒井様の巧みな籠絡により、宮将軍を擁立せんとする強力な公家組織が台頭しつつありましたにもかかわりませず、ある日を境として、その組織が突如として壊滅状態に陥り、大老酒井様は大きな衝撃を受けられたそうでございます」

「ほほう、それはまた……」

「今のところ、その壊滅状態の様子は具体的にはよく解っておらず、京都所司代も何故か沈黙状態にあるとか申しまする」

「ふむう……ま、しかし、京における その強力な宮将軍擁立組織とかが突如消滅し、京の町が大乱に巻き込まれず、よかったではござんせんか。御所様（天皇）が在わす京の町には血腥い大乱などは似合いやせん。絶対に」

「真に仰せの通りかと存じます」

「美雪様に対する私の心配は、将軍問題の渦中にある御老中堀田様を『井華塾』の名誉塾頭に迎えても大丈夫であろうか、という事でござんすよ」

「はい。その心配につきましては、私も同じでございます」

やや伏し目がちに頷いてみせた富子であったが、然り気なくチラリと上目使いで宗次を見た。それだけであった。宗次が京を訪れたことを知っている富子ではあったが、その事と京の宮将軍擁立組織壊滅とを絡めて、宗次に対し踏み込んで問うような〝非礼〟な態度はとらなかった。さすが名門高家の奥方であった。

九

吉良邸を出た宗次の表情は編笠の下で明るかった。富子の強い勧めで軽い昼餉を食したが酒は入っていない。

帰りは鍛冶橋御門からではなく、凡そ五町半ばかり南に構えている旗本家の登下城門である数寄屋橋御門から御曲輪へと出た宗次であった。因に、曲輪とは「城の主要地域を外側から防禦的に取り囲んで護る外廓陣営」と解すればよいだろう。したがって、城主から見て充分以上に信頼できる譜代勢力が、この御曲輪内を固める場合が多い。

よって江戸城の御曲輪内を眺めれば、徳川家につながる「松平姓」が圧倒的に目立つ、という特徴を有している。

「入るは厳しい」が「出るは易い」御曲輪から外へと出た宗次は、編笠をかぶりゆったりとした足取りで数寄屋河岸を、山城河岸の南詰め土橋方向へと歩いた。日は高く空は青青と晴れわたり気持のよい天気であった。腹は決して満腹という訳ではなかったが心地よく満たされている。

欲を言えば、静かな小料理屋で漬物を肴に一杯、ひっかけたいところであった。

溜池沿いに、ぐるりと回るかたちで宗次の足は旗本街区（番町街区）へと次第に近付いていった。

「おっ……」

と、宗次の足が思わず止まった。赤坂田町四丁目まで来ていた。右手直ぐのところで、「外濠」と「上水道の水源」の役割を併せ持つ**溜池**が、日差しを浴びて水面を眩しく輝かせている。

宗次の視線は、通りの左手に連なっている町家のほんの少し先を捉えていた。

この明るい陽の下で、何と大き目な赤提灯二張をぶら下げている店があるではないか。

居酒屋だ。赤提灯に下手な墨字で「のん兵衛（べえ）」とある。

「はて？」

と小首を傾げながら、「のん兵衛」へと近付いてゆく宗次であった。大江戸八百八町知らぬ所がない、と言ってよい程の宗次である。しかし「のん兵衛」なる居酒屋ははじめて今、目にした。

閉じられている店の表障子も大き目な赤提灯も、見るからに真新しいと判る。

どうやら、開店して間（ま）が無い店のようである。赤提灯のつくりはなかなか立派だが、その二張の提灯の間に垂らしてもよい筈の暖簾（のれん）がまだ無い。

宗次は表障子の前に立った。煮魚の匂いが漂ってくる。鰯（いわし）だな、と宗次には判った。

侍の身形がちょっと気にかかったが、「ま、いいか……」と宗次は決めた。

「ごめんよ」

宗次は被っていた編笠を取り障子を開いた。客一人いない五坪ほどの真四角な店土間の正面に調理場があると判ったが、誰の姿もない。

店土間には、四本脚を持つきちんとした作りの卓（今で言うテーブル）が三卓あって、その卓のまわりをそれぞれ床几が囲んでいた。

「ほほう、よく出来ている……」

と、宗次は卓の面や脚を手で撫でてみた。本格的な作りであると判った。

この時代、四脚を有する卓（テーブル）は、市井にはまだ殆ど出現していない。宗次は絵仕事で訪れた大藩の上屋敷で見かけたことはあるが、それでも武家屋敷においてさえまだまだ珍しい四脚卓であった。

「なかなか考えているなあ」

と、今度は天井を見上げて感心する宗次だった。屋根を切り開くかたちで障子が嵌まった大和窓が設えられているではないか。明り取り窓だ。

この店の亭主、ただ者ではないな、と宗次は思った。

「あら、いらっしゃいませ、お侍様」

裏手口から調理場へ、野菜を山盛りにした竹編み籠を胸に抱くようにして若い娘が入ってきた。十八、九歳といったところであろうか。顔いっぱいに笑みを広げて愛らしい顔立ちだ。

お侍様、と言われた宗次であったが気にせず、べらんめえ調で応じた。

「煮魚のいい匂いがしたので入ってみたんだが、早かったかえ」

「いいえ、この店は昼過ぎには表障子を開けるようにしています。どうぞお掛け下さい」

「昼間から呑める居酒屋ってえのは、多くある訳じゃあねえから、時間を持て余している酒好きな楽隠居にはたまらねえだろうぜい」

そう言いながら調理場近くの床几に腰を下ろす宗次だった。

娘が笑みを絶やさずに言った。侍姿の宗次のべらんめえ調に、全く動じていない。

「でも、昼過ぎに表障子を開けるのは、このお店『のん兵衛』が沢山の人に知られる迄なんです。早く常連のお客様を摑むための策略です」

「ははは、なるほど策略かい。いい考えだあな。そうでないと、昼間っから店を開けて、仕入れだ、調理だ、接客だとなると、体の方が参っちまわあな」

「宜しくごひいきお願い申し上げます」

「酒と料理が旨えなら、たびたび寄せて貰うぜい」

「自信があります」

「ははは、はっきりしているねえ。気に入ったい。見なれねえ店だがよ、いつから開業しているんでい」

「昨日からです。お侍様が最初のお客様です」

「なるほど昨日からかえ。てえと昨日は一人の客もなかったってえ訳だな」

「はい。ふふふっ」

底抜けに明るい娘であった。宗次はすっかり気に入ってしまった。

「娘さんの名は何てえんだ」

「福と言います。〝福の神〟の福です」

「お福ちゃんか、いい名だねい。で、この店は両親と一緒にやってんのかえ」

「はい。お父っつぁんと、おっ母さんは今、裏庭で仕込みの最中です。呼んで来ましょうか」

「いや、仕込みは大事だからよ、呼ばなくっていい。肴は任せるから徳利の方は冷酒で頼まあ」

この時代の冷酒とは、一般に燗をしない酒を指している。もっとも、真冬には本物の冷酒になるが。

「判りました」

調理場で福はてきぱきと動いた。要領を心得た動きを見せていた。一つ一つの動きに迷いとか躊躇がない。

「少し話し掛けて邪魔にならねえかえ」

「どうぞ……」

福が背中で答えた。向こう向きになって煮魚を鍋から皿に移している。

「お福ちゃんは、このような商売は初めてかえ」

「居酒屋は初めてです。けれど十六歳から二年間、神田の『美乃梅』で仲居見習いで働いていました」

「神田の『美乃梅』って言やあ知る人ぞ知る一流の料理屋じゃあねえかい。なるほど、それで動きの要領を心得ているんだな。仲居って表現も、お福ちゃんに似合ってらあな」

「え？……」と、福が笑顔で振り向いた。

「あ、いや、なんでもねえ。独り言だい」と、宗次も笑顔で返した。

仲居は古くは中居と表現されることが多く、我が国では、鎌倉時代前期の歌人で歌学者でもあった藤原定家（応保二年・一一六二〜仁治二年・一二四一）の漢文日記「明月記」（照光記とも）に既に見られる。

当時は貴族屋敷の常御所（主人の居間）近くに控えて主人に奉仕する奉公人の「控室」とか、台所そばの料理の「配膳室」、あるいは家政とか経理の「担当者」などを意味していた。

室町時代に入ると、内裏（御所）において「御末」という役が生まれるが、これは先に述べた中居（仲居）に相当するものであって、いわゆる「仲居」という言葉（表現）が市井の外食産業の間に広がり出すのは概ね江戸期に入って以降という判断で間違いはないだろう。

「お待たせしました」

福が調理場から店土間に出て来て、真新しい清潔そうな盆に載せた肴と徳利を、宗次の前に置いて、自分も床几に腰を下ろした。にこにこしている。

「どれ……」

宗次は先ず煮魚に箸をつけた。鰯の味噌煮であった。

「おお、旨いな。こいつあ、いける」

「うふっ」

安心したのか、福が目を細めて調理場へ引き返していった。

「この煮魚の味付けは、お福ちゃんかえ」

「そうです。『美乃梅』の味を盗んできました」

調理場で福が背中で返事をした。両手が忙しそうに動いている。

「ははは、そいつあ旨い筈だ。するてえと色色な味を盗んできたねい」

「盗んできた、というのは嘘です。料理に素人の両親が居酒屋をやると聞いた『美乃梅』の板長が、女将さんの了解を得た上で、幾つかの味を教えて下さったんです」

「そうかえ。なかなか出来た板長や女将さんだねい。うん、いい話でえ」

宗次は冷酒を呷って、「こいつも旨え」と呟いた。実は宗次、「美乃梅」の女将町江、そして神田生まれの神田育ちである板長の政次郎をよく知っていた。

二階の特別室「朝霧の間」の四枚襖には、浮世絵の大作「月夜の蝶」が宗次によって描かれている。

にこやかな笑顔のなか一瞬の油断も隙も見せず接客に集中する黒羽織の姐さんたちの様様な姿を描いたものであった。宗次の人気を江戸八百八町の職人たちの間で不動のものとした大作「働いて明日」という連作画がある。職人たちが一心不乱に働く姿を色色な角度から描いたものであったが、「月夜の蝶」はそれの黒羽織の姐さん版というものだった。描き上げてまだ半月と経っておらず、宵待草の姐さんたちの間には今のところそれほど知られていない。

「お福ちゃんは今、料理に素人の両親、と言ったが、そもそもお父っつぁんは何の仕事をしていたんだえ」

福が振り返った。それ迄の笑みが消えて真顔になっていた。

「腕のよい大工だったんです。雨が激しく降った翌日の仕事場で、足を滑らせ屋根から落ち右足首を骨折してしまったのです」

「そいつあいけねえな。で、歩くのに不自由しているのかえ」

「いいえ、すっかり治って元気に歩き回れるようにはなっています。でも治るのに半年以上も掛かって、その間は御足（金の意）も入ってこないし、それでおっ母さんが『思い切ってみようか』と言い出したんです」

「なるほど。するてえと、あのよく出来ている大和窓とか四脚付きの卓台はお父っつぁんの作だな」

「はい、お父っつぁんの最後の大工仕事になりました。本当によく出来ていますでしょう。煮染が出来ましたけど、召し上がりますか」

「そいつも『美乃梅』の味付けかえ」

「勿論です」

そう言った福の顔に笑みが広がった。

「よし、貰おうかい」

宗次も笑みを返して盃をぐいっと呑み干した。

煮染の〝煮炊き味付け〟についてチヨから免許皆伝を貰ったという美雪の美しい笑顔が、宗次の脳裏をふっと過った。

福がまた調理場から店土間へと出てきて、小鉢に盛り付けた煮染を宗次の前に置き、床几に座った。そして、空になっている宗次の盃にトクトクトクとやさしい音を鳴らして徳利の酒を注ぐ。

なみなみと注いで、一滴もこぼさずにぴたりと止める鮮やかさであった。

宗次も負けじと、一滴の酒もこぼさずに、その盃をすうっと口元へ運んで呑み干した。

漸くのこと、福の顔つきが感心したように「へえ……」となって、宗次の手元を熟っと見つめた。

「どしたい？」

「凄い……一滴のお酒もこぼさずに……はじめて見ました」

「そんなに珍しいことかえ」

「凄く珍しいことです。あれほど、なみなみと注いであげたお酒を、一滴もこぼさず、しかも、すうっと盃を口元まで持っていかれました。本当に凄いですよ、はじめて見ました」

「どれ。煮染の味付けを見ようかえ」

宗次は話題を逸らし、煮染の小鉢へと箸先を近付けた。

裏口から調理場へ、福の両親と見られる中年の男女が入ってきた。

十

「何とも言えねえ、いい気分だな」

呟いて夕空を見上げ、ふうっと大きな息を胸の内から吐き出した宗次だった。今日は西条家の美雪と会い、高家筆頭吉良家の奥方富子に「頼み事」を二つ返事ならぬ一つ返事で承知して貰い、最初の客として新開店の居酒屋「のん兵衛」で店の一人娘福の爽やかな接客に触れ、「二本差しのまま『しのぶ』でもう一杯やるか」という大胆な気持になっていた。

「のん兵衛」に編笠を置き忘れてきたことに気付いていない。宗次にしては実に珍しいことだ。おそらく戸外が夕暮れになっていたからだろう。

暫く、晴れた夕空を眺め眺め宗次は歩いた。夕焼けは無く、透き徹った青さが残る中へ、東側から薄暮れ色が広がり出し、その間に満月が心細気に白く浮かんでいる。

浮世絵師宗次にとっては、最も心安らぐ夕空の光景だった。

居酒屋「しのぶ」へ行くにしろ八軒長屋へ戻るにしろ、番町旗本街への道に、宗次は既に入っていた。再び西条家に立ち寄る予定がある訳ではなかったが、宗次が今ゆったりと歩みつつある道は好むと好まざるとにかかわらず、「旗本八万通」につながり、西条邸の御門前を経るかたちで、神田の町人街区へと至っている。

宗次と美雪の初めての出会いの場所「浄善寺」の坂道を通りの左手に見て通り過ぎることとなる。

思えば美雪の人生にとってこの上ない浄善寺坂道での宗次との出会いは、まさに「劇的なもの」と言えた。

婚家であった譜代四万石田賀藩御中老の廣澤家を去ることで心深く傷ついた美雪を、どれほど力づけたことであろうか。

「今宵の江戸は、真昼のように明るくなるねえ」

ぽつりと呟いて夕空を仰いだ宗次は、また胸の内から大きな息を吐き出しつつ両手を上げて背伸びをした。そうしつつも凡そ一町ほど先の西条家の表御門を既に宗次は捉えていた。

薄暮れ色が濃くなり出している。が、月が明りとしての役割を果たすには、空は未だ暮れ切っていない。

宗次は「一杯機嫌で西条家の前を通り過ぎるのはどうもな……」と、左手の藪の中へと斜めに続いている石畳の小道へと入っていった。半ば雑草で隠されている小道ではあったが、界隈の旗本家の若党たちの手で、雑草は時おり刈り取られたりしている。

小道は西条邸の御門前を経るかたちで、森豊かな境内を擁する「建国神社」の裏参道と交わっていた。

春季の三月から五月にかけて、この「建国神社」の森では、それこそ数え切れぬほどに林立する巨木のまわりに二葉葵が群生して、紫褐色の小さな花を咲かせる。

したがって、葵を家紋とする徳川将軍家は、「建国神社」とその豊かな森を特に大切にしていた。大身旗本家の屋敷が「建国神社」の周辺に集中しているのは、まさにそのためであろうとも言われている。

いま宗次は左手に藪を、右手に椿の並木を見て歩いていた。つまり石畳の小道は、藪と椿の並木に挟まれているということである。

手入れが行き届いているとは言えない藪はまとまりのない雑然とした雑木が集まったもので、しかし「建国神社」の森へと次第に飲み込まれていく光景を呈していたから、伐採してしまうという訳にはいかなかった。

その粗雑な暑苦しい印象の藪を隠す目的で、「旗本八万通」に沿って椿が植えられているのだった。幕府の配慮では無論ない。旗本家の二、三が申し合わせて自分たちの屋敷の前だけに椿を植えたものが、「じゃあ我が屋敷前も……」となって広がっていったものらしい。

だから宗次は今、薄暮れ色の中、椿の並木の向こうに大身旗本家の連なりを垣間見ながら歩いているのだった。この椿の並木が「建国神社」に近付いて桜並木に変わる辺りから広大な西条邸が始まる。万石大名に迫る八千石旗本家だ。

その西条邸が椿の並木の右手斜め先に、垣間見え出した。表御門の両側に設えられている大行灯(外灯)に明りが点されている。

宗次は西条家の奥を取り締まる菊乃が言った「御殿様は今日はご登城の日で

ございます。老中会議、若年寄会議ほか幾つもの会議にご出席なされますから、お戻りは遅くなられましょう……」を思い出した。

まだお戻りじゃあないな、と宗次は歩みを少し速めた。薄暮れ色が急に濃くなり出していた。

と、宗次の足が何を感じたのか不意に止まった。その目は、椿の並木が桜並木に変わるその間近くに迫っていた西条家表御門の大行灯に、注がれていた。いや、濃くなり出した薄暮れ色の中で、宗次の瞳は大行灯の明りを確かに映してはいたが、しかし大行灯を見ている訳ではなかった。

時により並はずれて鋭敏となる宗次の聴覚は、次第に此方へと近付いてくる蹄の音と少なくない人の足音に集中していた。

（西条山城守様のお戻りか……）

と、宗次は思った。普通ならば八千石の大身旗本で筆頭大番頭の登下城ともなると、主人に従う供侍の数はかなりになる。

軍役規則で八千石大身旗本家の擁兵数を数えれば凡そ百八十名くらいにはなる筈だった。ただ「戦国時代」以降かなり長く平穏な時代が続いてきたことから、いかに八千石の大身旗本家とはいえ、凡そ百八十名という軍則そのままの数を家臣としているところは少ない、と宗次はみている。

しかし西条家の内情を知っている訳ではない宗次だ。剛の者として知られ武芸に通じ筆頭大番頭の地位にある西条山城守は軍則を忠実に守っているかも知れない。

けれども登下城の供侍の数は決して多くはないのではないか、と宗次は読んでいた。質実剛健な武官である西条山城守は、駕籠(乗物)ではなくおそらく馬での凜凜しい登下城であろうから、供侍は屈強の者十人程度ではなかろうか、と思っている。

蹄の音と人の足音がいよいよ近付いてきた。

と、その気配が急に乱れ始めた。馬がけたたましく嘶いたではないか。続いて「無礼者っ」「何者かっ」という怒声が、宗次の耳にはっきりと届いた。

夜の帳はすでに下りて地上の何もかもが月明りを浴びている。

椿並木の枝枝を折り鳴らして「旗本八万通」へと飛び出した宗次は、脱兎の如(ごと)く駆け出した。

再び馬が嘶いて、刃と刃の打ち合う響きが、宗次の走りを韋駄天(いだてん)と化した。足音を殆ど立てない走りだ。

宗次は殆ど一瞬の内に西条家表御門の前を駆け抜けた。そろそろ御殿様がお戻りの頃、と考えて大行灯の明りのなか門衛を務めていた若党二人も、ただならぬ馬の嘶きと剣戟(けんげき)の響きの方へ訝(いぶか)し気に顔を向けていた。その前を宗次が風のように走り抜けたのだ。足音も無く。

「おい、どうも変だぞ」

「うん。徒士頭(かちがしら)様にお伝えしろ。急げ」

「おう」

頷き合った二人の内の一人が、血相を変えて邸内へと駆け込んだ。門前に残った若党一人が思わず刀の鯉口(こいぐち)へ左手を添える。

宗次はたちまちにして大騒乱と化している現場に迫った。そして「むん」という形相(ぎょうそう)で腰の美濃伝和泉守兼定(いずみのかみかねさだ)を抜き放つ。明らかに西条山城守と思える馬上の武人を、抜刀した五名の家臣が囲むようにして守り、その外側を矢張り抜刀した七名の家臣が半円の守備にあった。

その前には既に西条家の家臣と覚しき一人が倒れ伏し、ぴくりとも動かない。

奇襲を仕掛けたのは、全身白ずくめの十六名。隠していないのは両眼と両手の、どこから眺めても紛れも無き白忍び。

それら奇襲忍びの背後から、足音なき一条の閃光が月明りを背に浴びて躍り込んだ。まさに躍り込みであった。

名刀兼定が、きらりきらりと月明りを弾き弧を描いて斬り上げ、反転して打ち下ろす。

大柄な白忍びの右腕が斬り飛ばされて西条家の家臣の一人の腹部に激突した。

別の白忍びの右脚が肉体から離れ、西条山城守の肩脇を音立てて掠める。余りの凄まじい衝撃斬りに、双方の誰もが愕然となった。

血刀を引っ下げた宗次が、西条家の家臣の守備に背を向けるかたちで立った。

何事も起きなかったような、穏やかな立ち様だった。

だが宗次の裂帛のひと声が、奇襲忍び共を揺るがせた。

「何者かっ」

忍び共が、ざっと地面を擦り鳴らして思わず半歩を退がる。それほど腹を打つような宗次のひと声だった。

忍び共の中央にいた偉丈夫が、「うぬっ」とした感じで半歩を擦り戻して仁王立ちとなり怒声を発した。野太い嗄れ声であった。

「おのれは何奴……」

「辻斬り同様の待ち伏せをする手前らに名乗る名は無え」

「その喋り様……貴様、町人か」

「おうよ」

答えるなり宗次は、忍び共の頭と思われるその偉丈夫へ、まるで雪上を滑るかのような速さで肉迫した。

偉丈夫の左右にいた忍びが頭を護ろうとしてか、宗次の面前へ一気呵成に立ち塞がった。さすがに動きは速い。対する宗次が四尺ばかりの間を空けて動きを止め、左足を深く引いて両膝を折り、右肩を地に向けて下ろして前方へ突き出した名刀兼定の刃を天に向けた。爛爛たる双つの眼が捉えているのは前面の二人の忍びではなく、その背後で仁王立ちの偉丈夫である。

突然に出現した、たった一人の男。べらんめえ調の町人言葉を発した二本差しに忍び共は完全に動きを封じられていた。現われるなりいきなり、仲間二人が叩っ斬られたのである。その圧倒的な力量の差は、誰の目にも鮮やかに映っていた。疑い様もなく。

「待ていっ」

宗次の異様に腰低い突き構えに、偉丈夫は己れの前に立つ手下二人に声を掛けた。掛けたが白い頭巾の目窓から覗かせている眼は、宗次にきつく注がれている。

「おのれは何奴かっ」

偉丈夫が再び問うた。最初に問うた時よりも明らかに声は高ぶり緊張している。

いや、その緊張は忍び共だけのものではなかった。西条家の家臣たちの間へも浸透していた。この家臣たちの中に、幸か不幸か美雪の大和国への旅に同行した者は一人もいなかった。己れについて余り知られたくない、という思いが常にある宗次にとっては幸いと言うべきなのであろうか。

ただ、馬上の西条山城守貞頼は、その全身に月明りを浴びて、熟っと宗次に視線を注いでいた。

「剣客ならば名乗れいっ」

偉丈夫が無言の宗次に対して、またしても憤怒の声を掛けた。傲慢な響きの野太い大声だった。

「答えんか貴様っ」

偉丈夫（頭領）を護らんとする宗次の面前二人の内の一人が鋭い金切り声――こ奴も傲慢な――を発して一歩を踏み出した次の刹那、宗次の体は宙に浮き上がっていた。

　蝶のようにふわりと浮き上がった――誰の目にもそう映った。が、しかし鍛えに鍛えた宗次の両脚の筋（筋肉）という筋は、歴戦である筈の忍び共の目にさえ止まらぬ強烈な勢い（速さ）で、地面を蹴り叩いていた。

それは、〝ふわりと……〟と形容すべき跳躍(ちょうやく)などと、到底(とうてい)言えるものではなかった。

その証拠に宗次の肉体(からだ)は、ぶあっという羽ばたきのような音を引いて、面前二人の忍びの頭上越しに、偉丈夫へ挑みかかっていた。

音に聞こえた筆頭大番頭とその家臣団を奇襲するくらいであるから、白忍び共も一角(ひとかど)の集団である。大上段に振りかぶった名刀兼定と共に、宗次が面前二人の忍びの頭上を飛び越えんとする寸前、四方から風切り音を発して十字手裏剣が矢のように襲いかかった。

体を小さく丸めた宗次の兼定が、それらを鮮やかに弾き返して月下に青白い火花が四散したとき、その体はすでに地へ伏すかのように着地。

その一連の光景は一瞬の内に始まって、息衝(つ)く間(ま)も無い内に終わっていた。

偉丈夫はさすがに反射的に跳(と)び退(さ)がっていたが、宗次に対し立ち塞がっていた二人の忍びは振り返って対処する刻(とき)を与えられず弧を描いた兼定に膝から下を払われた。

「うわっ」

「ぎゃあっ」

それは忍び共の間に初めて生じた絶叫だった。膝から下を失った忍び二人がぶつかり合うようにして地に叩きつけられる。

血刀を右手に、宗次が地から湧き上がるようにして、月下にゆっくりと立ち上がった。

「揚真流(ようしんりゅう)地剃(じず)り討(う)ち……」

偉丈夫が、月明りでキラリと光る兼定の切っ先より、ぽつりぽつりと垂れる血滴(ちしずく)へ、くわっとした眼(まなこ)を向け、声にならぬ呟きを漏らした。

「下(さ)がれいっ。世迷(よま)い者めが」

それまで無言であった馬上の山城守が、雷鳴のような声を発したのは、この時であった。同時に大勢の足音が、西条邸の方角から聞こえ出した。

偉丈夫が月を指差すかのようにして、サッと左腕を上げる。

忍び共が、潮が引くように西条邸とは反対の方角へと走り出した。

最後まで残ったのは、偉丈夫ひとりであった。

「自らを始末せよ」

宗次の兼定によって深手を負わされ悶絶する手下に対し、そう告げた偉丈夫は馬上の山城守に向かって軽く一礼をすると、刀を鞘に納めて走り去った。

その後ろ姿を目で追いつつ、懐紙で兼定の刃を清めた宗次は、偉丈夫と同じ方向へと歩き出した。山城守の方を見ようとはしない。

「あ、もし……」

山城守の家臣が小慌て気味に宗次へ追い縋ろうとしたが、「よい……」と山城守の穏やかなひと声が、その家臣を押し止めた。苦悶する忍び共が、舌を嚙み切ったのか、静かになったのはこの時である。

そこへ西条家の家臣たちが駆けつけ、山城守の無事な姿に安堵の騒ぎが膨らんだ。

ようやく界隈の旗本邸の表御門が開いて、通りへと出て来た侍たちは、月下に横たわる血まみれの白忍び共を見て、一様に息を飲んだ。

西条家から駆けつけた家臣たちは申し合わせた訳ではないだろうが、三手に分かれた。先ず体格すぐれた一人が「大事ございませぬか殿」と馬上の山城守に小駆けに近付いた。あとの二手は血の海の中に倒れたままの一人の家臣と、舌を噛み切って果てた忍び共のまわりに集まった。

山城守の登下城の供をした家臣たちは、手練の者である筈なのに未だ茫然の態である。奇襲された恐怖で体が硬直しているのではなかった。稲妻のような翻りを見せた宗次の斬殺剣に度胆を抜かれたのだ。度胆を抜かれたにもかかわらず、しかし誰の目にも宗次の名刀兼定の翻りは見えていなかった。

「あれに救われたのじゃ、忠寛」

馬上の山城守がそう言って、西条家から駆けつけた立派な体格の家臣に、顎の先を小さく振ってみせた。この忠寛なる武士こそ、西条家の家老戸端元子郎の嫡男であった。美雪の大和国への旅に、警護の頭として同行した念流皆伝者の、あの忠寛である。

その忠寛が、山城守が顎を小さく振った先へ、視界を移した。

「おお……あの後ろ姿は若しや……」

「どうした忠寛。あの男の後ろ姿に見覚えがあるのか」

「殿、暫しお待ち下さい」

戸端忠寛はそう言い置いて走り出した。その足音が背後から近付いてくるのを判らぬ筈がない宗次である。けれどもその足は立ち止まらなかった。さりとて逃げるように歩みを速める訳でもない。

「お待ち下さいまし。恐れながら、お待ち下さいまし」

忠寛は声を押し殺すようにして宗次の後ろに迫った。大和国の曽雅屋敷で、宗次が「徒ならぬ御人」と判りかけていた忠寛は、さすがであった。無作法に声を大にすることはなかった。

「大和国への旅で、美雪様の警護の頭を務めましたる西条家家老の嫡男戸端十四郎忠寛でございまする」

忠寛が囁きかけるようにして遂に名乗ったとき、二人の肩は殆ど並びかけていた。

宗次の歩みが止まり、そして横に並んだ忠寛の顔を見た。

「これはまた……思いがけない再会でござんすね」

穏やかな表情を変えることのない宗次の、落ち着いたべらんめえ調であった。忠寛がまた囁いた。

「私を覚えていて下されましたか。本当に思いがけない再会でございまする。大和国では色色とお助け下さいまして有り難うございました」

「なあに……」

「実は江戸に戻りましてから、美雪様のお供をして鎌倉河岸の八軒長屋を幾度か訪ねさせて戴いております」

「おお、忠寛様が美雪様のお供をなさいやして……長屋の者たちからは美雪様が訪ねてこられたことだけは伺っておりやしたが」

宗次は、美雪の八軒長屋訪問を、美雪自身の口から聞かされたとは言わなかった。

「此度はまた我が西条家の殿の危ういところをお助け下さいましたようで、お礼の申し様もございませぬ」

そう囁いて深く腰を曲げる戸端十四郎忠寛であった。

「当然のお手伝いをしたに過ぎやせん。この通りを西条家の御門前を過ぎて暫く行った左手に、最高級の紅、白粉、眉墨などで知られた大店『両国芳賀堂』の立派な寮（別荘）がござんす」

「はい、存じておりまする」

「その寮へ大事(でえじ)な用があっての帰(けえ)りに、騒ぎの現場に差しかかりやしたもので……」

「左様でございましたか。あのう、これより我が屋敷へ少しお立ち寄り戴けませぬか。不躾(ぶしつけ)なお願いではありまするが、是非(ぜひ)とも我が殿(あるじ)にお会いして戴きたく……」

「いや、私(あっし)はこのあとも大事(でえじ)な約束事が控えておりやして、それをすっぽかす訳には参(めえ)りやせん。今宵のところは、これで失礼させておくんなさいやし」

「これは失礼申し上げました。では日を改めまして御礼に参上いたします」

「御礼なんぞ、よござんすよ。それよりも御殿様がこちらを見ていなさいやす。家臣のお一人も深手を負っていなさる御様子。どうぞお戻りなすって差配なさいやして」

「はい。では今宵のところは、これで失礼させて戴きます」

西条家八千石の家老の嫡男であり念流の皆伝者でありながら、偉ぶるところの無い戸端十四郎忠寛は宗次に対し深深と頭を下げると、踵(きびす)を返した。

「次期家老は間もなくだな。いい男だ」

呟いた宗次は、まだこちらを熟っと眺めている西条山城守貞頼に軽く一礼をしてから、背を向けた。月明りを浴びる山城守の口元に微かな笑みが浮かんだのはこの時であった。そして「うむ」という表情で頷いてみせた。

十一

二本差しのまま居酒屋「しのぶ」へ立ち寄るか、とも思っていた宗次であったが、「西条山城守事件」で着ているものに血しぶきを浴びたため結局、浅草の刀剣商「対馬屋」へ立ち戻って一泊させて貰い、町人姿で八軒長屋に帰宅したのは翌朝巳ノ刻頃（十時頃）だった。

宗次は表口の障子を閉じ、猫の額ほどの庭に面した広縁に手枕で横たわり考え続けた。「西条山城守事件」についてである。

（美雪様のこれからの人生にとって大事な求学館「井華塾」の創設を控えて、矢張り恐れていたことが起きやがった）

そう思って、キリッと歯を嚙み鳴らす宗次であった。幕府内部では現在、健康状態が思わしくない現将軍（四代将軍徳川家綱）の後継者を誰にするかで激しい権力争いが起きている。

京より後西天皇の第二皇子、有栖川宮幸仁親王を宮将軍として迎えんとする譜代の**大老酒井雅楽頭忠清派**と、正面からその案に猛反対する譜代の**老中堀田備中守正俊派**の激突である。ただ「大老酒井派」には老中会議を構成する四老中の内、稲葉美濃守正則、大久保加賀守忠朝、土井能登守利房の三名が付いており、「老中堀田派」は堀田備中守ただ一人であった。幕府重役会議の観点では堀田備中守は明らかに絶対不利の立場に立たされている。

だがである。ここに強力な堀田備中守の「味方」がいた。声を発することには慎重な「味方」ではあったが、その権威は四代将軍の身傍にまぎれもなくあって、ひとたび剛腕なる決断を下せば、番方五番勢力（大番、書院番、小姓組番、小十人組、新番）二千数百名が一糸乱れぬ動きを見せる。

それほどの「味方」であった。言わずと知れた筆頭大番頭八千石西条山城守貞頼、その人である。

その人が下城の途中で全身を白装束で包んだ忍びと思われる集団に奇襲されたのだ。しかも家臣ひとりが重篤な深手を負っている。

若しもそのままの状態で屋敷内へと退避しておれば、筆頭大番頭の地位に、不名誉な瑕疵が付いていたところだ。

ところがそこへ宗次が現われ、またたく間に四人を葬り、白い刺客集団に大衝撃を与えた。これはひとまず、山城守側の反撃と捉えてよいものであった。

幕府重役たちの間で、山城守の評価は更に高まりこそすれ、落ちることはないだろう。

（この私が倒した四人の白忍びは、身分素姓につながるものなど、どうせ身に着けてはいめえ）

胸の内で呟き苦苦しい顔つきで、寝返りを打つ宗次であった。手枕が腹立ちを表したかのように、ボキッと鈍い音を立てた。手枕の腕を変えたことで、鋼のように鍛え抜いた幾本もの筋（筋肉）が皮下で動いた音であろう。

（いずれにしろ山城守様が倒されれば、宮将軍の招請に対し殆ど単独で猛反対している堀田備中守様は、たちどころに苦境に立たされなさる……間違えな

く）

宗次はそう考えて、これは求学館「井華塾」の創設にも深刻な影響を及ぼすなあ、と気分を暗くさせた。

足音が、表口の障子に近付いてきた。宗次には「母さん（チヨさんのこと）だな」と判る足音だった。

宗次は体を起こして背すじを伸ばし胡座（あぐら）を組んだ。冗談を言い合う仲のチヨではあったが、基本的な礼儀作法は失わぬようにしている宗次である。日常、言葉に言い表せない程の世話になっているチヨなのだ。

「先生、帰っているのかえ」

まぎれもなくチヨの声であったが、どうしたことか珍しく小声だった。が、暗い感じではない。

「お、チヨさんかえ。構わねえよ、入んねえ」

宗次が応じると、表口障子が音立てぬよう気遣った調子で右へと動いた。これも、いつものチヨらしくない。いつもなら元気よく開けられた障子は、受け柱に当たって、ビシャッと大きな音を立てる。

チヨが土間に入ってきた。そろりとした入り様だ。

「どしたんだえ」

と、宗次が思わず小声となる。

「うん」

と、にこにこ顔のチヨであったから、どうやら深刻な問題を持ち込んだのではなさそうであった。表口障子を閉めぬまま、上がり框に上がったチヨは宗次の前まで進んでお互いの膝頭が殆どくっつく位置に正座をした。これもいつものことだ。

「あのさあ……」

チヨの手が宗次の膝の上にのって、ひと撫でした。これは余程機嫌がよいときにチヨが必ずとる仕種(しぐさ)である。当たり前の男なら勘違いをしてチヨを抱き寄せようと両手を肩に伸ばし、鼻柱にチヨの強烈な一発をくらっていたところだろう。

が、宗次は馴れている。

「あのさあ……」

二度目の、あのさあ、でチヨの顔が宗次の顔に迫った。これにも宗次は馴れている。

「何ぞいい事でもあったのかえ」

「お父っつぁんが今日さ先生……」

「お父っつぁん？　鉄砲撃ちの上手な奥多摩のお父っつぁんだな」

「そうだよ。雲取山（標高二〇一七メートル）の麓近くで仕止めた猪の肉を持って来てくれたんだ」

「ほう、それはまた……」

「村の田畑を荒らしたり、お年寄りを追いかけまわして怪我をさせたり、鶏を牙で突き殺したりと悪さが絶えない大猪なんで、庄屋さんのたっての頼みでお父っつぁんが已む無く鉄砲を使ったんだと」

「鉄砲撃ちが上手なお父っつぁんだが、確か余り鉄砲を持って出歩くことはなかったんだよな」

「うん。いくら性質の悪い獣でも無闇に命を奪うもんじゃあねえ、とか言って」

「そういうのを本当の鉄砲撃ちの名人と言うんだい。けど、お父っつぁんのような名人は、時代の流れと共にどんどん数を減らしていこうねい」

「それでね先生、お父っつぁんが充分に熟した生肉と、糠漬けの肉をたくさん持って来てくれたのさ。糠漬けの肉はあと三、四日置いた方がいいらしいけど、熟した生肉は今日あたりが食べ頃だってさ」

「で、昼飯に私を招いてくれるのかえ」

「勿論だよ。お互いに思い思われている間だしさ」

「おうよ」

「じゃあ、小半刻（三十分程度）ばかりしてから来ておくれ」

「お父っつぁん、まだ奥多摩へは帰っちゃあいねえんだな」

「先生の顔を見ねえ内は帰れねえ、とか言ってるよ。うふふっ」

「そういやあ、お父っつぁんの顔を見るのは凡そ一年ぶりだあな」

「じゃあ待ってるよ、お前さん」

「おっと、旦那の久平さんはいねえのかい」

「腕のいい職人だから、とにかく仕事が忙しいのさ。次から次と名指しで仕事の依頼が入って。夫婦お互いに熟っと顔を見つめ合うひまさえ無いよう」

「なある……それで今朝はこの私に対してやさしいんだねい」

「そうだよう、お前さん。じゃあ待ってるからね」

チヨはそう言うと、着物の上から豊かな乳房の下を掻き掻き外へと出て行った。

表障子は開けたままだ。宗次は黙って、チヨの背に向かって両掌を合わせた。

チヨの開けっ広げな世話やきによって、この八軒長屋での生活に、どれ程の潤いを覚えているか知れない宗次である。母の愛情を知らぬ宗次にとって、チヨはまさに母であり姉であった。チヨの家庭に役立つためならば、如何なる困難にも立ち向かってみせる気構えの宗次である。

広縁に戻った宗次は再び手枕で、仰向けに寝転び目を閉じた。

(昨夜の白忍びは、伊賀でも甲賀でもなかったように思える。確証はねえがどうも尾張の匂いを感じてならねえ……)

頭の中で呟き、宗次は大きな溜息を吐いた。

若し尾張大納言家にかかわる忍びが山城守奇襲を実行したとすれば、今後極めて深刻な事態の広がりが予測される。

徳川御三家筆頭の尾張徳川家が大老酒井雅楽頭の後ろ楯となれば、宮将軍が実現することはほぼ間違いない。

ただ、なぜ尾張大納言家が大老酒井の後ろ楯になるのかという、大きな謎が残る。

「考えてみれば、尾張大納言家のおどろおどろしい力によって、いま此処に在る浮世絵師宗次は誕生したのだ……」

目を閉じたまま呟いて宗次は、ぐっと下唇を噛んだ。まるで噛み切らんばかりに。

戦国の時代を平定して栄耀栄華を誇った太閤殿下豊臣秀吉とその一門は、やがて秀吉が没するや、慶長二十年（一六一五）になって生じた大坂夏の陣で、秀吉の側室淀殿（淀君）及び一門の総帥豊臣秀頼の麾下にあった大坂城の軍は、徳川（家康）軍の猛攻を浴び総崩れで敗れた。

そして、淀殿と秀頼の母子は、城中（大坂城）で自害。

「表史」はそうなっており、事実、今世における多くの諸国大名の認識も、何の疑いを抱くこともなく、そうなっていた。

だが……事実は違っていた。悲しく恐ろしい「裏面史」があった。大坂夏の陣が始まる凡そ二か月前、豊臣秀頼は尾張徳川家が放った暗殺集団——おそらく尾張忍び——によって城中にて既に暗殺され、淀殿は拉致され密かに、実に密かに尾張へと連れさられていた。

つまり大坂夏の陣は、大坂方にとっては「主人不在の戦い」だったのである。

では何故、尾張徳川家はそのような思い切った「密かなる手段」を大坂夏の陣の直前に取ったのか。

少年時代より武術・学問にすぐれた徳川家康の九男義直（慶長五年・一六〇〇〜慶安三年・一六五〇）が、家康の命によりそれ迄の清洲藩主の地位から名古屋へと移って、「御三家尾張藩」の事実上の祖となったのは、大坂夏の陣（慶長二十年・一六一五）が始まる五年前、慶長十五年（一六一〇）の事であった。初代尾張藩主義直は体格すぐれるもまだ十歳。

この年若い藩主を藩重役平岩親吉、渡辺守綱、竹腰正信らがよく助け、時は次第に大坂夏の陣へと突き進んでゆく。

そして大坂夏の陣の二か月前、十五歳の凛凛しい若武者に育っていた藩主義直は、父家康に捧げるべき初めての「手柄」として、秀頼暗殺、淀殿拉致を決断した。

藩重役らの勧めではなく、自らが考え自らが決断した戦略であった。この戦略の成功が、大坂方総崩れへとつながったことは言うまでもない。

わが子義直のこの「決断と成功」を高く評価した家康は、諸大名（主として外様大名）に命じて名古屋城を改修させ、元和五年（一六一九）に石高六十一万石を認証して、ここに大尾張藩の出現となったのである。

だがしかし、この凛凛しい若武者義直の「決断と成功」はやがて、天下一の浮世絵師宗次の誕生という悲哀の物語を生んでいくのであった……。

「先生、御飯の用意が出来たでちゅ」

同じ言葉が遠くの方から二度近付いてきて体を揺さぶられ、宗次は目を覚ました。

「お、吾子かえ」

チヨの下の娘吾子が宗次の胸の上にのりかかって、鼻先と鼻先とをくっつけんばかりであった。言葉の語尾が時折ではあるが〝ちゅ〟となるのが、吾子の特徴である。赤子(やや)と幼子(おさなご)との間を往き来しているこの吾子が、宗次は可愛くてたまらない。

「猪が暴れるから直ぐ来て下さいと言うてるよ」

「それは大変だ。よし行こう」

宗次は腰を上げざま吾子を抱きかかえて頬ずりをした。

「今日はお祖父(じい)ちゃんがいて嬉しいだろう吾子」

「うん、嬉しい」

「吾子はお祖父(じい)ちゃんが好きか」

「うん。宗次先生の次に好き」

「こいつ……」

宗次は吾子の頭を撫で撫で向かいのチヨの家へと入っていった。いい匂いがしていた。どうやら味噌鍋らしい。

「あ、先生どうぞ上がって……」

台所に立っていたチヨが笑顔で宗次を迎えた。板の間に小さな七輪があって、その上で土鍋がぐつぐつと音を立て白い湯気をくゆらせている。その土鍋の向こうに日焼けした難しい顔つきの年寄りがいた。質素な身形だ。チヨの父親で鉄砲撃ちの名人永吾郎であった。本業は林業と農業の二股で、百姓仕事はチヨの弟に当たる四人の息子夫婦にやらせているが、林業の方は若い者を大勢使っている。

そのため村では、庄屋には及ばないが、色色の事にかけてかなりの影響力を持っていた。

「お久しぶりでござんす、お父っつぁん」

宗次は吾子を足元に下ろして、笑顔で七輪の前まで進むと、鍋を挟んで永吾郎と向き合い腰を下ろした。

永吾郎が咳払いをし上目使いで宗次を睨つける。

「おい先生、娘に手をつけてはいねえだろうな」

低い嗄がれ声が宗次を威嚇した。何しろ林業で気の荒い若い者を大勢顎の先で使っているのだ。そのため永吾郎の威嚇声は堂に入っている。

「はい、まだ手をつけちゃあいやせん」

宗次は味噌出しの中で旨そうに躍っている猪肉を眺めながら答えた。気はすでにそっちに行っている。

「手を出したら承知しねえぞ。娘は儂に似て魅力的だからな」

「母か姉だと思って甘えているだけでござんすから」

「その甘えがいけねえ。甘えは不義の源だい」

「甘えが？」

宗次は猪肉を眺めていた目を、老爺へと向けた。

「おうよ。甘えるなら岡場所へでも行ってきねえ」

「お父っつぁん。そばに幼い子がいやすから……」

「だから難解な言葉で声小さく戒めているんじゃあねえかい」

「難解？……少しも難解じゃありやせんよ」

台所で青菜を刻んでいたチヨと、母親と肩を並べて豆腐を小四角に切り分けていた花子が、顔を見合わせてクスクスと笑い合った。二人の肩が震えている。

（それみなせえ……）

という顔つきを拵え、宗次が無言で母子の背中を指差した。

吾子は一坪ほどの庭に面した広縁で、お祖父ちゃんからの土産らしい玩具を相手に夢中だ。

「ふん、色男が……」

ぼそっと漏らして永吾郎は静かになった。

チヨが二、三か所が欠けている大皿に盛った野菜と豆腐を煮立っている土鍋に、そっと滑り落とした。グツグツとうるさかった土鍋が静かになった。

「いま、お酒を持ってくるね……顔を合わせると、はじめは何時もぶつかってるね。変な二人だよ」

チヨが笑いながら、また台所へと戻っていった。戻っていった、とは言っても直ぐ其処だ。

「絵仕事は忙しいのかね先生」

永吾郎が訊ねた。物静かな口調になっていた。目つきも、やわらかい。

「ええ、忙しい毎日でござんすよ。お陰様で神社仏閣すじからの依頼が、えらく増えておりやして手が回りきっておりやせん」

「じゃあ、儲かってんのかい」

「贅沢をする力はありやせんが、食べていくのに困らねえ程度は」

そうかえ、と永吾郎は頷いた。頷いてから囁き声となった。

「儂はもう年じゃ。いつお迎えが来るか知れねえ。ひとつ先生よ、遠くからでいい。娘と孫二人を眺めていてやっておくんない。何をしてくれ、などとは言わねえからよ」

「お父っつぁん。心配はいらねえ。チヨさんも花子も吾子も、私はいつも他人としては見ちゃあいねえ。これは本当だい」

「そうかい。有り難よ。それを聞いて安心したい」

「お父っつぁんには、お迎えなんぞまだまだ来ねえよ。いつ迄も元気でいておくんない」

「本当は曽孫の顔が見られるまで、この世にしがみついていたいんだがねえ」

永吾郎がそう言ってちょっと淋しそうな笑みを口元に見せたとき、チヨが燗酒の入った徳利を盆にのせて運んできた。

十二

楽しい昼餉であった。素面では七難しい傾向の永吾郎も、酒がすすむにしたがって明るく饒舌な好好爺に変身する。まさに、変身するという表現にふさわしい、変わり様を見せるのだ。むろん宗次も、そうと心得てはいる。

「……でな、お前さんに初めて会うた時、儂は思わず『しまった……』と思ったもんじゃ」

「何が『しまった……』なんです、お父っつぁん」

「もう少し早くお前さんに出会うていたなら、儂は久平ではなくお前さんにチヨをやっていた」

「だってチヨさんと私じゃあ、母と子ほども年が違うじゃあござんせんか。あっ、痛え」

悲鳴をあげて手にしていた箸を取り落とす宗次であった。隣に座っていたチヨに思い切り太股を抓られていた。吾子は野菜の下に隠れている猪肉を箸先で探すのに夢中であったが、花子は宗次の顔と母親の顔とを見比べて、ケラケラと甲高く笑った。楽しそうだ。

「儂は浮世絵師などという軟弱な商売に就いている男なんぞは、背筋が寒くなるほど嫌えじゃが、しかしまあ、お前さんは何とのう好ましい」

「有り難うござんす」

「見ての通りチヨは儂に似てなかなかの別嬪でよう。小野小町や楊貴妃と比べたって負けやしねえわさ」

「ほほう、お父っつぁんは平安期に実在した歌才、容姿とも抜群の女流歌人小野小町とか、中国は唐の第六代玄宗皇帝の妃である楊貴妃の美しさについて詳しいのでござんすね」

「いや、知らん」

「なんですかい、それは……」

今度は宗次が破顔し、つられてチヨと花子も声を立てて笑った。吾子が猪肉を次次と土鍋から自分の椀へと移している。真剣な目つきだ。

「しかし、いつも思うがお前さん、酒には本当に強いねえ。全くの素面じゃあねえのさ。さ、ぐいっといきねえよ」

「へい。頂戴いたしやす」

永吾郎がにこにこ顔で目を細め、空になっている宗次のぐい呑み盃へ、なみなみと酒を注いだ。

「ところで、お父っつぁんの鉄砲撃ちが上手いことに関して、ちょいとお訊きしてよござんすか」

「構わねえよ」

永吾郎が赤い顔で頷いた。だがこのとき、宗次は隣に座っているチヨの顔からそれ迄の笑みが、ふっと掻き消えたのを視野の端で見逃さなかった。

「お父っつぁんは何歳の頃から、鉄砲を撃つようになったのでござんすか」

「亡くなった親父からはじめて引金を引かせて貰うたのは十四歳の時じゃったかな。その当時から住み続けている奥多摩の家は、古い古い甲州風の『かぶと造り』でなあ。今は傷みがひどいのじゃが、造り変えたくはないんじゃよ」

「ほほう……奥多摩の住居は古い古い甲州風の『かぶと造り』でござんすか」

宗次の目つきが、目立たぬように変わっていた。永吾郎がこっくりと頷く。

「そうじゃよ。亡くなったお祖父(じじ)もお祖母(ばば)も元気じゃった頃は、大家族じゃった。今でも奥多摩の家には使えんようになった古いものも含めると、七丁もの鉄砲と沢山の弾丸(たま)がある」

「それはまた……七丁とは凄い」

「険しい山間(やまあい)の村じゃから、段段畑にしろ昔は今のようには開墾(かいこん)されておらなんだ。なもんで、鉄砲は食料を得るためには欠かせぬ道具でなあ」

「判りやす。ですがお父っつぁん、奥多摩の古い古い甲州風の『かぶと造り』の住居(すまい)と言いやすと、若しや優れた騎馬(きば)軍で知られた武田(たけだ)家の落武者の証(あかし)となるものではござんせんか。奥多摩の『かぶと造り』は幾多の学者たちから、そうである、と言い伝えられてきておりやすようで」

永吾郎が「うん」と頷き、更にぽつりと、こう付け加えた。

「武田家の落武者だとて、今さらどうという事もない。刻(とき)は過ぎ歴史は流れた……そうじゃろうが」

「しかし、これからの花子や吾子にとって、たとえ落武者と雖(いえど)も旧(ふる)き係累(けいるい)が明らかか、そうでないかによって、社会が二人の幼子に与える『作用』が細細(こまごま)と違って参り(めえ)やしょう。ましてや武田家の落武者ともなると」

「家系図なら……あるぞ」

永吾郎のその言葉に、宗次の視野の端でチヨの表情が明らかに「えっ……」となった。

どうやら家系図があるということを、チヨははじめて知ったようだ。

宗次は言った。静かな口調になっていた。

「お父っつぁん、花子や吾子を自分の子のように可愛いと思っている私(あっし)でござんす。決して野次馬根性ではなく、真面目(まじめ)な気持で知りたいと思いやす。その家系図から推(お)し測(はか)れることを、簡単に打ち明けては下さいやせんか」

「推し測るもなにも、極めてはっきりしとるよ。はっきりしとる」

むすっとした顔つきで答えた永吾郎だった。花子は、話の内容が少し難しくなってきたと思ったのか、少し不安そうな目で宗次の顔を見た。箸を休めている。

なにしろ宗次の口から「……花子や吾子に……」とか「……社会が二人の幼

子に与える『作用』が……」とかの言葉が出てきたのだ。家系図云云が何を意味するか解せないにしても、感受性の鋭い花子には宗次先生とお祖父ちゃんが自分たち姉妹にかかわる大事な話を交わしている、と判る。

永吾郎が言った。

「チヨの話によれば、お前さんはこの江戸では、汚い長屋に住んでいるにもかかわらず、大変な浮世絵師だという。位の高い絵というのは、色色なことについて学ばないと描き切れないとチヨは儂に話してくれたし、儂もそうじゃと思うとる。その浮世絵師のお前さんなら、あれこれと諄く武田一族の悲劇について説明せずとも、判っておるじゃろう……な、お前さんよ」

「ええ、まあ、そこそこに、でありやすが」

「武田家の権力構造というのはのう、お前さん……、いや、宗次先生よう」

そこで言葉を切った永吾郎は、ぐい呑み盃の底に残っていた酒を呑み干し、荒れた手で持ったそれを宗次の方へ差し出した。すっかりいい調子な赤ら顔だ。

宗次は永吾郎のぐい呑み盃を満たしてやり、自分の盃へも注いだ。

チヨと花子、吾子は黙黙と食事をしている。永吾郎が手にする盃を顎の下に止めて言った。視線は煮音を立てている土鍋に注いでいる。

「甲斐（山梨）に土着の大小豪族を統合したものがな、武田家の権力構造という奴なんだい。つまり音に聞こえた武田の騎馬軍というのは、土豪の騎兵集団だったんじゃ」

「存じておりやす。そこに武田騎馬軍の遮二無二的な凄まじい強さがあった。そうでございんすよね」

「その通りだい。土豪騎兵軍は、まさに荒武者騎兵軍と称されたねい。そしてねい先生よ、その並外れた強さこそが、武田信玄公の統制能力の高さを表すものだったんだい。土豪騎兵の統率には、ともかく優れた能力が求められた」

「お父っつぁんの仰る通りだと、私も思いやす。武田信玄公は優れた統率者だった。戦地で病に倒れてさえいなければ、今のこの世は徳川の世ではなく、武田の世であったかも知れやせん。その可能性は大いにあったと思いやす」

「おっと、それは余り大きな声では言わねえこった」

「いや、なに、神君家康公だって二代将軍秀忠公だって、そう思っていたらしゆうござんすよ。甲斐（山梨）の民は何事にも優れており、決して侮れない、と」

「うむ……らしいねい」

「で、お父っつぁんの御先祖様は、武田家の家臣団のどのあたりにおられやしたので」

「なあに、儂の御先祖様は足軽隊に仕えた軽輩の者に過ぎない、儂の奥多摩の家にある黄ばんだ家系図が、はっきりとそれを物語っとる」

「姓は？」

「ない。ま、落武者の話はこの程度でいいじゃろ。一度よう先生、奥多摩へ遊びにおいで。我が家は今にも潰れそうなぼろ家じゃが、甲州風『かぶと造り』の形状はしっかりと残っとる。浮世絵師の目で眺めるのも学びにはなるじゃろ」

「そうでござんすね。機会があらば訪ねさせて下さい」

「うん、来たらええ」

「さてと、充分以上に御馳になったなあ。もう満腹だい」

宗次はそう言い言い手にしていた盃を置くと、合掌した。

「まだお肉があるよう先生、ほらあ……」

チヨが鍋を見つめながら、右の肘で宗次の左の腕（かいな）を小突いた。

「いやあ、戴いた戴いたチヨさん。これ以上は入らねえ」

「じゃあ、お茶を淹（い）れたげる」

「すまねえな」

「何を言ってんのさ。もっと甘えて」

チヨが微かに笑って立ち上がり、土間の台所へと行った。すると永吾郎が大徳利を手にして、チヨが座っていた位置に回り込んできた。宗次は咄嗟（とっさ）に、永吾郎のその何気ない動きに、只事でないものを感じた。

永吾郎が宗次の体に横からもたれかかるようにして、空（から）になっている宗次のぐい吞み盃へ大徳利の酒をゆっくりと注いだ。注ぎながら永吾郎はやや早口で囁いた。

「武田家には信玄公によく似た同装（どうそう）（同じ身形）の蔭法師（かげぼうし）が三人いた……」

酒を注ぎ終え、そして囁き終えて、永吾郎は自分のぼろ座布団の上へと何事も無かったように引き返した。盆に湯飲みを載せて、チヨが戻ってきた。

「奥多摩の葉茶よ、どうぞ……あら、盃にお酒が残ってるよ先生」

「うん、わかってる」

宗次はぐい呑み盃に手をやって、一気に呑み干してから、こちらを見ている永吾郎と目を合わせ小さく頷いてみせた。

大変なことを永吾郎は囁いたのであった。余程のこと宗次を信頼しないことには囁けぬ内容であった。「もう少し早くお前さんに出会うていたなら、儂は久平ではなくお前さんにチヨをやっていた」はまんざら冗談ではないのだろう。

「儂の御先祖様は信玄公の蔭法師三人の内の一人……」

永吾郎の囁きを宗次は、そう解釈した。そしてそれは、娘チヨにさえ打ち明けていない事実なのであろう、と思った。

宗次は、チヨが淹れてくれた奥多摩の茶を美味しく飲み終えると、小半刻(三十分程度)ばかりの雑談のあと、丁寧に礼を言って辞した。

花子の塾のことは話題には出さなかった。

十三

自宅に戻った宗次は、手拭いと総楊枝と粗塩が入った小袋を手に井戸端へ行って、顔を洗い口中を丹念に清めた。

家では、旨かった味噌鍋の匂いを吸っているかも知れない着ているものを、帯も含めて改めた。何処へ出かけるという訳ではなかった。ある予感が脳裏で蠢いていた。はっきりとしたものではなかったが、宗次はその予感を無視はしなかった。かと言って、絵師の家らしい雑然さを小綺麗に片付けるまでのことはしない。

宗次は猫の額ほどの庭に面した広縁に、また手枕で横になった。

永吾郎と交わした盃で、いい気分ではあったが酔っているという自覚は殆ど無かった。永吾郎から聞かされた予想外の言葉で、頭の中はむしろ冴えている。

（今は徳川将軍の世ではある。しかし信玄公の蔭法師三人の内の一人が、その血筋の者を奥多摩の山深くに残していると、若し幕閣が知れば「隠し目付」が動き出すかも……）

それにより永吾郎の住居（すまい）の周辺は静寂さを失うのではないか、と宗次は思った。したがってこれは絶対に口外できない、と宗次は己れを戒めた。

遠江国（とおとうみのくに）三方ヶ原（みかたがはら）の戦いでは、徳川家康に耐え難い恐怖を与える打撃力で大勝利した武田信玄の戦法は、それ迄の数数の戦場で千変万化な優れた能力をみせ勝利を克ち取って（かちとって）きた。そして、それら勝利の背後には必ず蔭法師の命がけの活躍があったと今世でも伝えられている。伝説的に。

その信玄がこの世を去って既に百余年。その子勝頼（かつより）が無謀な作戦を強行して敗れ武田家を潰してから九十余年。時代は流れたとはいえ、甲斐の猛将信玄が天に召されてから「過ぎたる百余年」は、徳川将軍家にとっては「つい最近の事」である筈だった。

信玄のそれ程の猛烈な攻撃を浴びて、織田（おだ）（信長（のぶなが））軍と連合を組んでいたにもかかわらず家康は震えあがり三方ヶ原を敗走したのであった。一説によれば、火の玉となって追撃する武田軍に、家康も側近重役たちも恐怖のため脱糞（だっぷん）をしつつ逃走したという。

それもこれも信玄の攻撃能力の高さを更に誇張するための逸話と思われがちだが、しかし、まんざら誇張とは思われない節（ふし）もあるのだ。

その信玄公蔭法師三人の内の一人が、奥多摩の「甲州風かぶと造り」に直系の血縁者を残していると知れば、今世の徳川将軍家とその一族はおそらく三方ヶ原の無念に思い到ることだろう。たとえ百余年前のその戦場に自分たちが立っていなかったとしてもである。

宗次は手枕で仰向（あおむ）けの体を身じろぎひとつさせず、万が一の場合の永吾郎やチヨのあれこれについて考えた。蔭法師の件で幕府の「隠し目付」が若し動き出すようなことにでもなれば、永吾郎の孫である花子の塾通い（西条家へ通うこと）にも深刻な影響が出てくる。

（如何なることがあってもチヨとその家族は守ってやらねえと……）

宗次は、そう思った。場合によっては浮世絵師宗次ではなく、御三家筆頭尾張大納言徳川光友（みつとも）（二代藩主）を実の父親とする立場で、チヨとその家族を抱きつつんでもよい、とさえ思った。

向かいの家から誰かが出て、井戸端の方へ小駆けになっていく気配が、宗次の耳に届いた。チヨなのであろうか、それとも花子なのであろうか。

その足音が直ぐに戻ってきた。慌ただしい気配で戻ってきたと判ったから、宗次はむっくりと上体を起こした。

チヨが「先生、宗次先生……」と、声を押し殺し気味に表口から土間内(どまうち)へと入ってきた。井戸端で水を汲(く)み上げる積もりだったのであろう。深めの桶を手にしている。だが、桶には水が入っていない。それがチヨの慌てぶりを示していた。

「どしたんだえ。血相が変わっているぜいチヨさん」

「お侍が……強そうなお侍が長屋口の前に四人五人と集まり出しているよ先生」

「なんだって……浪人かえ」

「違う違う、皆さん身形は小綺麗だよ、怖(こわ)そうな顔してさあ」

「怖そうな?」

「うん」

頷いたチヨは恐る恐る土間内から長屋口の方を覗いた。

だが、その顔は直ぐに引っ込んだ。

「あっ、先生。いま馬に乗った立派なお武家さんが、長屋口の前で馬から下りたよう。侍たちが跪いて頭を下げてるよう」

「判ったよチヨさん。心配はいらねえからチヨさんは家に戻って表障子を閉めておきねえ」

宗次には、ぴんとくるものがあったから穏やかな調子でチヨに言った。

「先生んとこへ訪ねて来たのかねえ」

「おそらく絵仕事の関係先だろうよ。さ、チヨさんは家に戻っていねえ」

「大丈夫?」

「大丈夫だい。心配はねえからよ。さ、早く……」

「じゃあ、何かあったら叫んどくれ。お父っつぁんと二人、庖丁を手に飛び込んで来るからさ」

「うん、その時は頼まあ」

チヨはあたふたと自分の家に駆け込むや、大きな音を立てて表口の障子を閉めた。

と、長屋路地の溝板を踏み鳴らす落ち着いた足音が、次第に近付いてくるのを宗次は捉えた。そもそも溝板の上を歩く、ということ自体がこの長屋の者ではない証だった。長屋の者は決して、さほど頑丈には出来ていない溝板の上は歩かない。ひとたび踏み割れたりすると、大家がなかなか修繕してくれないことを心得ているからだ。

宗次は、障子が開いたままとなっている表口に対して正座をし、近付いてくる足音を待った。

侍が遂にその表口に現われた。こちらを向いて泰然と正座をしている宗次と目が合って、ちょっと驚いたようなたじろぎを見せた。

若い侍であった。宗次は（あ、記憶にある……）とは思ったが名前は思い出せなかった。

「失礼いたします」

若い侍は外で丁寧に一礼をしてから、土間内へと入ってきた。そしてもう一度「失礼いたします」と告げて更に深深と頭を下げた。

宗次が口を開いた。

「西条家のご家臣の方でござんすね」

「あ、はい。私は……」

「確か美雪様の大和国への旅を、警護なさっていらっしゃいやした」

「覚えていて下さいましたか宗次先生……」

若い侍の表情が、ぱっと明るくなった。

「改めまして名乗らせて戴きまする。私は西条家八千石の近習役堺田勇之進と申しまする。当年二十二歳でございます」

「ご丁重なるご挨拶、おそれいりやす。先に一つお訊ね致しとうござんす」

低い声で言った宗次であった。

「はい。どうぞ……」

「昨夜の奇襲騒ぎで西条家の家臣が一名、深手を負いなされたと見ておりやすが……」

「残念ながら屋敷へ戻ってから息絶えましてございまする」

「左様でしたかい。で、その御方というのは？」

「先生おそらくご存知ないやも知れませぬ」

「と、仰いやすと？……」

「はい。美雪様の大和国への旅には随伴いたしませず、西条家の留守居の役にありました若い家臣の一人でございまする」

「左様でござんしたか。お気の毒を致しやした」

宗次は表情を歪めて、堺田勇之進に軽く頭を下げた。

「で、堺田様、今日おいで下さいやした御用と仰いやすのは？」

「はい。昨夜は下城の我が殿とその一行をご助勢下されまして真に有り難うございました。殿が是非とも宗次先生に御礼を申し上げたいと、ただいま長屋の表口で待機なされておられます。此処へ殿をご案内させて戴きとうございますが、差し支えございませぬでしょうか」

「それは恐れ多いことでございやす。何の用意も整わねえこのような荒屋でござんすが、それじゃあ浮世絵師宗次、この場でお待ち申し上げておりやす。何ひとつお構い出来ねえ無作法をお許し願いやす」

「おお、ご承知下されますか。それでは只今、そのようにお伝えして参ります」

　堺田勇之進はそう言うなり、外へ飛び出した。馬の蹄が地面を打つ音が二度だけ聞こえてきた。落ち着いているのであろう、嘶きやブルッという鼻鳴は全く無い。優秀な馬らしい。

　やがて近付いてくる足音が宗次の耳に届いた。二人ではなく一人の足音であった。しかも溝板を踏み鳴らす足音ではない。

　その足音が我が家の直前あたりに達したところで、宗次は綺麗に平伏した。稀代の大剣聖と評された従五位下・梁伊対馬守隆房を父（養父）として揚真流兵法を極めた青年剣客の、見事に決まった平伏であった。

　足音の主が開け放たれている表口に現われ、平伏している宗次を認めて、微かにではあったが口元を「うむ」とさせた。目つきは鋭いが決して居丈高な印象ではない。自然に備わったかのような堂堂たる風格、という印象であった。

　その人物が静かに土間内に入ってきた。

　西条家の主人、筆頭大番頭八千石山城守貞頼であった。

「幕閣三臣」の一である重い地位に就く美雪の父が、遂に宗次の面前に現われたのである。

「宗次殿のお宅じゃな」

穏やかな、然しずしりとした響きのある太い声である。

「はい。私が宗次でございまする」

いつものべらんめえ調が、さすがに消えている宗次であった。

「面を上げて下され宗次殿。私は美雪の父、西条山城守貞頼じゃ」

「このようにむさ苦しい貧乏長屋へ、ようこそ御出下さいました」

そう言い言い面を上げた宗次は、美雪の父山城守貞頼とはじめて確りと目を見合わせた。山城守貞頼が僅かに目を細めて頷いてから、宗次に背中を見せて表口の障子を閉めた。いつもは滑りの悪い障子が、音も無くするすると動いたではないか。

「ご覧の通り誠に小汚ない住居でございますゆえ、御殿様にお掛け戴くまともな座布団一枚ございませぬ。お詫び申し上げます」

「なに、此処で宜しい」

山城守貞頼は微笑んで言うと、腰の大刀を抜き取って上がり框に腰を下ろした。

「昨夜は有り難うござった宗次殿。一名の犠牲者を出しはしたが、宗次殿のお蔭で筆頭大番頭の重責を負うこの身は、救われ申した。心から感謝を申し上げる」

山城守貞頼は、上がり框に座ったままの姿勢ではあったが、うやうやしさをはっきりと表して頭（こうべ）を下げた。堂堂たる印象の中にも謙虚さが滲（にじ）み出ていた。

「一名の犠牲が御家臣の中に出ましたることには胸痛みますが、幕閣に重きをなす御殿様がご無事であったことは何よりと存じ上げまする」

「宗次殿の現われるのがもう少し遅ければ、家臣の犠牲はもっと増えていたであろうし、この貞頼の身も傷ついていたやも知れぬ。この恩、決して忘れませぬぞ宗次殿」

「おそれいります」

「また、四代様（四代将軍徳川家綱）の秘命を受けて大和国（やまとのくに）へ赴いた美雪の数数の危難をよくぞ護（まも）り抜いて下された。美雪から詳しく打ち明けられ、また京都所司代次席の職にある美雪の兄よりも報告を受けており申す。忝（かたじけ）ない、誠に忝ない」

なんと山城守貞頼が上がり框に両手をつく姿勢を見せて、先程よりも深く頭を下げたではないか。その姿に、娘を愛する父親の情愛が、まざまざとあふれていた。宗次は、婚家を出た娘を不憫に思う父親の苦しみと情愛の深さを、はっきりと見たように思った。胸が熱くなった。

「美雪様が大和国で立派にお役目を果たされ、無事に江戸へ戻られましたる事は、私にとっても何よりの喜びでございました。それに大和国に聞こえたる清貧の豪家、曽雅家のお祖母様と知り合えたることは、私の大きな精神の糧ともなっておりまする」

「左様か。宗次殿がそう思うているとお祖母様が知れば、大変お喜びなさるじゃろう。そのお祖母様じゃがのう宗次殿。どうやら近い内に江戸へ訪れる事になりそうなのじゃ」

「おお、それはまた……」

宗次の表情がたちまち明るくなった。

「が、しかし、美雪は実は余り賛成しておらぬようでな」

「それはまた、どうしてでございましょうか。意外にございまする」

「宗次殿のことであるから、昨夜の奇襲騒ぎでこの山城守貞頼は幕府の内外で難しい立場に立たされていると、内心容易に想像なされていよう。美雪は、この父に降りかかる火の粉が、お祖母様にも降りかかりはせぬかと心配しておるのじゃ」

「なるほど美雪様のその御心配、私にはよく理解できまする。ですが、あのお祖母様は、そのようなことで怯んだりたじろいだりする御方ではありませぬ」

「申される通りじゃ。あの御人は自分で下した決断を、余の者に揺さぶられると一層のこと気持を強められる御人でのう」

そう言って少し苦笑する山城守貞頼であった。宗次は明るい表情で応えた。

「思い切ってお祖母様をお迎えなされたら如何でございましょうか。差し出がましい事を申し上げますが、私で宜しければ昼夜にわたってお祖母様の身辺警護を引き受けさせて戴きまする」

「それは私の立場上、出来ぬよ宗次殿。西条家を訪れた上方の親族の身辺の警護を宗次殿に依頼したと幕閣の耳に入らば、新たなる火種となることは必定じゃ。それでなくとも幕府内部は今、大変むつかしい状態の中にあるのでのう」

「それならば私がお祖母様に勝手に近付いた、という事にさせて戴けませぬか。お祖母様には大和国で色色と御世話に相なり、すでに旧知の間柄と申しても差し支えありませぬ。その私が自分の方から勝手にお祖母様に近付いたとて、どこに不自然さがございましょう。ましてや私は町人浮世絵師」

聞いて山城守貞頼は口元に笑みを浮かべた。

「宗次殿のお気持は誠に有り難い。この件は屋敷へ持ち帰り、美雪とも相談してみますかな」

「はい。美雪様のお気持を訊いてみるのも宜しいかも知れませぬ」

「宗次殿の毎日が忙しいことは美雪から聞かされて承知いたしておるが、どうであろうか。一度近い内に屋敷へ見えられぬか。昨夜のお礼を、もう少しきちんとした形でさせて貰いたいのでのう」

「お礼など恐れ多いことでございまする。御殿様がこの荒屋へお見え下されただけでこの宗次、もう充分でございます。しかしながら只今の件につきまして美雪様のお考えも聞かせて戴きたく近い内にお屋敷へ伺わせて下さい」

「うむ、是非にもな……」

山城守貞頼が頷いたとき、表口の障子の向こうで「失礼いたします」と神妙と判る女の声があった。チヨさんだな、と宗次には判ったから「お入り……」と応じた。


表口の障子が恐る恐るな調子で開いて、小盆に湯呑み二つと小皿を載せたチヨが、うなだれるようにして入ってきた。小皿に上品に盛られているのはチヨ自慢の手づくりの漬物、と宗次には直ぐに判った。


「あの、宗次先生、お茶を持ってきましたけど……」

「有り難う、戴くよチヨさん」

チヨさんと聞いて山城守貞頼の表情が、「おっ」という感じで動いた。

「我が娘美雪に台所の味を色色と教えてくれたチヨと申すのは、若しや其方（そなた）であったのかな」

「あ、はい、申し訳ありません。お許し下さい」

「なにも謝ることはない。私は毎日のように朝夕、美雪の拵えてくれた漬物とか煮染（にしめ）とか魚の煮つけ、など其方（そなた）譲りの味を楽しんでおる。とりわけ漬物の味はこたえられぬわ。酒に合う」

「おそれいります」

チヨは湯呑みと漬物の小皿を山城守の前に置いたが、その手が小さく震えていた。

ということは既に美雪から或（あるい）は菊乃から、父親はこれこれこういう御人、と聞かされて知っているのだろう。貧乏長屋に住む町人にとっては、幕府筆頭大番頭八千石の大身旗本といえば、もう雲の上の人物だ。万石大名に肩を並べている御人と判る。

宗次が笑顔でチヨに訊ねた。気軽な口調であった。

「それにしてもチヨさん、お訪ね下さったのが美雪様のお父上と判って漬物を持ってきてくれたのかい」

「は、はい。い、いま長屋口で待機のお侍様の中に、この長屋を訪ねて参られた美雪様のお供の方（かた）が二人おられましたから」

「なるほど。さすがチヨさん。よく見ている」

「そ、それじゃ先生、これで……」

早口で言って逃げるように外へと出ていったチヨであった。

チヨが表口の障子をそろりと閉めてから、山城守は漬物にそろりとした感じで突き刺さっている爪楊枝に手をのばした。

茄子(なす)の古漬(ふるづけ)が山城守の口に入る。

とたん、荒武者風なその表情が緩み、目を細めた。

「たまらぬ、見事な味じゃ、うん」

宗次は、やさしい表情となった西条山城守貞頼の横顔を見つめながら、（まさに大人物。この御方(おかた)は守って差し上げねば……）と己れに言って聞かせた。

十四

翌朝、猫の額ほどの小庭に面した障子がうっすらと白み始めた頃、宗次は表戸——腰高障子の——をコトコトと遠慮がちに叩く音で、布団の上に体を起こした。チヨが顔を出すには少し早過ぎる。

宗次は土間に下りて、昨日西条山城守が訪ねて来たこともあるので少し用心しながら、「誰？」と小声で訊ねた。

「宗次先生、こんな刻限に申し訳ねえ。永吾郎じゃが……」

小声を返してきたのはチヨの父親永吾郎だった。

「お父っつぁんかえ。いま開ける……」

囁きつつ宗次は表口の突っ支い棒を取り外した。いつもは突っ支い棒などしない宗次であったが、刺客に狙われた山城守が訪ねて来たこともあって、一応の用心だった。

とは言っても強い侵入意思を持つ者にひと蹴りされたら、簡単に吹っ飛んでしまう表口だ。その気があれば小庭側からの突入も容易である。

宗次が表口を開けると、旅拵えの永吾郎が立っていた。チヨも表口に出てにこやかに此方を見ている。

「昨日は先生とたっぷりと話が出来て楽しかったんでな、今日は満足な気分で奥多摩へ帰ることにした」

「こんなに早く発ちやすのかえ」

「年寄りには朝の早いことなんぞ、苦にはならねえ。それよりも娘や孫のことをくれぐれも頼むぜ先生よ。なにしろ久平の奴が評判の職人になって滅法忙しく留守が多いんでよう」

「心配いりやせん。こうして向かい合って住んでるんだい。確りと私の目は届いておりやす」

「そう言って貰えると、安心して奥多摩へ帰れるわさ。有り難え」

「お父っつぁん、ちょっと、待っていておくんない。着替えて途中まで送るからよ」

「そんなのは、いらねえ。じゃあな……」

宗次は土間から座敷へと身軽にひょいと上がると、麻帷子の寝間着を手早く着流しに着替えた。今世において麻帷子の寝間着を着られる町人は、儲かっている商家の家族くらいのものだ。貧乏長屋に住む庶民には殆ど縁が無い。

宗次が身繕いを終えて外へ出ると、永吾郎は長屋口のところでチヨと佇んでいた。〝向こう三軒両隣〟はまだ静かであったが、あと四半刻もすれば商いに出掛ける者たちが動き出す。

「お待たせ……」

「絵仕事で忙しい毎日だろうに本当にいいのかえ」

「チヨさんのお父っつぁんなら、私（あっし）にとってもお父っつぁんみたいなもんだ。さ、行きやしょう」

お互いに囁き合って、長屋口からゆっくりと踏み出した宗次と永吾郎だった。

二、三歩を縋（すが）るようにしてついてきたチヨであったが、「それじゃあ、お前（まい）さん、頼みましたよ」と立ち止まった。

「おう、任せておきねえ」

宗次はチヨと目を合わせて小さく頷くと、永吾郎を促して歩みを速め出した。

「久平に嫁いでいなきゃあ、本当に宗次先生の女房になっていたかもしんないねえ。なにしろ息が合うから……うふふっ」

含み笑いを漏らして長屋口の内（なか）へと戻ったチヨの表情だが、ちょっとばかり淋し気であった。

宗次と永吾郎は暫く無言のまま歩き続けた。それほど気を許し合った仲、つまり常に何かを話し合っていないと落ち着かない仲、をお互い既に超えてしまっている。

「ところで先生よ……」

暫くして先に沈黙を破ったのは、永吾郎の方だった。

二人は丁度、大外濠川（神田川）に架かった筋違木橋（昌平橋のこと）に差し掛かっていた。川下すぐのところに三千石から五千石の大身旗本専用の登下城門が見えている。

「なんでい、お父っつぁん」

宗次は思いやりを込めた感じで、永吾郎の背に軽く手を触れてやった。

このとき木橋の向こうから、道具箱を肩に載せ揃いの法被を着込んだ三人の職人態が渡ってきた。

「やあ、宗次先生。お早うござんす」

「お、今朝は少し早いんじゃねえのかえ」

「へい。これから品川の先まで出掛けやすんで」

「そうかえ。気を付けて行ってきなせえ」

「その内また、盃を付き合っておくんなさい」

「心得た……」

宗次の、心得た、で双方は笑顔で擦(す)れ違っていた。双方共に歩みを遅らせないままに朝の挨拶(あいさつ)を終えて擦れ違う、阿吽(あうん)の呼吸だった。

「なんだか知らねえが、宗次先生はやっぱし顔が広いねえ」

そう言って永吾郎は、妙に嬉しそうに目を細めた。

二人は木橋を渡り切って左へ折れた。

「今の三人は江戸でも有名な鳶(とび)の兄弟でね。たまに盃を交わしたりしやす」

「江戸の職人てえのは、威勢がいいねえ」

「気性は荒いが礼儀はちゃんと心得ておりやす。おっといけねえ、お父っつぁん。先程何かを言いかけやしたね」

「うん、それよ……」

と、永吾郎がふっと真顔となった。東の空に、朝の光が広がり出していた。

晴天だ。

「昨日はよ先生、酒の勢いもあって、つい言わなくてもいいことを口にしてしまった」

「武田信玄公の蔭法師のことだね」

「幕府が若し『奥多摩にそういう奴が未だ棲んでいるのか』と受け取ったら、刀の柄に手をやり顔色を変え片膝を立てるだろうねい」

「なあに、心配いらねえよお父っつぁん、私の口は堅いし、信玄公が亡くなってから、もう百余年が経っているんだ。武田家が滅亡してからでも九十余年が過ぎている。心配ねえ、心配ねえ」

「しかし、三方ヶ原の合戦では、徳川軍を完膚なきまでに徹底的に叩いたからねえ」

「うむ、確かになあ……が、それも過ぎたる歴史だよお父っつぁん。過ぎたるよう……」

「いやあ、無念を味わった側としちゃあ多分、忘れちゃあいねえよ先生」

「かと言って、お父っつぁん一人に対し幕府が本気で軍を動かしたりしたなら、それこそ世間の笑い物だわさ。将軍家はまるで怖がりの子供だってね」

「いやあ、世間ってえのは無責任だから結構面白がるんじゃねえのかなあ」

「それよりもお父っつぁん、大事なことを訊いておきてえ」

「言ってみな」

「お父っつぁんは昨日(きのう)、奥多摩の家に家系図があると言ったよな」

「ああ、言った」

「であるのに、姓はない、と頭(かぶり)を振った」

「ああ、振った」

「だがよ、お父っつぁん。家系図がある家ってえのは普通、姓名が揃っていることが多いんじゃねえのかい。いや、揃っていることが当たり前と言ってもいいと思うんだがよ」

「あの場ではよ先生。大事な娘であるチヨの前では、ああ言う他なかったんでい」

「なぜ？」

「亭主の久平とチヨはな、好いて好かれて一緒になった仲なんじゃ。久平の生家というのが余りに貧しいんで儂(わし)は強く反対したんじゃが、チヨは押し切りよった。子沢山（こだくさん）な貧しい小作人の家に生まれた久平に姓はない。じゃが、姓を持つ儂は今でも静かな誇りを持っておる。なもんで……」

「判ったよお父っつぁん。頑張って屋根葺職人として名を知られるようになった久平さんのためにも、また久平さんを亭主に選んだ我が娘のためにも、姓だ姓だと今さら言いたくねえんだ」

「その通りよ先生」

「で、その姓ってのを教えておくんない。この私（あっし）によ」

「武田……」

「え、武田姓かえ」

「信玄公の直系じゃあねえが、儂は武田の一族なんじゃ……信玄公の繋累（けいるい）は滅びたが、一族は決して滅びた訳じゃあねえ」

「家紋は？」

「武田菱（たけだびし）じゃ◈」

宗次は呼吸（いき）を止めた。まさしく武田一族の永吾郎と思われた。これまで町人で屋根葺職人久平の女房と思って眺めてきたチヨが、たちまち〝別の顔〟を持った女性に見えてくるのだから不思議だ。かなり、衝撃を受けている宗次であった。二人はいつの間にか、四谷御門の手前あたりまで来ていた。

「なあ先生よう……」

「承知してるよ。誰にも言わねえから」

「うん。娘や孫たちのこと、ひとつ頼むわなあ」

「判ってる。久平さんの領分を侵さねえ範囲で、ちゃんと面倒を見っから」

「先生にそう言って貰えりゃあ安心だい。じゃあ先生よ、見送りは此処まででいいやな」

永吾郎はそう言うと立ち止まり、宗次に体を向けて深深と頭を下げた。

「もう少し先まで見送らせておくれな」

「いいや、きりがねえ。此処からは一人で歩かせておくんない。先生と一緒に歩いていると、どういう訳か肩が凝っていけねえやな」

「そうかえ。そいじゃ、ま、気を付けて行きなせえ、お父っつぁん」

苦笑しつつ言う宗次に、ぷいとした感じで背を向けて歩き出す永吾郎であった。

「また御出なせえよ」

離れてゆく永吾郎の背に声を掛けた宗次であったが、返事はなかった。

その背中が辻を折れて見えなくなってから、宗次は踵を返した。今日は朝の内に必ず訪ねるべき所が一か所あった。市谷浄瑠璃坂を上がり切って、そのまま行った突き当たりに、白山宗関東総本山紋善寺がある。

その寺の修行僧の道場の大襖二枚に、阿修羅大王と観世音菩薩を向き合うかたちで描く仕事を抱えているのだった。

観世音菩薩は描き上げて、住職の絶讃を得ているが、阿修羅大王の絵筆は止まっていた。

宗次にしては珍しく、苦戦しているのだった。阿修羅なる表情（形相）がどうしても摑み切れないのだ。

住職と約束した描き上げの期限は既に、一か月余り過ぎている。

「急ぎなさるな。ゆっくりでよろし」

法主で住職の覚念はそう言ってくれているが、その言葉に甘えてばかりもおれない。

大外濠川（神田川）に沿った通りを宗次は腕組をしながら下った。

阿修羅大王を描き上げるについての悩みは大きなものではなかった。苦戦はしているが、満足がいくものに仕上げられるだろうという自信は失っていない。

気掛かりは何といっても、西条山城守が多数の刺客に襲われたことであった。幕府上層部で、次期将軍の座を巡っての確執が相当深刻化しつつある、と見る必要がある。万が一、西条山城守の動き方次第で「番方勢力」二千数百名が一斉に決起することにでもなれば、内乱勃発となりかねない。

その意味では、宮将軍反対派である譜代の老中堀田備中守正俊の身辺もかなり危ない。

チヨの父親永吾郎が打ち明けた武田一族云云（うんぬん）に関しては、永吾郎と宗次が口堅ければそれ程の心配はない。

宗次は、そう思っている。

浄瑠璃坂へと宗次の足は入っていった。

暫く行って、その歩みがゆっくりと速さを落として止まった。目の前に、さびれた武家屋敷があった。静まり返っていた。それだけで容易に無人の屋敷であると判る。

「まったく……侍ってえのは」

呟いて、そのさびれた屋敷を身じろぎもせず眺める宗次だった。耳の奥で怒声と剣戟(けんげき)の響きが生じていた。瞼(まぶた)の裏では、血しぶきが飛びはねてもいる。

貴奴(きやつ)だ、貴奴が其処にいる、殺せえ、殺せえ……凄まじい叫びが、まるで目の前で起こっているような錯覚にさえ、宗次は見舞われた。西条山城守を心配する余りに見舞われた、錯覚なのであろうか。

僅(わず)かに数年前の寛文(かんぶん)十二年（一六七二）二月二日夜、浄瑠璃坂のこの屋敷を舞台として、「敵討(かたきうち)」の名のもとに双方合わせて百名を超える侍たちの、大乱闘の幕が切って落とされた（江戸時代を通じて最大規模の「敵討」名目の乱闘であり、延享(えんきょう)元年〈一七四四〉に「浄瑠璃坂幼敵打(おさなかたきうち)」と題して歌舞伎で上演された）。

宗次はチッと舌を打ち鳴らして歩き出した。

「浄瑠璃坂の敵討」と称するこの大乱闘は、寛文八年（一六六八）二月十九日に下野(しもつけ)宇都宮(うつのみや)九万石の藩主、奥平忠昌(おくだいらただまさ)が六十一歳で病没したことに端を発していた。奥平家といえば天正三年（一五七五）五月の長篠(ながしの)の戦で、武田勝頼方であったにもかかわらず徳川方に寝返って、武田軍を敗北へと追いやった一族だ。

それはともかく、厳粛であるべき奥平忠昌の葬儀の席で、家老の奥平隼人(はやと)と奥平内蔵介(くらのすけ)が、葬儀のありようを巡って大口論となり遂にはお互いに抜刀してしまった。

その場は仲裁(ちゆうさい)もあって何とか収まったものの、幕府は双方に対し謹慎を命じた。

にもかかわらず、武田勝頼の怨霊(おんりよう)が働いた訳でもあるまいが、奥平内蔵介は自刃(じじん)して果ててしまった。これは当然、幕府が決定した措置に背(そむ)いたこととなる。

奥平内蔵介の家は取り潰され、嫡子奥平源八(げんぱち)は十二歳の若さで浪浪の身（浪人）に陥った。

だが源八は、捲土重来(けんどじゆうらい)を忘れてはいなかった。

寛文十二年二月二日、十四歳となった奥平源八とその支援者七十余人は、元家老の奥平隼人が匿(かくま)われている市谷浄瑠璃坂の戸田七之助(とだしちのすけ)邸へ、火消人足に身形を変え激しい奇襲を仕掛けた。

隼人側も応戦して双方合わせて百余名の大乱闘は翌朝にまで及び、浄瑠璃坂下にまで広がった。だが、隼人は討ち取られた。

「まったく……待ってえのは」

宗次は、また呟いた。白山宗関東総本山紋善寺の三解脱門（三門）が正面に近付いてきつつあった。十一、二歳くらいであろうか。明明と降り出した朝の日差しの中で、二人の小坊主が三門の下の枯葉を竹帚で掃き清めている。

宗次が近付いてくるのに気付くと、小坊主二人はにこにこと辞儀をした。

「和尚様はいらっしゃるかえ」

「はい。今日はきっと宗次先生がいらっしゃる、と仰っておられました」

二人のうち背丈の低い方が、笑顔を消さずに答えた。

「明日からは、午前の間は無明道場に籠らせて貰うよ」

「そうですか。出来上がりを楽しみに待っています」

「うん」

宗次は頷きながら、小坊主二人の前を通り過ぎ、朝陽を背に浴びて境内へと入っていった。

三門の真下から真っ白な矩形の大きな石を敷き詰めた参道が个状に延びていて、三股に分かれたところから右へ行くと東塔、左へ行くと西塔だった。

金堂は、三股からそのまま真っ直ぐに進み、中門を潜ったその奥にある。

この伽藍の配置の仕様は、奈良の東大寺を模したものと言われている。

宗次は白い石畳の敷き詰められた参道を、ゆったりとした足取りで進み、中門を潜ったところで足を止めた。

白山宗関東総本山紋善寺にとって最も大切な黄金の仏像、文殊菩薩像と普賢菩薩像が祀られている金堂が、どっしりとしたその姿を正面に見せていた。

宗次は中門を一歩出た位置で合掌し頭を垂れた。

江戸における著名な二大寺院としては、愛宕下（現、港区芝）の浄土宗大本山増上寺と下谷（現、上野）の天台宗別格大本山寛永寺がある。共に徳川将軍家とのつながりが大変に深く、その寺歴由緒もはっきりとしている。

それに比べて白山宗関東総本山紋善寺は、伽藍はおごそかな景観を保ち大名町人の尊敬を集めておりながら、寺歴由緒はもう一つはっきりとしていなかった。

その原因の主たるものは、創建以来たびたびの出火によって大切な寺宝経典文書の類をことごとく失ってきたからである。とくに壮大な拵えであったと伝えられている宝物殿や経蔵を再建するたびに出火で失ったらしいことは、紋善寺の由緒把握にとっては致命的であったという。

金堂の前までできた宗次は、もう一度合掌して頭を垂れた。この金堂の背側には修行僧の「無明道場」が併設されており、その道場の大襖にいま宗次は絵筆をふるっているのだった。

とはいえ、その絵筆を休めてから、既に一か月余りが過ぎている。宗次の頭の中では阿修羅大王の雄壮なる体格は完成しているのであったが、表情（形相）がどうしても摑み切れないでいた。

宗次は「無明道場」が設えられている金堂の背側へと回っていった。大襖に宗次の観世音菩薩が描き上げられている「無明道場」である。その文化的価値からも寺側としては昼夜に亘り用心のため僧を二人、交替で道場入口で番に当たらせていた。大襖は取り外せるため夜盗などに侵入されて持ち去られては一大事である。大名や大商家の好事家に持ち込まれたなら、「これぞ家宝に……」と数百両で買い取られることは間違いない。

が、宗次が紋善寺から受け取る予定の代金は『白山宗関東総本山紋善寺永久名誉画師之証』一枚だけである。受け取るべき代金は紋善寺へ寄進するというかたちだ。寄進は宗次の申し入れによるものだった。

「あ、宗次先生……」

道場入口前の仮設小屋で、寝ずの番に当たっていた二十歳前後と思われる二人の若い僧が、座っていた床几から少し眠そうな目で立ち上がり合掌して宗次を迎えた。

番の交替は一日を四回に分けて実施されている。次の交替は昼九ツ（正午）だ。

宗次は画案で思いついた点があると、昼夜を問わずに紋善寺を訪れて絵筆を取り、画線の向き・太さを変えたり、彩りを修正したり、描き進めたりを大胆に繰り返してきた。その作業上からも、用心のため常に僧二人が道場前の仮小屋に詰めてくれていることは大変有り難かった。

「どうぞ……いま扉を開けますから先生」

二人のうち背丈のある優しい顔立ちをした了斉（りょうさい）という僧が、素早く道場の入口へと向かった。

道場の四周を走る濡れ縁へと四段の石段を上がると、目の前に大きな櫺子窓（れんじ）を持つ両開きの扉がある。了斉は腰にさげた黒い鉄製の鍵を両開き扉の錠穴に差し込み、右へひねった。

「無明道場」はこの両開き扉の連なりによって三方を囲まれている。

ガタッという音がして、錠穴から鍵を抜いた了斉が、大きな櫺子窓を持つ両開き扉を手前へと引いた。重量のある扉がギイッと軋（きし）む。

「寝ずの番を、どうも有り難う了斉さん。大襖二枚が揃って完成するまでもう暫く刻（とき）をおくんなさい。警備のご苦労をかけやすが」

「いいえ、苦労などとは思っておりません」

宗次は了斉の肩に軽く手を置いてから、「無明道場」へと入った。

法主覚念の許可なくこの「無明道場」へ入れるのは宗次だけである。

覚念より位が下の僧侶は覚念の許しがない限り入れなかった。

「無明道場」はコの字型に連続する両開き扉に沿ったかたちで、二本の回廊（半回廊）を持っている。並走するかたちになる回廊と回廊の間は腰高障子で仕切られており、奥側の（内側の）回廊と道場との間を仕切っているのも矢張り腰高障子だった。大型の障子から入る光の量が多いため、道場内は暗くはない。修行僧が結跏趺坐で座禅を組む、紋善寺では「精舎台」と呼ばれている台座が、腰高障子を背にするかたちで設えられていた。

精舎とは、雨を避けて釈迦と弟子たちが修行できるように建立された建物を意味している。

その精舎台と対面しているのが、二枚の大襖を背にした「法主の座」つまり教壇であった。

法主とは、宗派の代表者（最高責任者）を指しており、管長と同義と思ってよい。

宗次は最初の腰高障子を静かに開けて奥の廊下へと入り、再び奥の腰高障子を開いた。

とたん、その表情が「あっ」となった。

あるべきところ——「法主の座」の背後——から、二枚の大襖の内の一枚、観世音菩薩を描き上げたそれが消えているではないか。

（盗られた……）

と、宗次は思った。思いながら頭の後ろに手をやり、真一文字に引きしまった唇の端に微かな苦笑があった。

四か月半を要して描き上げた観世音菩薩である。

宗次としては大満足の出来であったのだが、今から再び同じ画題に取り掛かったとしても、決して同じものが出来上がらないのが絵というものだ。

宗次は「ふうっ」と一つ溜息を吐いてから、広縁へと戻った。

「了斉さん。申し訳ござんせんが急ぎ和尚様（法主覚念）を呼んできておくんなさいやすか」

「あ、はい。畏まりました」

宗次の言葉調子から何かを感じたのであろうか、了斉は座っていた床几から勢いよく立ち上がるや、敷き詰められている白い玉石をジャリジャリと踏み鳴らし、朝の光の中を庫裏が在る方へと駆けていった。

宗次はその場に残っているもう一人の僧、——床几から腰を上げた——利円に向かって言った。

「盗られやしたよ利円さん……」

「え？」

「観世音菩薩を描き上げた大襖が消えて無くなっておりやす」

「ええっ」

利円は思わずよろめいた。それはそうであろう、自分と了斉で番に当たっていたのであるから。

宗次が描いた絵だけに、大変な責任となってくる。

「ま、あまり心配なされねえように……」

宗次は、そう言い残し、広縁を二往復してから再び「無明道場」へと戻った。

道場内を宗次は厳しい目で見回したが、目が届く範囲に不審な箇所は無かった。道場をコの字型に走っている仕切り障子の連なりに、打ち破られたような部分は見当たらない。確りと閉まっている。天井板も破られたり、ずれたりしている形跡は無い。

宗次はいったん、広縁へと引き返した。

そこへ法主覚念がやってきた。利円から事情を聞いて四段の石段を上がってくる覚念の表情はさすがに硬い。

宗次は広縁の上で丁重に頭を下げて覚念を迎えた。

「お呼び立て致しやして申し訳ござんせん、和尚様」

「いやいや。で、真（まこと）かのう宗次殿。観世音菩薩の大襖が消えて無くなったというのは」

「先ずは和尚様、道場の方へ……」

「うむ。そうじゃの」

和尚が先に立ち、宗次はその後に続いた。

「無明道場」内に入って、現実を我が目で確かめた覚念は、絶句した。

「私（あっし）がざっと見て回った限りでは、広縁に沿って連なる両開きの扉にも、その内側を走る回廊の仕切り障子にも、道場内の天井にも、打ち破られたようなところは見当たりやせん」

「表沙汰にはなっておらぬがのう宗次殿。このところ江戸とその近郷の寺院で、侵入盗が頻発しておるのじゃ。殺傷事件にまではなっておらぬが」

「なんと……侵入盗がでございやすか」

「寺社奉行は面子を考えて内内にしておるようじゃ。それに下手人を追い求める手伝いを申し出ている町奉行所も、似たり寄ったりでのう」

「そのようなこと、一向に存じ上げやせんでした」

「この道場はご覧のように大変堅牢に出来ておる。それゆえ出入口に僧二人を配置しておけば大丈夫だろうと思うておったのじゃが……大変なことになってしもうた。全てこの覚念の責任じゃ」

「和尚様より寺社奉行にお届けになられて、道場の何処ぞに我我の目では判らぬ侵入箇所が無いかどうか、宮大工なりその道の職人の目で調べて貰うた方が良いと思いやす。今後のためにも……」

「そうじゃな。ひとまずそう致さねばならぬな。宗次殿には申し訳ないことになってしもうた」

「この道場での絵仕事は、私は誰にも話しちゃあいやせん。その点について、お寺側では如何でござんすか」

「私も誰にも言うてはおらぬが、修行僧その他下働きの者たちは皆、宗次殿が此処で仕事をされておることは知っておりますからのう。のちほど一人一人に確認してみなければなりますまい」

「宜しくお願い致しやす。寺社奉行へのお届は、その確認を済まされてからなされた方がいいのではござんせんか」

「その通りじゃ。そうしましょう」

「では、今日のところは私は引き揚げさせて戴きやす。阿修羅大王の輪郭、とくに表情が未だ摑み切れておりやせんので、ひとつ考え込んでみやす」

「いずれにしろ、次に絵筆を取って戴くのは、侵入盗が捕縛されてからの方が宜しいじゃろう。二の舞いになっては、一大事じゃからのう」

「阿修羅大王を描き上げて、それを餌に侵入盗を誘い込む、という手もござんすが」

「いかぬ、いかぬ。宗次殿のような大天才の画を、侵入盗を誘い込むための餌にするなどは出来ませぬよ。とんでもないことじゃ。この覚念が人から後ろ指を差され笑われます」

「そうですかねい……」

「そうじゃとも」

覚念は頷いて溜息を吐き、苦渋の表情を見せた。

十五

紋善寺を出た宗次はさすがに、いささか沈んだ表情をしていた。

先に描き上げた観世音菩薩は渾身の作の積もりであったし、自身も大層気に入っていた。

覚念和尚が、ご府内外の寺院への侵入盗多発を絵筆を取る前に打ち明けてくれていたなら少しは打つ手もあったのに、と思わぬでもない宗次であった。しかし和尚を恨めしく思う気持などは、さらさら無い。

憎むべきは、侵入盗だ。和尚とは長い付き合いで、信頼関係は充分以上だった。

（殺傷事件にまではなっていないと和尚は申されたが、しかし、あちらこちらの寺院で侵入盗が多発しているとなると、いつ何時、犠牲者が出てもおかしくはねえな）

と、宗次は考えたりもした。

浄瑠璃坂を下り、件の「敵討屋敷」の前を過ぎて大外濠川（神田川）の畔へと出た宗次は、腕組をして暫く身じろぎもせず川面を眺めていた。

（なんだか色色と大変なことになってきそうだぜい……またしてもよう）

胸の内で呟いてから漸くのこと宗次は、川の流れを下るかたちで牛込御門の方へ（神楽坂の方へ）と腕組のまま歩き出した。眉間に皺を刻んでいる。

八軒長屋から程近い浄土宗安乗寺にある従二位権大納言徳川忠長の墓石に「座っていた」と花子・吾子の姉妹が言う謎の超小型犬の狆。

花子と吾子がその狆を見つけた直後に血相を変えて安乗寺へ駆け込んできた侍たち。

さらには「美雪は今も我が妻。邪なる横恋慕で美雪に近付く者は誰であろうと叩っ斬る」と粘ついた声で言い張る譜代四万石田賀藩「御中老」六百石で、藩兵法指南でもある廣澤和之進。

そして筆頭大番頭西条山城守暗殺未遂事件。

加えて紋善寺侵入盗による今回の被害。

それらの一つ一つが一本の線で絡み合っていそうにはないことで、宗次は少しは安堵しているが、それでも廣澤和之進の動静と、山城守暗殺未遂事件には目を光らせておく必要があると思った。

もう一つ宗次が気にしているのは、宮将軍招聘(しょうへい)を推し進めようとする大老酒井忠清(さかいただきよ)とその勢力に対し、正面から断固として「反対」する老中堀田備中守正俊の身の安全だった。

宗次の歩みが、ふっと止まって、それまで組んでいた両腕が離れた。

いつの間にか牛込御門の手前まで来て立ち止まっていた。

牛込御門は三千石から一万石未満までの旗本が使用する登下城御門である。御門の番は三千石(級)の旗本が三年交替で担当し、家臣二人と若干数の若党を配置することが義務付けられている。

通りは、今日の稼ぎのために動き出した職人や商人の往き来で、賑わい出していた。

いま宗次の目は、大外濠川（神田川）を隔てた向こう岸、牛込御門の直ぐ西側に位置する屋敷に注がれていた。

元、御側衆七千石旗本、本郷甲斐守清輝の下屋敷だった。本邸の他に中屋敷や下屋敷を持つ旗本家は決して多くはない。大身旗本家と雖も数える程しかない。権威ある役職に就いているかどうかで左右される面があるらしかったが、しかし八千石大身で筆頭大番頭の西条山城守は、中屋敷も下屋敷も所有していない。つまるところ、主人の性格がどうであるかが、所有する・しないに関わってくるのだろう。

もっとも、西条山城守は八千石に加増された直後に、本邸の背後にあった空地数百坪を将軍家より賜わっている。

「まったく愚かであったじゃねえかい。本郷清継殿よ」

川向こうへ視線をやりながら、ぽつりと呟く宗次だった。

「家というのは、人の手が離れると、ああも化物屋敷みてえになってしまうのかえ……」

淋しそうな呟きを残して宗次は歩き出した。川向こうの旧本郷家下屋敷は今、大屋根に雑草が目立って生える程に荒れ放題だった。白壁の土塀のところどころも無残に大きく削げ落ちている。

これが荒れ放題屋敷の近隣に建ち並んでいる武家への、**幕府の「見せつけ」**なのだった。ひとたび不祥事を起こせば**「このようになるぞ」という威嚇**なのである。

牛込御門前を過ぎて江戸川に架かった木橋（船河原橋）の手前まで来たとき、左手向こう先の商家と御家人の小屋敷との間から、二人の男が小駆けに近い歩みで現われた。

宗次の表情が思わず「お……」となる。

ひとりは北町奉行所の市中取締方筆頭同心飯田次五郎、もうひとりは江戸市中にその名を知られた春日町の平造親分だった。二人とも硬い表情だ。

相手も宗次に気付いて、歩みを緩めた。

「これは飯田様に平造親分……おはようございやす」

相手の表情が硬いので、宗次は真顔で間を詰めていった。

「お、こんなに早くから絵仕事かえ。俺ん家(ち)の女房子供が姿絵を描いて貰ったってえのに、無沙汰してしまって申し訳ねえ」

そう言う飯田次五郎は何処かへ急いでいるのか、いつもに比べて早口だった。

「本当に、お二人とも久し振りでござんす。お急ぎのようでござんすね。何ぞございやしたか」

「うむ、その通り急いでいるんでい。宗次先生だから言っちまうが、この先の臨泉宗仙秋寺(りんせんしゅうせんしゅうじ)で金の仏像一体、銀の仏像二体が奪われ、夜回り当番の修行僧ひとりがばったり夜盗と出くわしたのか、殺害されたってんだ」

「なんですってい」

宗次は息をのんで飯田同心の顔を見つめた。

「今月の月番は南町だ。なもんで北町の俺は行ってみなくっちゃあ詳しいことは判らねえ」

「南町が当番なのに事件現場へ行くんですかえ」

「寺社への押し込みには南北奉行所総当たりで掛かるように、と上からの厳命なんでい。南町の同心が今朝早くに北町へ駆け込んで事件を知らせてくれたって訳よ。で、俺が平造に声をかけてこうして出かけるところでい」

「それはお引き止めして失礼いたしやした」

「宗次先生は顔が広え。手伝って貰うことが出てくるかも知れねえが、ともかく先に現場を見てからだ。じゃあ、行かせて貰うぜ」

「判りやした。ご苦労様です」

飯田同心が小駆けになって宗次から離れていった。あとに残った平造親分が、やはり早口で言った。

「先生よ。たまには家内に顔を見せてやっておくんない。うちの女房子供も先生に姿絵を描いて貰ってんだい。子供、育ちやしたぜ。見てやって下さいな」

「判りやした。近いうちに必ず……」

「そいじゃ先生」

「気を付けて」

紫の房付き十手を腰に差し通した平造親分は、宗次の肩をポンと叩くと、賑わい出した朝の通りを飯田同心の後を追って走り出した。

紫の房付き十手は平造のこれまでの著しい功績が評価されて、御奉行から直直に賜わったものだった。しかも老中・若年寄合同会議の承認を得て、武家屋敷を除き、「江戸市中どこでも御免」の捜査権が付与されている。

宗次は二人の後ろ姿が、小屋敷の角を右へ折れて見えなくなるまで、険しい目つきで見送った。

「さてと……とにかく行ってみるか」

うん、とひとり頷いてみせた宗次は踵を返して急ぎ足となった。

十六

宗次は、狆が見つかった浄土宗安乗寺へ用心しながら立ち寄ってみた。狆の絡みで斬った張ったの騒動になると、花子や吾子の身に危害の及ぶ恐れがある。したがって、狆が見つかった直後に安乗寺へ駆け込んできた侍たちに今は、見つかりたくない宗次だった。無用の騒ぎはなるべく避けたいと思っている。

安乗寺は静寂の中にあった。木魚を叩く音も読経の声も無い。時折、野鳥が涼やかに囀るくらいだ。

木魚には仏教法具としての木魚と打楽器（歌舞伎囃子などで使う）として用いられるものとがあって、前者が海外から日本に伝わってきたのは鎌倉幕府成立以降、江戸幕府確立までの間とされており、主に浄土宗、天台宗、禅宗などの寺院で重宝されてきた。

クスノキやクワを材料とし、当初は魚板形であったがやがて原木の中を刳り貫いて空洞化したものに変わっていった。これを座布団状の台座の上に置いて桴で打ち、読経の調子をとるのである。

宗次は熱心な信者を装うため、境内にあるどの伽藍（寺院の建物のこと）の前でも合掌して軽く頭を垂れてみせた。件の侍たちに、いつ何処から目撃されたとしても熱心な信者以外には見えないように。

さほど大きな建物が立ち並んでいる訳でもない浄土宗安乗寺ではある。だが五重塔も金堂（本尊を祀る建物）も講堂（僧侶の学舎）も、そして鐘楼や経蔵も眺める者の心を捉えて離さない雅な趣を持っていた。

　宗次は次第に、八軒長屋の住人に大事にされてきたシロの墓標へと近付きつつあった。つまり従二位権大納言徳川忠長の墓所へと近付きつつあったということである。

　むろん、四方に注意を怠っていない宗次だった。

　宗次はシロの白木の墓標の前で立ち止まって腰を下ろし、和尚が記した**シロの墓**の文字を見つめた。

「シロよ、どうかな。いずれ和尚様がお眠りなさる場所を与えられた気分は……」

　宗次は墓標に語りかけてから、合掌した。可愛がったシロの冥福を祈って心から合掌した。

「明日も来てやるからな……」

　呟いて宗次は合掌を解き、立ち上がって墓標をひと撫でしてから、歩き出した。

　足は従二位権大納言徳川忠長の墓所の方へと向かっていた。

　と、数歩と行かぬところで、木魚の音が聞こえ出した。読経の声は聞こえてこない。

宗次は足を止めて読経の声を待ったが、聞こえてくるのは木魚の音だけだった。

木魚の音を耳にしつつ夢想の世界へと己れを導いてゆく「無言の行」でもしているのであろうか。宗次に、ふと、そのようなことを想像させる、真(まこと)に澄んだ木魚の音だった。

宗次は、歩き出しながら、周囲に注意を払った。人の気配は無かった。

(それにしても狆が駿河大納言徳川忠長公の墓石に座っていたとは……一体何を意味するのか)

宗次はそう思いながら、何事も生じないことを祈った。祈りながら、捉えどころのない不安に見舞われていた。徳川忠長が余りにも、「当たり前ではない人」であったからだ。

三代将軍徳川家光(いえみつ)の実弟、それが徳川忠長であり、共に二代将軍徳川秀忠の六歳年上の正室「お江与(えよ)の方(かた)」を母とした。

ただ、兄弟二人の育ち方――育てられ方――には大きな違い(差)があった。

兄家光には生まれて間もなく乳母（阿福）が付き、これがのち大奥の最高権力者で政治の表舞台でも強い影響力を発揮するようになる「春日局」である。家光に対する春日局の育て方を短い表現であらわすとすれば、家光の耳元で絶えず「帝王学」を囁く育児法であったと言えよう。

一方の弟忠長は、母「お江与の方」によって育てられた。「春日局」と家光との強い絆――一体感――を見せつけられた「お江与の方」の忠長に対する愛情が、「帝王学」よりも、ひたすら産みの女としての母情に偏ったとしても何ら不思議ではない。

双方の育て方の違い――差――の間に生じた拭いようのない鬱屈した軋轢。それが一方（家光）を三代将軍の座へ（元和九年・一六二三）、そしてもう一方（忠長）を不運へと押しやったのだ。

長ずるに及んで将軍の座に就けなかった忠長であったが、甲斐・信濃・遠江・駿河など合わせて五十五万石を与えられ駿府城を与えられたにもかかわらず満足せず、辻斬りや臣下斬殺事件、また殺生禁止の聖地での猿狩りなど大逆無道に走ってついに寛永八年（一六三一）甲斐国への蟄居を命ぜられ、同九年に上野高崎城に幽閉されてしまった。そしてその翌年の寛永十年十二月六日、幽閉の地で自刃して果てた。

宗次の足が、駿河大納言の墓所の前でひっそりと止まった。宗次の表情は悲し気であった。この安乗寺へは和尚を訪ねてぶらりと訪れることが多い宗次ではあったが、駿河大納言の墓所の前に立つことは殆どなかった。避けてきた、と言った方が当たっていようか。むろん、その理由を知っているのは、宗次ひとりである。

自らを不運の立場へと誘ってしまった駿河大納言。その産みの母「お江与の方」は、絶世の美女として知られた「お市の方」（小谷の方とも。織田信長の妹）の娘である。

世が世であるならば、「お市の方」は天下平定の覇者織田信長の妹であって、「お江与の方」はその姪に当たった。そして、その人生も大きく変わっていたに相違ない。

しかし天下平定を目前として織田信長は、信頼し何一つ疑いを持つことの無かった配下の明智光秀（近江国坂本城主）の謀叛によって京の本能寺に沈んでしまった。裏切られる側が浴びる損失は、いつの世においても真に大きい。

「お市の方」は、天下平定をほぼ確実視されていた兄信長の命令に従うがまま、戦国の無情に流されるかたちで最初の夫浅井長政（近江国小谷城主）に嫁ぎ、三人の娘を得ている（他に二男も）。

この三人の娘が、**茶々**（のちの淀殿。〈淀君〉とも）、初（のちの常高院）、江（お江与とも）であった。

そして**茶々**（淀殿）は、浮世絵師宗次、いや、徳川宗徳の曽祖母に当たる。

つまり茶々の妹であり、駿河大納言の産みの母である「お江与の方」の血も、宗次の体の中にまぎれもなく流れているということだった（祥伝社文庫『奥傳夢千鳥』）。

いま、宗次の表情が悲し気に沈んでいるのは言うまでもなく、そのせいだった。この事実は、ここ安乗寺の住職楽安も知らない。

「五十五万石も貰っていたってえのに、何をむくれていなすったんだい、駿河大納言殿よ。将軍の座なんぞ、つまらねえと思いやすがねえ」

宗次は呟いて、墓所の前から離れようとしたが、その動きを本能が反射的に止めていた。

ヒタヒタとした気配が背後で生じていた。一人ではない気配だった。次第に近付いてくる。

宗次は、その気配に険悪なものは感じなかった。

その気配が軽重まじった男女三、四人の足音、と判断できたとき、宗次はゆっくりと振り返った。

宗次の表情が思わず「お……」となる。男女三、四人の先頭にある者がちょうど、大きな墓石と小さな墓石の間を、右へ折れたところだった。そのあとに続く者が水の入った——おそらく——桶と柄杓、供花の束、供えの品そして小箒などをそれぞれ手分けして持っていた。

宗次との間は四半町以上もあいていたから、先方はこちらを全く気にしないままたちまち立ち並ぶ墓石の陰に隠れて見えなくなった。

宗次は歩みを戻した。このまま知らぬ振りを決め込む訳にはいかない人を、認めたのだった。たとえ相手が気付かなくとも、挨拶をせねばならなかった。

その三、四人の一行が消えた墓石の角を宗次が左に曲がると、少し先で墓石の周囲を小箒で掃き清める者や墓石を拭く者、花や品を供える者、とてきぱきした動きが始まっていた。その様子を白い口髭をたくわえた老人が、目を細めやさしい表情で見守っている。「白口髭の蘭方医」で知られる名医、柴野南州だった。

宗次がゆっくりと近付いていくと、柴野南州が宗次に気付いてこちらを見た。

「これはまた意外な所で出会うたものじゃ。久し振りじゃの」

南州の言葉で他の者たちの動きが止まり、宗次と顔を合わせた。

「あ、宗次先生……」

「お久し振りでございます」

二人の若い男弟子と三十近くに見える女弟子が、にこやかに腰を折ったので、宗次も笑顔を返した。女弟子は名をタケといって南州の下での修業はかなりになる。数数の争いで負傷することが少なくない宗次も、タケには幾度となく世話になってきた。宗次にとってとくに忘れられないのは、尾張藩兵法師範柳生厳包との凄まじい激闘によって意識を失うほどの重傷を負い、南州の治療を受けタケに多大の世話になったことだった。この激闘によって「柳生剣の頂点に立つ大剣客」と称されてきた柳生厳包も、藩奥医師で蘭医である杉野伯道(すぎのはくどう)の手術を受ける重傷を負った（祥伝社文庫『命賭け候』）。

「本当に思いがけない所でお目に掛かりやした。御無沙汰を致し申し訳ございません」

　宗次は南州と向き合って立ち、深深と頭を下げた。名医南州の手によって、数多(あまた)の闘いで受けた刀創を縫い合わされたことは、両手指の数だけでは足りない。まさに命の恩人とも言える南州だった。

「このところ急な儂(わし)の呼び出しがないところをみると、大人しく絵仕事に専念しているようじゃのう宗次殿」

「はあ、ま、御蔭様で毎日忙しく致しておりやす」

「真(まこと)に結構なことじゃ。このところ浮世絵にとどまらず鮮やかな写実的筆法で大変な人気を呼んでいると耳にしておりますぞ」

「恐れいりやす。人物、風景、動物など描く対象を広げるにしたがいやして、浮世絵の筆法だけでは限界に突き当たると感じやして……」

「その点は医者である儂の仕事も同じじゃよ。毎日毎日が試行錯誤じゃ。蘭方医などと持ち上げられている今の儂じゃが、なあに、その実は有能な漢方医に少し毛が生えた程度の西洋医術の知識しかない。勉強また勉強じゃよ」

「南州先生ほどの御人（おひと）でも、そうでござんすか」

「阿蘭陀（オランダ）医学は相当に難しい。医術も医学用語も難解この上ない。一つ一つを丹念に潰すようにして身につけていく……つまり、まだまだ修業中の身であるということよ」

「なるほど、判るような気が致しやす。ところで南州先生、長くお付き合いをさせて戴いておりやす先生に今頃になってお訊ねするのは無作法この上もござんせんが、このお墓は先生と一体（いってえ）どのようなかかわりがございやすので」

「父と兄の墓じゃよ」

「え……」

「宗次殿には言うておらなんだが、医者であった儂の父と二十歳（はたち）も年上の兄の二人が、この墓石の下で眠っておるのじゃ」

「兄上様も医者でござんしたか」

「うむ。兄は父に劣らぬ優秀な漢方医であったらしいことが、日記に綴られておってな」

「ほう、日記に……」

「少し歩かんかね」

南州はそう言うと「直ぐに戻るから……」と弟子たちに告げ、先に立って歩き出した。

立ち並ぶ墓石と墓石に挟まれた参拝のための狭い道を、二人は肩を並べゆったりと歩いた。

「宗次殿のことじゃから、慶長五年（一六〇〇）四月十九日に、オランダ船リーフデ号が豊後国（今の大分県）の湾（別府湾）に漂着して錨を下ろしたことは知っていようのう」

「はい。存じておりやす。今から二年ほど前のことでしたかねい。譜代の木付藩三万二千石（のち杵築藩）の江戸上屋敷で竜二頭の絵筆を取ったことがございやす。その出来上がりを気に入って下さいやした初代藩主松平英親様が大層な代金を御支払い下さろうとするのを、私は『家宝として大事にして下さいますなら……』とご辞退申し上げやした」

「ほう、それはまた勿体ないことを……」

「いや、私はどうも、大名家からは絵仕事の代金を受け取りたくねえんでござんすよ」

「武家とか大名家に何ぞ蟠りを持っておるのじゃな」

「うーん、決してそういう訳でもござんせんが、大名家からひとたび代金を受け取りやすと、その後のつながりと言いやすか、絆と言いやすかが強くなり過ぎるような気が致しやしてね」

「なるほど、下手をすれば絵師としての自由の幅が狭くなる。上下関係という絆に陥りかねない……とかだな」

「そうそう、その辺りのことを考えやすとね」

「さすがは刀傷を幾度も拵えては儂の手をわずらわせた宗次殿じゃのう。それでよい。それでよい。宗次殿の絵画芸術には大名家の〝箔〟なんぞ必要ないわ。大いなる自由が何よりじゃ」

「南州先生にそう言って戴けやすと、なんだか嬉しゅうござんすよ。が、しかし、松平英親様もなかなかの御人でござんした。『それでは代金のかわりに文庫（書籍資料蔵）にある本や資料、書類などを自由に見てよい、絵仕事の参考になるものも目にとまる筈』と仰って下さいやして」

「それはまた太っ腹な御太守じゃ。文庫の資料書類の中には余の者に見られては困る藩極秘のものもあろうにのう」

「そのようなこと、全く気になさらねえ御様子でした。尤も文庫の中へは、文庫勤番の同心二人と一緒に入ったのですがねい」

「そりゃあ、そうじゃろう」

「その文庫で私の目にとまりやした色色な書籍文書の中に『木付湾（別府湾）海難救助御調書』という厚い**御調書**がございやしてね」

「なるほど。その**御調書**にリーフデ号の木付湾漂着について詳しく書かれておったのじゃな」

「左様でございやす。リーフデ号が僚船四隻を加えた五隻で母国オランダを西回りでアジアへ向け出発したのが慶長三年（一五九八）六月のこと。ちょうど豊臣秀吉公が亡くなられた年でござんす」

「そうじゃ。そして、五隻のうちリーフデ号一隻だけが慶長五年四月に深刻な疲労困憊(こんぱい)の状態で木付湾に漂着したとき、船内に生き残っていたのは百十名の乗組員のうち、船医二名ほか僅かに二十二名だけじゃった」

「その通りでござんすね。あ、しかし、南州先生はどうしてこの海難救助についてお詳しいのでござんすか。若しや先生も『木付湾海難救助御調書』をお読みなさいやしたので？」

「ま、宗次殿、いい機会じゃからこの件について、もう少しこのまま話を続けようではないか」

「判りやした。私が読ませて戴きやした**御調書**によれば、二十四名の生存者の中の首席航海士ウイリアム・アダムス（実在、イギリス人・後(のち)の三浦按針(みうらあんじん)）と船医のマックス・デッケルの二人が、木付藩の藩士に伴なわれて漂着の翌月の五月に大坂へと出向き、今は亡き徳川家康公と会見したようで……」

「うん、船長のカーケルナック（実在）は体調著しく不調のためリーフデ号に残り、首席航海士ウイリアム・アダムスが全権を託され家康公と対面したのじゃ」

「その頃の家康公は未だ諸国全てを平定してはおりやせんでしたね。天下統一は確実視されてはおりやしたが……」

「まさに豊臣氏の五奉行筆頭石田三成ほか豊臣方諸将と、一触即発の状態じゃった頃じゃ。関ヶ原の合戦で石田三成ら西軍（大坂方）が大敗したのが、慶長五年九月じゃから」

「**御調書**によれば、家康公は五月の時点で首席航海士ウイリアム・アダムスに『通商許可状』を与えておりやすが、これなども年内には天下を統一してみせる、という自信の表れなんでございやしょうねえ」

「その通りじゃよ宗次殿。我が柴野家の日記にも、はっきりとそのように書かれておる」

「その柴野家の日記でござんすが先生……」

「ま、もう少し話を続けさせておくれ宗次殿。実はな、木付藩が大坂に滞在中の徳川家康公へ挨拶に出向かせたウイリアム・アダムスと船医マックス・デッケルの二人に同道した木付藩士の中に、我が父で準藩医とかの立場であった柴野玄市郎もいたのじゃよ」

「ほう、では柴野家は木付藩の藩医の家柄でござんしたか」

「じゃから正規の藩お抱え医師ではなく非公認の立場じゃったのだよ。かなり古くより町医の立場を貫き通してきた柴野家の名は、山村漁村の人人の間で広く知られておったらしくてのう。そのため妙薬として昔から伝わってきた野草海草などの類が百姓や漁師とか樵たちからよく持ち込まれたらしいのじゃ。そのため……」

「必然的にと言うか、柴野家は漢方医としては非常に豊かな専門知識を持つようになった……でござんすね」

「その通りじゃ。そのため九州諸藩より藩医として招かれたが、町医でよしとする私の父玄市郎は断り続けた。宗次殿のことじゃから、いつの頃から『九州』という地名が登場したか、おそらく知っておられよう」

「自信はござんせんが、確か**大宰府**が……」

　宗次は淡淡と話し出した。穏やかな判り易い話し方であった。

　南州先生がところどころで深深と頷いてみせる。

　古代大和政権は、大宝元年（七〇一）に『**律**』（刑法）と『**令**』（行政法）を備えた我が国はじめての法典『**大宝律令**』を編み(あ)、国名を『**日本**』と定めた。国政は太政大臣、左大臣、右大臣、大納言からなる公卿(くぎょう)の合議によって〝運営結論〟を出し、それを天皇が裁可するという体制だった。京には左京職(さきょうしき)と右京職(うきょうしき)が配置され、外交上重要な摂津(せっつ)の地には摂津職が置かれた。また国防上の最重要地である筑紫(つくし)には監察役所たる大宰府を置いて、筑前(ちくぜん)、筑後(ちくご)、豊前(ぶぜん)、豊後(ぶんご)、肥前(ひぜん)、肥後(ひご)、日向(ひゅうが)、薩摩(さつま)、大隅(おおすみ)の九国および壱岐(いき)、対馬(つしま)の二島を統括させた。『**九州**』の名が世に出るようになったのは、この時期からである。これ以前は西海道(さいかいどう)などと呼ばれていた。

　宗次が話し終えるのを待って南州が言った。

「それにしても宗次殿の知識は深いのう。やはり町人絵師とは思えぬわい。数多(あまた)の刀傷の負わされ様(よう)ものう」

「ま、先生、町人絵師として見ておくんなさいやし。私(あつし)は確かに町人なんでござんすから」

「判っとるよ。判っとる。ちょいと意地悪を言ってみただけじゃ」

「話を戻させて戴きやすと、優れた漢方医であられたお父上の柴野玄市郎先生は、船医マックス・デッケル先生と親しくなる機会があった訳でござんすから、阿蘭陀（オランダ）医術を学ぶ事が出来たんじゃあござんせんか」

「それじゃよ宗次殿。まさに、その機会を得た父柴野玄市郎は、阿蘭陀医術の道へとのめり込んでいったのじゃ。マックス・デッケル先生から多数の医学文献を与えられ、また手術などの方法についても具体的に教わってきたのじゃよ」

「なるほど。で、そのオランダ船の船医二人は、どれくらいの期間、日本に滞在したのでござんすか。船乗りたちの健康回復とか、船体の修理もあったでしょうから、かなりの期間日本に居ることを家康公から許されたのでござんしょうねえ。ま、歴史上も混沌とした時代でござんしたから、木付藩の御調書には、そのへんのことに関しては記されておりやせんでしたので、私（あっし）は知らねえんですが」

「リーフデ号の生き残った乗組員が日本を離れて無事にシャム国（タイ）のパタニにある阿蘭陀（オランダ）東印度（インド）会社の貿易拠点へ着いたのが、確か慶長十年（一六〇五）じゃったから……」

「あ、それだと、日本からシャム国までの航海に要した期間を差し引いたとしても、かなり長期に亘って日本に滞在出来たことになりやすねえ」

「その通りじゃよ。とにかく父玄市郎は阿蘭陀医術をかなり充分に学べたようじゃ。だからこそ蘭医としての今の私があるのじゃよ」

「九州の平戸に阿蘭陀東印度会社が阿蘭陀商館を設けやしたのが確か慶長十四年（一六〇九・九・二〇）の頃だったと思いやすから、それ迄の間に、表史には出ていない貴重な阿蘭陀医術の歴史ってえのが我が国には存在していたのですねえ」

「そのオランダ船の船医二人からは、父だけではなく諸藩の漢方医たちも熱心に指導を受けていたようじゃ。大藩の藩医の中で先進的な者たちも大変熱心じゃったらしいと、亡くなった兄からも聞かされているから、我が国の阿蘭陀医術の基礎は、表史に出ているよりも遥かに古くから整い出した、とみていいじゃろう」

「南州先生の今は亡き兄上様ですが、お父上の玄市郎先生よりも優れていた、と仰いやしたよね」

「父は自分の専門であった漢方医術を忘れる程に阿蘭陀医術にのめり込んでいった。しかし兄は漢方医術の優れた点を、阿蘭陀医術に融け合わせていった。兄は父よりも優れた独自の医術を確立させ、そして私の指導者として徹底的に教育してくれたのじゃ。私は兄より二十年も遅れてこの世に生まれてきた子じゃったから、父から教えを受ける機会がなかった。私の恩師は、兄なんじゃ」

「なるほどねえ。柴野南州先生が背負っていらっしゃいやす家の歴史ってえのを、はじめて聞かせて戴きやした。ますます南州先生が輝いて見えやす。これからも、この宗次のことを宜しくお願い申し上げやす」

「おいおい、そう改まったことを口にしなさんな。さ、そろそろ父と兄の墓まで戻ろうかの。宗次殿も掌を合わせてやっておくれでないか」

「はい。是非とも……」

二人は肩を並べて、柴野家之墓の方へと戻り出した。肩を並べると、まるで父と子のような印象の二人である。空は雲ひとつ無く、いよいよ快晴であった。

十七

それとほぼ同じ刻限。江戸城の正面を防禦する目的で設けられ親藩大名家が立ち並ぶ『御曲輪』内の、大手御門に近い宏壮な屋敷内で険しい顔つきの二人の男が額を寄せ合っていた。

一方は見るからに身分の高そうな五十年輩、もう一方は目つき鋭い三十半ばくらいに見える意志が強そうな引き締まった面貌の男だった。色極めて浅黒いが端整だ。

「それにしても呆れたものだな、幕府の秘蔵っ子として厚い処遇の中にあった隠密情報集団『白夜』二十五人衆が、何処の何者とも知れぬ男に一撃のもと、追い散らされるとはのう」

身分の高そうな五十年輩が、そう言い終えてチッと舌を打ち鳴らした。眉間に皺を刻み苛立ちを覗かせた面に悔しさがある。

目つき鋭い三十半ばが、静かに頭を振って野太い声を出した。相手に対しいささかの遠慮なり敬いなりを表しているかのような、厳かな喋りようであった。

「私も頭領の貫鬼四郎五郎高房に会うて詳しく話を聞きましたが、突如として現場に現われたる何者とも知れぬその男は、四郎五郎ほどの剣客が思わず身の危険を覚えた凄まじいばかりの手練であったとか。その話を信じる限りにおいては、四郎五郎が早早と退却指示を出した判断は誤っていなかったと考えまする」

「その男に倒された四郎五郎の配下から、我等の存在が掴まれはしまいか心配だのう」

「いやしくも隠密情報集団として裏の世界で全国にその名を轟かせておる『白夜』でございまする。そのような失敗は断じてなかったと、お信じなされませ。倒された者皆、小息あるうち、たちどころに舌を噛み切っておりましょう」

「う、うむう……」

「血を吐くほどの激しい修行を積み重ねて参った最強の二十五人衆ではござい

ませぬか。たとえ一刀のもとに斬られようとも即死した者は一人たりともいなかったと思いまする。その場合に備えて舌を噛み切る覚悟は日頃より忘れてはおらぬ連中でありますれば」

「式部よ」

「は……」

「ともかく何者とも知れぬその凄まじい手練とかをこのままには出来ぬぞ。其奴を急ぎ探し出してこの世から消えて貰わねばならぬ。だがその男一人だけを消しても不安は残ると考えるべきじゃ。其奴と入魂の間柄にある者もいつ何時、我等が目的を達成するための、障害となるやも知れぬ。よって式部よ、ことごとく対処せよ」

「承りました」

「貫鬼四郎五郎高房の配下の中より、〝探し出すべき不埒なる奴〟の顔を確りと覚えている者を三、四人選び、手駒として使うがよい。四郎五郎に対しては配下の者を速やかに其方に差し出すよう私から命じておこう」

「四郎五郎と私は夢伝心眼流剣術の同門です。嫌な顔をすることなく協力してくれましょう」

「其方は四郎五郎の免許皆伝とは違うて、夢伝心眼流次期宗家の資格を許されたる最高師範皆伝の大剣客。誰と対決しようが、よもや引けは取るまい」

「必ずや役目を果たしまする」

「我我は事を急がねばならない。御殿が主張なさっておられる宮将軍実現のため、老中堀田備中守を一刻も早く倒さねばならぬのじゃ」

「その前に、大番以下番方勢力二千数百名が『結束態勢』に入るのを防いでおかねばなりませぬ。この勢力が若し堀田備中守側に付くと一大事です。そのためにも、番方勢力に対して強い影響力を有する筆頭大番頭八千石西条山城守貞頼は何としても葬る必要がございましょう」

「引き受けてくれるか。堀田と親しい西条山城守をも……しかし西条は手強いぞ」

「この式部蔵人光芳にお任せ戴けますならば、一刀のもとに……」

「よくぞ申してくれた。では西条山城守は其方に任せよう。貫鬼四郎五郎には、宮将軍実現に強く反対する老中堀田に当たらせることにする」

「堀田備中守の身辺には今のところ、これぞという剣の遣(つか)い手は見当たりませぬ。四郎五郎は間違いなく立派に役目を果たしましょう」

「そのためには先ず堀田の日日の動き様(よう)を四郎五郎に、具(つぶさ)に調べあげさせねばならぬ。其方(そなた)も結果を出すことを焦らず、先ず西条山城守の日日の動き様(よう)にどのような特徴があるかを慎重に調べあげ、その上で一撃のもとに倒すのじゃ。凄腕の不埒なる奴の住居(すまい)などは手駒に調べさせればよい」

「心得ましてございます。が、余り慎重になり過ぎるが余り、調べに重点を置き過ぎまするると、相手に此方(こちら)の素姓(すじょう)を見破られかねませぬ。とくに西条山城守は、現在(いま)は宮将軍招聘(しょうへい)に賛成しております三老中、稲葉美濃守(みののかみ)正則様、大久保加賀守(かがのかみ)忠朝様、土井能登守(のとのかみ)利房様と仲が悪いという訳ではありませぬ。よって……」

「こちらの動き方次第で、西条山城守の怒りに火が点き天下に向けて大声を発したりすれば、今は我が御殿(おんとの)の側に付いている三老中の賛成の態度がぐらつくとでも言うか」

「はい。その恐れは充分以上にございます」

「判った。では何時どのような段階で決行に移るかは、全て其方に任せる」

「ただ、四郎五郎への指示は濃やか（細やか）に与えてやって下さいますよう御願い申し上げまする。我ら『白夜』は優れた実力を備えたる攻撃的な集団ではございまするが、決して智略に秀でたる集団ではありませぬゆえ」

「確かに其方の申す通りじゃな。『白夜』を活かすも殺すも、指示命令を発する私の智略次第ということよ。痛い所を突いてくれるのう、式部よ」

「恐れいります」

「では行動を開始せよ。逐一、報告を怠らぬように」

「は、それではこれで……」

式部蔵人光芳なる目つき鋭く色浅黒い端整な面立ちの侍は三十四歳。床の間を背にした目の前の人物に対しうやうやしく平伏すると、静かに立ち上がって部屋を出ていった。

廊下を微かに踏み鳴らすその足音が充分に遠ざかってから、床の間を背にした五十年輩が「入れ……」と低い声で言った。

隣接する座敷との間を仕切っている襖が音も無く、ゆっくりと片側へ滑っていく。

襖を開け終えた一人の武士が、すうっと静かに頭を下げて平伏した。

「入るがよい」

「無様にも、目的を果たすことが出来なかった私でございまする。ご家老の御居間に入る資格はござりませぬ。この控え座敷でお許し戴きとう存じます」

「そうか。式部蔵人光芳の話を、確りと聞いてくれたな四郎五郎よ」

「はい。ひと言も逃さずに……耳に痛いお言葉も確かに承りました」

「ならば堀田備中守を討つ手筈を漏れなく調えよ。次は失敗を許さぬぞ。堀田の日日の動き様を丹念に調べあげ、人知れず葬るには何処でどのように奇襲すべきかを組み立てよ」

「承知いたしました」

と応じて平伏していた侍、貫鬼四郎五郎高房三十六歳は漸くのこと、穏やかに面を上げた。

この男の身形、容姿ともに大凡、隠密に働く者らしくはなかった。着ているものは先に部屋を出ていった式部蔵人光芳の着ていたものと殆ど変わらない。

家紋が入った麻の単衣仕立ての肩衣に半袴、きりりと締めた腰紐には長さ一尺余の合口拵（鐔なし拵え）の脇差を帯びている。いや、正しくは脇差というよりも、小刀と称すべきものだろう。

いずれにしろ、敬う相手（上司）と面談する場合の武士としての「公服」であった。単なる隠密の者には認められない上級の身形であることから、『白夜』は隠密情報集団でありながら、戦闘的な武官としての身分を保障されたいわゆる高次の「忍び侍」の組織であると思われた。

「それからのう、四郎五郎よ」

「は……」

「気付かれぬよう式部の動きを配下の者に見張らせることを怠るな。これは、確と命じておくぞ」

「えっ、それはまた如何なる理由あってのことでございまするか」

「ふふっ、驚いたようじゃのう。式部は恐るべき剣客だが、時として、ふっと優しい一面を見せることがある。私はその点をいささか不安に思うているということだ」

「式部ほどの武人が、ご家老を裏切るかも知れぬ、ということでございましょうか」

「それが判らぬから、折に触れて式部の動きを見張れと申しておるのだ」

「畏まりました。仰せの通りに……」

「もうよい。それでは……行け」

「はい。それでは……」

四郎五郎は再び平伏すると、そのままの姿勢で静かに襖を閉じた。

「ご家老」と呼ばれていた五十年輩が、険しい顔つきで腕組をし下唇を噛んだ。

苦し気であった。胸の内で不安が膨らんでいるのであろうか。

「如何に御殿が大老としての権力を磐石なものにしつつあるとはいえ、宮将軍招聘計画の実現は、容易くはない。障害となる相手を有無をいわさず次次と葬っていかねば、御殿が敗北者になりかねぬ。そうなれば我等は生活を失う」

低く唸るようにして呟く五十年輩であった。名を坂脇修右衛門忠安といった。年齢は五十三歳。

此処は江戸城大手御門を目の前とする、大老酒井忠清の大邸宅（上屋敷）である。位は左近衛少将にして雅楽頭。所領は上野国厩橋（前橋）藩十三万石であるが、既に二万石の加増内示（正式加増は延宝八年〈一六八〇〉四月）を受けており、実質十五万石の太守だった。

坂脇修右衛門忠安は、この厩橋藩の江戸家老三番位で、江戸家老次席の下に位置して、主たる御役目は藩上屋敷、中屋敷、下屋敷の治安維持、風紀取締、藩主特命の遂行、他藩の情報収集など、重要な立場にあった。大老酒井の命を受けて事実上「白夜」を率いており、これを手足の如く自在に使う権限を委譲されていることから、江戸家老首座、江戸家老次席と雖も、一目置いている。それゆえ、坂脇が恐れるのは御殿である大老酒井のみ、と藩内で囁かれたりしていた。

「気になる……どうも気になる。四郎五郎ほどの手練を退がらせた、凄腕の不埒なる奴とは一体何者なのか……何としても消さねばならぬ」

呟き終えて、ぐっと両拳を拵える坂脇であった。指がポキッと小枝を折ったような乾いた音を立てる。

「宮将軍招聘計画が失敗したなら、大老酒井家は間違いなく潰される。私は断じて浪人などにはならぬぞ。断じて……」

坂脇は天井を仰ぐと、ふうっと大きな息を一つ吐いて、腰を上げた。

十八

大老酒井邸を出た所で、式部蔵人光芳は眉をひそめた不快気な表情で周囲を見回した。見馴れた光景であるというのに、今日は何故か違って見えるではないか。空は青青とした快晴である。なのに、まるで夕焼け雲に覆われているかのように、べっとりと血塗られた血腥(なまぐさ)い光景に見えた。

「譜代の名門として聞こえた酒井家の頭上に……いや、上野国厩橋藩の頭上に激しい血の雨が降るやも知れぬ……宮将軍招聘計画とはまさに、火が点きかけている火薬庫だ」

式部蔵人はそう漏らしつつ、大手濠の向こう――とは言っても目と鼻の先――の江戸城を眺め、大きな溜息を吐いた。

と、大手御門から少数の者を従えるようにして誰かが出てきた。

大勢の御門警備の者たちがうやうやしく頭を下げているところを見ると、何処かの大名の下城なのであろう。通常の下城の刻限にしては不自然なので、大名なりの事情があるのだろうか。

大手御門は譜代大名十万石以上の登下城門であって、御門警備も譜代大名十万石以上の大名に交替で義務付けられている。江戸城のいわば正面玄関であることから、騎馬侍十名、徒侍三名、弓の者十名、槍の者二十名、鉄砲の者二十名、とものものしい。ただ、弓、槍、鉄砲は平穏が続く日常においては「武具としての備え」だけの場合もあった。

式部蔵人は、大手御門前の「控え処」で主君を待つ家臣の一団が慌ただしくなるのを横目で見ながら、東の方角へと（常盤橋御門の方角へと）歩き出した。うごめく家臣たちの間に、主君が乗る大名駕籠**「打揚腰網代」**に施されている家紋大久保藤がチラリと認められる。

その家紋の乗り物（大名駕籠）が、宮将軍招聘賛成派の老中大久保加賀守忠朝のものと判らぬ筈がない式部蔵人だった。

因（ちなみ）に大名駕籠（乗り物）というのは、本来はお定めにより「黒塗惣網代棒黒塗」となっていたが、将軍駕籠に極めてよく似ているため、大名たちは遠慮して江戸市中では一段格下の「打揚腰網代」を用いていた。

「大老と老中たちとの間では如何なる議論が交わされているものやら……」

蔵人はそう呟きながら、たった独りの反対者である堀田備中守は己れの身の危険を感じていないのであろうか、と考えた。考えたが、堀田側に立つ積もりなどは、むろん無い。

宮将軍が実現して、御殿（おんとの）がその宮将軍を顎の先で使い、事実上の酒井独裁体制になれば自分にはどのような位置を与えられるのであろうか、と蔵人の頭は忙しく想像した。

だが、その想像は直ぐさま掻（か）き消えた。

「ふん、私は酒井家の家臣ではなく、食客（しょっかく）（居候）に過ぎないことを、忘れてはならぬのであった……」

呟いて自嘲（じちょう）的な笑みで口元を歪める蔵人だった。十三万石厩橋藩の上屋敷で江戸家老三番位、坂脇修右衛門忠安と向き合って座し、密接な上下関係があるかのように、重要な話を交わしていた蔵人が、家臣ではなく食客とはどういう意味なのであろうか。

蔵人は常盤橋御門を出た。

常盤橋御門は、外様大名三万石以上の登下城門であり、その警防の任は外様大名二万石から三万石に対して義務付けられている。その門衛たちが蔵人に対し威儀を正して見送ったことから、蔵人が「**大老酒井家の式部蔵人**」として眺められていることは疑いようもなかった。蔵人もまた門衛たちに対しにこやかに挨拶をする訳でもなく、無表情な堂堂たる態度で御門を後にしたことから、大老酒井家の威光を強く意識しているに相違ない。

常盤橋御門を出た式部蔵人の足は、そのまま東方向へと、真直ぐ神田の町人街区に入っていった。蔵人を見知っている町人なのであろうか、擦れ違った二、三人が道の端へ寄るようにして、うやうやしく腰を折ったが、蔵人は見向きもしない。常盤橋御門を出たときから、むっつりとした不機嫌そうな顔つきだった。

蔵人の足は大傳馬町一丁目の角を北へと折れ、その歩みは一層速くなった。

その歩みを若し宗次が認めたなら、鍛え上げた剣客のごく自然な速歩、つまり意識して急いでいる訳ではないことを見破ったことだろう。

蔵人は旗本・御家人の小屋敷が混在している町中へと入っていった。江戸史に残る明暦の大火（明暦三年〈一六五七〉一月）の前は、この界隈には大名屋敷が立ち並んでいた。しかし大火の後は幕命による大掛かりな屋敷替え（割当て替え）が実施され、当時から残っている大邸宅は神田お玉ケ池（お玉稲荷）近く、三つ盛り菱を家紋とする近江仁正寺藩二万石の藩主市橋下総守政信（元和九年・一六二三～宝永元年・一七〇四）の上屋敷だけだった。

その仁正寺藩上屋敷の西隣の屋敷の前で、蔵人の足は止まった。

一見して「道場屋敷」と判る拵えだった。しかし潜り戸を持つ四脚門に、道場の名を示した看板が下がっている訳ではない。敷地の広さは表側から眺めただけでは判り難かった。

その理由は、両隣の屋敷敷地との境界塀が、共用となっているからだ。つまり、両隣の屋敷との間に路地が無いということである。

それでも通りに面した塀の長さや四脚門の大きさ、そして塀の向こうに覗いている大屋根の感じから、敷地三、四百坪はあろうかと思われた。

お定めによる三百石(級)旗本の屋敷が、敷地四百坪前後であることから、式部蔵人光芳三十四歳の侍としての格はそれに近いということなのであろうか。

「ふうっ」

蔵人は大きな溜息を吐くと、四脚門へ近付いてゆき潜り戸を叩いた。

直ぐに潜り戸が開いて六十半ばくらいに見える老爺が顔を見せ、「お帰りなさいませ」と丁重に頭を下げた。

「留守中、訪れた客はなかったか爺」

「お客様はいらっしゃいませんが、今、酒井家のご門弟八人が見えられまして、道場にて真剣による『蔵人の型』の稽古をなされておられます」

「そうか……」

蔵人は頷くと、正面の玄関式台へと続いている石畳の上を急いだ。

その後を、老爺が少し背中を曲げるようにして従った。腰帯に小さな刷毛を差し挟んでいる。

蔵人が雪駄を脱いで式台に上がると、老爺はその雪駄裏の土などの汚れを刷毛で綺麗に落とし、下足箱へ納めた。

この老爺の名を時造（ときぞう）といった。

玄関の間に入った蔵人は、奥へは向かわずに、左手の方へ延びている黒光（くろびかり）のする廊下を足音を立てることなく進んだ。突き当たり方向から押し殺したような微かな気合が聞こえてくる。

剣術道場であった。

蔵人は静かに道場へと一歩入ったところで足を止め、目つき鋭く腕組をした。酒井家の門弟とかが四組に分かれて真剣で向き合い、『蔵人の型』を見せていた。刃を打ち合わせることは無いが、目にも止まらぬ激しい「攻と守」を展開している。

「原岡（はらおか）、その腰の沈めようでは、左肩を斬り落とされるぞっ」

不意に蔵人の叱声が飛んだ。耳に突き刺さるかのような響きの声だった。

いつの間にか蔵人が道場に現われていたと知った八人の門弟は、一斉に動きを止めて蔵人の方へ向き直り、深深（ふかぶか）と一礼した。

「原岡、同じ注意を先日も致したのであったな」

「申し訳ありません」

「相手の刃を、下から弧を描くようにして掬い上げる自身の刃で封じ、その勢いで相手の喉吭に致命傷の一撃を与えるには、お前の腰の沈め様、回し様では駄目だ。次の瞬間、お前の左肩は敵に落とされているぞ」

「は、はあ……」

「稽古日でない日に道場を訪れて、修行に励む精神はよい。だが修行は知略ぞ。知略に支えられた工夫なくして修行は成り立たぬ。進歩も無い。よくよく考えて剣を振れい」

「はい」

原岡と呼ばれた二十歳過ぎくらいの若い門弟がうなだれると、蔵人は道場を出た。

いわゆる〝生活の間〟がある奥へと蔵人は足を運んだ。

此処は夢伝心眼流次期宗家の資格を許された最高師範皆伝、式部蔵人光芳が主人の「道場屋敷」である。

門弟たちの稽古は隔日制となっており、大老酒井家、そして老中である大久保家、稲葉家、土井家などの名門家臣が門弟となっているため、諸藩家臣の門弟希望者を断わり続けている程の盛況だった。

蔵人にとってこの「道場屋敷」は誇りの一つだった。

だが、蔵人は予想だにしていない。この「道場屋敷」の地（「お玉が池」）に、百数十年後の江戸幕末期、北辰一刀流の千葉周作なる剣客が「玄武館」という剣術道場を開いて、たちまちのうち幕末三剣客の一人に数えられることを。残る二人は、神道無念流「練兵館」の斎藤弥九郎、鏡新明智流「士学館」の桃井春蔵で、「技は千葉」、「力は斎藤」、「位は桃井」、などと持て囃されたりした。

北辰一刀流からは、坂本龍馬や山岡鉄舟ら歴史上の人物が華華しく出ている。

しかし、そのような後年のことなど、針の先程も想像させてくれない緊迫した状況下に置かれている今世の式部蔵人だった。

武家屋敷ではなく「道場屋敷」だけに家臣は擁さず、また奉公人の数も少なく、広い邸内はひっそりとした静けさに包まれていた。正式の稽古日ではないだけに訪れている酒井家の門弟八名の気合は遠慮してか抑制的で、道場から微かに漏れてくる程度だ。

障子が開け放たれた幾つもの座敷——掃除が行き届いているらしい清潔な感じの——前を過ぎて漸く蔵人の歩みが緩んだとき、庭に面して長く延びた廊下突き当たりの部屋から白髪が美しい女が現われた。

近付いてくる蔵人に気付くと、「お帰りなされませ」という表情をはっきりと拵えて、穏やかに微笑みながら腰を折った。

その女の前まで来て、蔵人は囁いた。

「どうだ。母上の今日の様子は……」

「はい。今日は粥を残さずに召しあがり、少しばかり追加で差し上げた程です」

女が小声で答えた。

「おお、それは何よりであったな」

「ご気分もよろしいのか、昨日に比べますと随分とお話しになられました」

「佐代には世話を掛けるのう。有り難いと思うている」

「これが私のお役目であると心得ておりますから……」

佐代と呼ばれた女が、やさし気に目を細める。

「うん」

蔵人は頷いて白髪が綺麗な佐代の肩に軽く手を置くと、座敷へと入っていった。

廊下に残った佐代が音を立てぬよう静かに障子を閉める。

座敷は八畳の二間続きで庭に面して明るく、広縁に接するかたちで月見桟敷が設けられていた。奥の八畳の間には床が延べられている。

蔵人の母親豊美五十七歳が昨年の秋口に突然、心の臓に痛みを訴えて床に臥すようになってから、間もなく一年になろうとしていた。

「いかがですか母上、今日のご体調は……」

蔵人はにこやかに声を掛けつつ、腰の大刀を取ると、母親の枕元に腰を下ろして刀を右に置いた。

「母のことなど気にしなくともよい。今日のお役目はつつがなく果たしましたか」

「はい。坂脇修右衛門様には、よく目をかけて戴いております。私のことは心配なされまするな母上」

「母親が子のお役目のことを心配いたすのは当たり前のことじゃ。坂脇様は、江戸家老様、次席家老様よりも、ご大老酒井様に身近なお方と噂されているほどの実力者。誠実に尽くしてよく可愛がって戴くことを忘れてはなりませぬぞ」

「心がけております」

「ここ一両日は胸に感じていた重みが消えて、実にさわやかな気分でのう」

「佐代の話では、食の方もかなり進まれたとか」

「佐代の拵えてくれた粥が、これまた美味しいのじゃ。藩邸に詰めていた其方は昼餉をまだ済ませてはおらぬのであろう。佐代の粥を食してきなされ」

「藩邸も気が利きませぬな。いつも朝の早くから二刻近くに亘って、ご重役との色色な打ち合わせとか、藩道場での藩士たちへの剣術指南など多忙でありますのに、茶菓の一杯も馳走になったことがありませぬ」

「これ、そのようなさもしい事を口にするものではありませぬ。藩邸での剣術指南のお役目を下されたのは坂脇様ぞ。この屋敷の道場へ大勢の藩士を入門させて下され、その上で尚且つも藩邸での剣術指南のお役目を拵えて下されたのじゃ」

「ま、確かに、坂脇様から受けている御恩は厚うございます。それによって我が式部家の生活は豊かに成り立っているのでございますからな」

「そのことを忘れては、罰当たりな奴と後ろ指を差されましょうぞ」

「はい。そうですね。確かに母上の申される通りです」

「今日はお役目の上で何ぞ重大な事とかは、ありませなんだか」

「ありませぬ。そういう意味では穏やかで平凡な半日でございました」

「何よりじゃ」

豊美はそう言うと、少し喋り過ぎて疲れを覚えたのか目を閉じた。

蔵人は掛け布団を少しばかり母の胸元に向けてそろりと上げてやると、刀を手にして立ち上がった。

「台所へ行って、佐代に粥でも申しつけなされ。私は明日にも床離れが出来そうじゃ」

「それは何よりですが、無理はいけませぬぞ」

蔵人は廊下に出ると、目を閉じたままの母に向かってきちんと頭を下げてからそっと障子を閉めた。

十九

式部家のかなりの広さがある台所は、道場に隣接した位置に設けられていた。これには二つの理由があった。一つは、道場における稽古日の門弟たちの気合が奥へ直接届くのを緩衝（かんしょう）させるため、あと一つは、道場で月に二度は開かれる「剣学講座」の後（あと）に酒食（しゅしょく）を出すため、だった。二年前に蔵人が創案したこの「剣学講座」は他流の道場主や名の知れた剣客とかが招かれて己れが修得した極意を語るという珍しい形の講座で、門弟たちの間で大層人気があった。

そして講座の後には、決まって酒食が供され、なごやかな小宴となる。

蔵人は刀を手に台所へと入っていった。

奥を取り仕切る立場にある佐代のほかに、四十前後の女五人が既に夕餉の仕込みに入って、てきぱきと忙しそうに動いていた。つまり、この屋敷の膳部（調理をする人）は全て女性で男はいなかった。男の奉公人は蔵人から「爺……」と呼ばれている時造ひとりだけである。

佐代と四十前後の五人の女性たちは、奥向きの仕事をする女中であると同時に、膳部の役割を負っているのだった。

蔵人は六人の誰にも声を掛けず、黒光の床の板間に設えられている、胡桃足拵の高脚折助膳（箱型の夫婦膳とも）の前にきちんと正座をした。家紋が入った麻の単衣仕立ての肩衣に半袴、腰の帯に合口拵の小刀を帯びた身形だけに、どこから見てもお役目を済ませて下城した旗本の姿である。

最初に蔵人に気付いて「あ……」という表情を見せたのは、土間向こうの調理場でコトコトと音をさせ庖丁を使っていた手を休めて振り向いた、佐代だった。

蔵人は粥を掻き込む仕種をして見せ、小さく笑った。

佐代が頷いて、粥に梅干と漬物を添えたものを調えて、板間に上がってきた。

この時になって、奥行も幅もある土間をせわし気に動き回っていた女中たちも蔵人に気付いて「お帰りなさいませ」「お勤めお疲れ様でございました」などと、にこやかに声を掛けた。

それらに対し、蔵人は口元に笑みを浮かべるだけで、ひとりひとりに応えることはなかった。

「藩邸では今日も茶菓の一杯も出なかったのでございますか」

高脚膳の上に粥を置きながら、やや不満そうな調子で囁く佐代であった。

「うむ、白湯の一杯さえもな。さすがに今日は少し腹が空いたよ」

蔵人はそう応じて箸を手にした。

「蔵人様はこのように立派な剣術道場の主人でいらっしゃり、藩邸では十二年にも亘って武芸をご指南なさってこられましたのに、どこか白白しい藩の処遇でございますね」

「それを口にしてはならぬよ佐代」

小声で言い置いて、粥を掻き込む蔵人だった。考えてみれば豊かな生活を保障されている自分にとって昼餉が出る出ないなどは小さな問題である、と思わぬでもない蔵人である。ご大老、三老中の家臣たちが大勢、門弟としてこの道場を訪れているのだ。その授業料だけでも年に相当な金高となり、母豊美の生まれ月や盆・暮には門弟たちから色色な品品が届けられたりもする。

それに酒井雅楽頭忠清からは、大老としてではなく藩主の立場で、盆・暮には必ず「伺い」として、有り難いことに各三十両、併せて六十両もが絹織物を添えて届けられるのだ。

蔵人に対してではない。母親豊美五十七歳に対して届けられるのである。

蔵人は家臣ではないため禄米の支給はなく、これは自前で調達するしかなかった。

サラサラと粥を食し終えた蔵人は、小声で、

「茶は私の居間へ頼む……」

と佐代に告げ、刀を手にして立ち上がった。

「はい、直ぐにお持ち致します」

広い板間（いたのま）の出入口まで見送った佐代に、「うん」と頷いて蔵人は離れていった。

（まこと立派な後ろ姿にお育ちになられて……おそらく父上様の後ろ姿にそっくりなのであろうのう）

唇を僅かに動かして、声にならぬ呟きを飲み込んだ佐代であった。なぜか苦し気な表情である。

乳母として乳房を蔵人のかわいい唇に吸わせていた頃のことが、脳裏に甦った。

我が子を生まれて三日後に亡くした悲しみを、蔵人の乳母となることでどれほど癒されたか知れない若い頃の自分が、なつかしく思い出される。

「そうそう、お茶を……」

ほんの僅かな間、我を失っていた佐代は、小慌てに茶を調えて蔵人の居間へと向かった。

「えいやあっ」と、微かな気合が道場の方から伝わってくる。その気合に背中を押されるようにして、明るく長い廊下を佐代は進んだ。

この長い廊下は、幾本もの楓（かえで）の成木（せいぼく）に覆われた庭に面している。楓は蔵人が生まれた年に植えられたものだ。秋の足音が近付きつつはあったが、空高く四方に張りめぐらされた枝枝の葉は、まだ紅葉には至っていない。

蔵人の居間は、心の臓を病んで加療中の母親豊美の部屋からは、間に客間二部屋を置いた、手前に三つ目であった。

障子が開け放たれたその座敷に、普段着に着替えた蔵人は文机（ふづくえ）を前にして庭を眺めながら姿勢正しく座っていた。

「お茶をお持ち致しました」

「うむ、入って障子を閉めなさい」

「はい」

佐代は文机の上に湯呑みを置くと「昨日、藩邸より母上様宛てに届けられました宇治（うじ）の茶でございます」と、付け加えるように言葉静かに言った。

「ほう。藩邸というと、どなたから？」

「届けて下さいましたのは、藩邸の奥向き総取締にある八重（やえ）様でございました。護衛らしい若いお武家様二人と御女中三名を伴なわれて……」

「左様か。八重殿が伴を従えて見えられたのであったか」

「藩邸で八重様にお目に掛かることはございますか？」

「いや、滅多にない。お役目柄、表に出てこられるようなことは少ないのでな」

「母上様にお会いになり、ご病気お見舞の言葉を丁重に述べられ、お見舞金五十両を置いて、お帰りになられました」

「藩士たちも敬う奥向き総取締の八重殿が、宇治茶と見舞の金を手に訪れて下さるということは、この式部家を藩が重く見て下さっているという事ぞ。茶菓とか昼餉が出る出ないで舌を打ち鳴らすものではないのう佐代よ」

「ではございますけれども……」

「旨い。よい茶じゃ。佐代も飲んでみたか」

「とんでもございませぬ。奉公人の立場にある者が口に入れさせて戴くものではありませぬ」

「いいから飲んでみよ。この旨さを知れば、藩の式部家に対する処遇を心配してくれる佐代も、少しは気持が落ち着こう。それよりも、八重殿が訪れたことを何故、その日の内に私に報告してくれなかったのじゃ」

「昨日、蔵人様がお戻りになられたのは、かなり遅くなってからでございました。それに、今日はいつにないほど不機嫌そうなご様子でいらしたので……あの、藩邸で何ぞ大変なこと、あるいは不快なことがあったのではございませぬか」

「いや、何もない……そうか、確かに帰りは遅かったな」

「本当に何もなかったのでございますか。佐代は心配いたします」

「私はこの道場の主人としてよりも、剣客として藩邸に仕えておるのだ。立場は食客の身分と申してもその扱われ様は、上級藩士のそれと殆ど違わない。だから、危険をともなうお役目を与えられることもあろうよ」

「矢張り普通ではないお仕事をお引き受けになったのですね。左様でございましょう。そのお役目を、この佐代にお聞かせ下さい。決して他言は致しませぬ。誓って……」

「誓ってか……」

「はい。誓って……お約束いたします」

「わかった。佐代の人柄の全てを知っている私だ。乳母として私を育ててくれた其方（そなた）にだけは打ち明けようか。それにより、私の重い気分も少しは軽くなろうからな。但（ただ）し、母上に対しては絶対に言うてはならぬぞ」

「言いませぬ」

「ある凄腕の男を探し出して急ぎ対処せよと坂脇様より厳しく命ぜられた」

「な、なんと、対処をでございまするか。対処と申しますと、その……」

「つまり、問答無用で処置せよと言うことだ。問答無用でな」

「なんのために、でございましょうか。一体なんのために」

「それは言えぬ。たとえ佐代に対してでも明かす訳にはいかぬ」

蔵人はそう言うと、それまでの二重（ふたえ）のやさしい目を、ギラリとさせて凄みを覗かせた。

二十

翌日、式部蔵人光芳は、家紋が入った麻の単衣仕立ての肩衣に半袴、そして腰に両刀を帯びて騎馬で「お玉ヶ池」の道場屋敷を出た。

刻は昼八ツ半（午後三時）頃。その凜凜しい騎馬姿は、大身の旗本が単騎で下城の途中、と見えなくもない。

「登城」を許されている全ての武家が、大形に鬱陶しく幾人もの家臣を侍らせて登下城する訳では決してなかった。お役目の事情によっては、或はその武家の気質によっては、単騎で悠悠と登下城する武者も居るには居たのである。もっとも、如何なる理由があろうと大手門の内まで馬で行ける訳ではない。

幕府軍則に従えば、直参旗本二百石以上は、「いざ鎌倉」という時に備えて馬を飼育しておかねばならない。しかし長く太平が続く今世においては、いわゆる馬に乗れない「ちんたら武士」が増えたことの影響もあって、二百石以上の全ての直参旗本が軍則を大事として馬を飼っているとは限らない。厩はあっても馬はおらず、犬が寝そべって欠伸をしているところが少なくないのが現状だった。

「生活が苦しいから飼わない、或は飼えない」という以前において既に武士は、いや武家制度自体が弛(たる)みに陥りつつあった。その原因が「あまりにも美味しい太平の味」にあったことは、いうまでもない。過ぎたる平和は、人間にとって害毒であった。

　そういった風潮にまるで抗(あらが)うかのように、きりりとした式部蔵人の馬上の姿だった。蔵人は直参旗本でもなければ俸禄二百石以上を得ている身分でもない。だが今を時めく幕府大老酒井(さかい)家より馬二頭を預けられ（事実上、与えられ）、飼育と自由な使用を認められていた。

　今世における飼育とは「調教」をも意味している。これはもう、大老酒井家の馬の手綱(たづな)を操って、江戸の内外(うちそと)何処へでも堂堂と往来できるということだ。

　馬に対する蔵人の優しく巧みな手綱さばきで、その歩み（馬足）はゆったりとした「常歩(なみあし)」だった。

「常歩(なみあし)」とは、人が二十呼吸ほどする間（約一分間）に、一町余（百十メートルくらい）進んでいる程度の速さ、と思えばいいだろうか。馬にとって最も疲れが少ない歩み方であって、それだけに休みなく長く持続歩行が可能ということになる。調教の点でも、馬体管理（健康管理）のうえからも、欠かせない歩み方であった。

蔵人がいま乗っている馬に名は無い。厩にいるもう一頭にも名は無かった。大老酒井家に遠慮して名付けていないのだ。だからといって特に不便を覚えている訳でもない蔵人である。

馬は蔵人の巧みな手綱に操られ、神田の町人街区を横切るかたちで抜けると、密集状態を呈している中小武家屋敷街区へと入って行き、思い出したように歩みを速めた。

密集する中小武家屋敷街区とはいっても、町人街区とは違って人の往き来は格段に少なく静かだった。だから馬足(うまあし)を速めた蔵人である。町人街区で馬が町人に触れて傷を負わせたりすれば、騎乗者の操馬(そうば)未熟として笑われかねない。だが武家屋敷街区で若し侍が馬に触れて飛ばされ負傷したなら、飛ばされた当事者が四囲に目配り不足な未熟者と後ろ指を差されよう。腑抜(ふぬ)け侍という訳だ。

蔵人の馬はたちまちの内、中小武家屋敷街区を通り抜け、ゆったりと道幅広い「旗本八万通」へと入っていった。

「どうっ……静かに」

蔵人が小声で馬に告げつつ右の手を手綱から放し、馬の首すじを軽く叩いた。すると馬はそれまでの蹄の音を殆ど消して、静かに歩き出した。まるで〝忍び馬〟のように。

それは実にあざやかな、蔵人の調教の成果というものだった。速さは「常歩(なみあし)」とほぼ同じ程度だったが、驚いたことに蹄を地面へ下ろす強さ（地面を打つ強さ）が、まるで違っている。

「よしよし……」

満足気に呟いて目を細めた蔵人が、今度は左の手を手綱から放し馬の首すじを三度四度と撫でる。褒(ほ)められて嬉しいのか、馬が頷くようにして首を上下に振った。

どれ程か行った辺りから、広大な屋敷が目立ち出した。それまでは殆どが板塀だった武家屋敷が、次第に瓦を載せた白塗り（漆喰塗り(しっくいぬり)）の土塀へと変わっていく。

それにしたがい蔵人の目つきも、険しくなっていた。

「この辺りだな……」

手綱を軽く引いて馬足を止めた蔵人が、ポツリと呟いて周囲を眺めた。

そこは、西条山城守貞頼が謎の集団――「白夜」――に奇襲されたところだった。厩橋藩（大老酒井家）の江戸家老三番位、坂脇修右衛門忠安（五十三歳）より、「……二、四人の手駒を使って……」と任務を命ぜられた蔵人であったが、暫くは単独で動いてみる気になっていた。手駒を使うなど面倒、と思う気持が無くもなかったのだ。むろん、坂脇修右衛門が口にした〝不埒なる奴〟の人相風体を知っている訳ではない。

ただ、筆頭大番頭八千石の西条邸から目を離さなければ、その〝不埒なる奴〟は見つかるのではないか、という確信のようなものがあった。蔵人の動物的な嗅覚とでもいうのであろうか。

「……その分、私も用心せねばならぬが」

小声を漏らし蔵人は馬をそろりと歩ませた。

蔵人の言う通りだった。坂脇修右衛門が言う〝不埒なる奴〟を求めるため、西条邸周辺に頻りに接近するなどすれば、蔵人が西条家に怪しまれて身分を突き止められる恐れは充分にある。相手は幕府官僚たちに対し睨みが利く、大物幕臣だ。動き方を一歩誤れば己れの身が危ういばかりか、その波紋は大老酒井家にまで及びかねない。

だからこそ、家紋が入った麻の単衣仕立ての肩衣に半袴、という公服姿で馬上の人となり西条邸近くまでやってきたのだ。そのすぐれたる体格と色浅黒く端整な面貌からは、文武を極めたる大身旗本に見えなくもない。

蔵人は、春になると絢爛と花咲かせるであろう桜並木と、通りに建ち並ぶ大身の武家屋敷をしっかり記憶の底に沈めると、西条邸の手前充分なところで、馬首を返した。

「焦ってはならぬ……急がば回れよ」

ふふふっと低い笑いを漏らして、呟きを締め括った蔵人だった。

と、向こう角から現われた二人連れの侍がこっちに向かってやって来た。

蔵人の馬が通りの中央をゆっくりと二人の侍に近付いてゆくと、相手は脇へ寄ってうやうやしく頭を下げた。蔵人は視線を真っ直ぐに前方へ向けたままだ。チラリとも二人の方を見ない。穏やかなる悠然であった。それも自然な。両二人の侍はその人相風体から、大身旗本家の下級の家臣かとも思われた。

刀差しではあるが、大刀の長さが短めだった。

「久し振りに、お濠沿いに歩いてみようかのう」

蔵人は「旗本八万通」が大身旗本街区から中小武家街区へと入って行く途中で馬に語りかけ、手綱をツンと右へやさしく引いた。今をときめく大老酒井家から預かっている馬である。何処へ行こうが、まさに天下御免と言ってよい馬だった。

ほどなく人馬は、清水濠に沿った通りに出た。雉子橋御門が前方の濠の対岸に見えている。

この雉子橋御門は五千石以上一万石までの旗本の登下城門で、門衛は五千石旗本家に対し交替で義務付けられていた。

馬は午後遅い日差しが降り注ぐ濠端の通りを、右手に明暦の大火で天守閣を失ったままの江戸城を見てゆったりと歩んだ。蹄の音は控えめだ。通りの左手(北方向)には広い火除け緑地帯や幾つもの空地が続き、空地のなかには幕府の役所(御用屋敷)が建設中のところもある。

それらを越えた向こうに、密集する中小武家屋敷の屋根屋根が窺えた。江戸城直近に位置する一等地のそれら中小武家屋敷地は、いずれ大名家や大身旗本家の屋敷によって占められるに相違なかった（事実、時代が下がるにしたがって、そうなる）。

「どう……」

蔵人は馬の首すじを撫でてやりながら歩みを止めると、ひらりとばかり身軽に下馬に移った。

活気に満ちた「鎌倉河岸（かまくらがし）」の町人街区に入っていた。東の空がほんのりと薄墨色になりかけ、夕方が近いことを物語っている。

蔵人の道場屋敷も「神田お玉ヶ池」に在（あ）り、その町名の通り神田の町人街に接してはいるのであったが、しかし「鎌倉河岸」とは〝町の味〟がまるで違っていた。こちらは明らかに、躍動的だった。

「鎌倉河岸」は主として江戸城普請に用いる材木、巨石、などの荷揚げ場だったが、例外として食料品の荷揚げも認められていた。荷揚げ人足に鎌倉出の者が多いと言われてきたが、今では必ずしも当たっていない。

「ようし、今日はこれで終わりじゃあ」

その食料品の荷揚げ船で、船長の大きなひと声があって、仕入帳と荷揚げ帳との突き合わせに忙しかった商人たちが、次次と船から降り立った。濠の水面が午後遅い日を浴びて、黄金色に輝いている。

「ご苦労さん」

「じゃあ、また明日よろしく……」

商人と船乗りたちとの間で気忙しい言葉が飛び交ったあと、さほど大型でもない荷揚げ船は岸を離れていった。その数、三隻。

荷揚げされた食料品は、魚介類を除く殆ど全てにわたっていた。山積みの状態になっている江戸城普請用の木材や砂利袋、砂袋、石材などの間間に、仕入先の地区ごとに並べられ、それが濠端通りに並んでいる大八車へと、商人たちの手によって手早く積まれてゆく。

蔵人は馬の手綱を持ったまま、少し離れた位置でそれらの光景を、目を細めて眺めていた。ほのぼのとした光景であるな、という思いが胸の内に温かく込み上げてくる。幼い頃、よく見掛けた光景であるような気がするのだが、もうひとつよく思い出せなかった。記憶と意識との間に取り除くことが難しい厚い幕が下りているような感じだった。

大八車が一台、また一台と濠端から去ってゆき、静けさが少しずつ辺りに漂い始めると、空に夕焼けが広がり出していた。

「いつの間に……」

と、蔵人が空を見上げて呟く。

このとき視野の右端に小さな姿が入ったので、蔵人はその方へ目をやった。丸太をただ二本地面に打ち込んだだけの長屋口から、三歳前後くらいに見える女児が子犬を胸に抱くようにして出てきたところだった。

こちらを見ているその犬の奇妙な顔に、思わず蔵人の顔が「ん？」となる。

蔵人に見つめられていることも知らず、その幼女は朱色に染まり出した空の下を東の方角（竜閑橋の方角）に向けて歩き出した。とことことした歩み方がまだ幼い。

だが、その女児は幾らも歩かない所にある飯屋にも呑み屋にも見える店へと、とくに気後れする様子も見せずに表口の障子を開けて入っていった。障子を開ける様子も閉める様子も手馴れている。

空が朱色に染まり出しているとはいえ、まだ明るい下界であったが、その店の軒下からは表口を挟むかたちで、既に赤提灯が下がっていた。下手な字で大きく「しのぶ」と書かれた赤提灯だ。

蔵人の口元にひっそりとした笑みが浮かんだ。その下手な字に蔵人は、なんとのう親しみを覚えた。

「しのぶ」へと近付いていった蔵人は、表口そばの柳の幹に手綱を軽く括り付けると、「待っていなさい」と馬の耳に囁きかけた。

理解したのかどうか、馬は首を縦に小さく振った。

蔵人は「しのぶ」の前に立ち、顔の高さにまで垂れ下がっている古い中割れ暖簾(のれん)を右手で開いた。

障子の向こうから、話し声や笑い声が伝わってきたが、それは店内が立て込んでいると感じるほどでもなかった。町中(まちなか)の呑み屋を訪ねることなど殆どない蔵人だ。

それでも仕事帰りの職人たちで呑み屋が賑わうには、あと四半刻以上は必要だろう、くらいは判る。

蔵人は表口障子を静かに開けて、遂に「しのぶ」へと一歩入った。

仕事を早仕舞した職人たちなのであろうか、紺地の法被を着た四、五人の男たちが向こう隅の席で楽し気に差しつ差されつをしていた。

左手の小上がりの席で、二十八、九に見える町人の男と、犬を抱いた先程の幼子が、四本の小脚に支えられた卓を挟んで笑顔で向き合っているのに蔵人は直ぐに気付いた。

「いらっしゃいまし。間もなく混んで参りやす。どうぞお好きな席へ……」

調理場で男――主人の角之一――が蔵人と目を合わせ、ひょいと腰を折りながら笑顔で言った。肩衣に半袴という公務の着衣である蔵人に、べつに恐れ入っていない。その笑顔と態度が気に入って、蔵人も頷きながら精悍な表情の中にチラリと笑みを浮かべた。

蔵人は、小上がりの席で犬に頬ずりをしている女児の方へと近付いていった。

近付いてくる蔵人を認めて、二十八、九に見える町人が微笑みながら立ち上がる。浮世絵師宗次だった。

それは〝不埒なる奴〟を求めようとしている蔵人と、宗次とのまさに劇的（げきてき）な出会いであった。片や**夢伝心眼流**の次期宗家を許された最高師範皆伝の剣客、片や撃滅剣法として世の剣術家から敬われ恐れられる**揚真流剣法**の第二代宗家たる宗次。

　お互いがお互いを知らぬままに席を同じくしようとする、余りにも運命的な出会いだった。

「実に可愛い顔の犬じゃのう」

　会話は、目を細めて穏やかに話しかけた蔵人の方から始まった。

「どうぞ、お侍様（さむれえさま）。よろしければ……」

　宗次が腰低くにこやかに幼子——吾子——の隣を勧めると、蔵人は「うむ」と腰の大刀を取って、小上がりに座った。続いて宗次も腰を下ろし、そして大きな体に隣へ座られた吾子が、犬の頭を撫でながら壁の方へと寄った。

「抱かせてあげる」

　不意に吾子が確り（しっか）と胸に抱いていた犬——狆（ちん）——を蔵人に差し出した。腰を下ろすなり、いきなり顔ぺちゃの犬を目の前に差し出されて、蔵人は少し慌てた。幼子の〝奇襲〟を全く読み切れていなかった者の慌て様だった。

「吾子、お侍様の着物に毛が付いちゃあいけねえから」

宗次が窘めたが、「いや、なに、構わぬ」と蔵人は嬉し気に狆を抱き取ると、組んだ胡座の底へそっと沈めた。

「狆という犬だよ」

吾子が蔵人にもたれかかるようにして、胡座の底で気持よさそうに大人しくしている狆の背中をさすった。蔵人は狆という犬種があることは知ってはいたが、見るのはこれが初めてである。

「お前が飼っている犬なのか」

なんともゆったりとした優しい口調になっている己れに気付いて、胸の内で思わず苦笑する蔵人だった。

問われて吾子が「うん」と頷くが、宗次はにこやかに黙っているだけだ。

「長く飼っているのじゃな」

蔵人は日頃滅多に用いることのない〝じゃ〟を使って、言葉の響きを温かくさせる気遣いを試みた。

すると、吾子は可愛い小さな手指を一つ一つ折り出した。

ここに来て宗次が返事を肩代わりした。

「つい先日のこと、迷い犬だったのを、この子が見つけてきやしてね」

宗次は、花子の名は出さなかった。初対面の相手との、とりわけ見知らぬ侍との話は広げない、とする宗次の身についた自然な〝用心〟だった。べつに蔵人を怪しい人物、と眺めてのことではない。実際、宗次と吾子に見せている蔵人の態度や眼差しは、実に柔和なものだった。

「其方……」

蔵人が吾子と狆を交互に見つめていた視線を、宗次へと移した。きつさの無い、物静かな移し様であった。夢伝心眼流を極めている風など、いささかも覗かせていない。

「へい……」と、宗次は笑みを浮かべて相手の次の言葉を待った。

「其方はこの子の父親なのか」

「とんでもござんせん。私はまだ独り身でござんして、この子と一緒の長屋に住んでおりやす。この店を出やして、直ぐ近くの」

「この子と一緒の長屋……おう、あの古そうな長屋な」

「ご存知で？」

「ちょうどこの子が長屋口から犬を抱いて出て来たところを見たものでな。それで釣り込まれるようにして、何とのうこの店へ入ってしまったのだ」

そう言ってチラリと苦笑を見せながら、狆を吾子の手に戻す蔵人だった。

「左様でございやしたか。あの古長屋は神田鎌倉河岸の八軒長屋と言いやして、音に聞こえた貧乏長屋でございやす」

「ははは、音に聞こえた貧乏長屋とは面白い言い方をするのう」

蔵人が破顔し、これで侍と町人、双方の間にあった垣根が一気に低くなった。

「恐れ入りやすがお侍様、この店の酒も肴もなかなかの味でござんして、宜しければひとつ如何でござんすか」

「よし、付き合うてみようか」

「有り難うござんす」

宗次は調理場の方へ顔を向けると、先程からこちらを見ている角之一に右手人差し指を立てて見せた。一人分追加、の意味だ。頷いた角之一がたちまち庖丁で 俎(まないた) を軽快に鳴らし始める。

「もう暫く経ちやすとね、お侍様。仕事を終えた職人たちがどっと押し寄せて参りやす。そうなると少しばかり騒がしゅうござんすが、それもこの店の味だと思って戴くようお願い致しやす」

「町の者が賑(にぎ)やかにする中での酒も、また旨(うま)かろう。ところで、この可愛い子を酒の臭い満ちた賑わいの中に長く置いておいて、よいものかのう」

「いやなに、この子は昼も夕もこの店に自由に出入りして馴染んでおりやすし、客の誰からも大事にされてもおりやす。それに、間もなく家に戻りやすんで」

「間もなく?……」

そこへ角之一の女房美代(みよ)が、鯣(するめ)の足の部分そっくりを焼いたのを持って来て、先ず初対面の蔵人と丁寧に言葉を交わしてから、香ばしい匂いの鯣の足を吾子に手渡した。

「さ、これを持って帰って狆公に家で食べさせておあげ」

「うん、食べさせる」

「それにしても鰯の足の焼いたのが好きとは、猫みたいな狆公だねえ」

「母ちゃんも、猫みたいだと言ってたよ」

「それからね吾子、日が沈んでから一人で出歩くんじゃないよ。物騒だからね。判った？」

「うん、出歩かない」

「じゃあ送ってあげるから帰ろ。お侍様にちゃんと挨拶をしなさい」

「うん、挨拶をするよ」

吾子は鰯の足を胸元に挟むと、犬を確り抱き抱き小上がりの席から土間へと下りた。

「お侍さん、どうもありがと」

ややモジモジとした様子で腰を折った吾子の頭を、蔵人が目尻に浅い小皺をつくって、「おお、よしよし、いい子だのう」と二度も三度も撫でてやる。吾子の少し物怖じした様子が可愛くてたまらぬ、といった感じだった。

それじゃあ一寸（ちょいと）しつれい致します、と美代が愛想のよい笑みを残し、吾子の手を引いて店から出ていった。

「なるほど……」と蔵人が頷いてみせ、宗次が「え？」という表情で相手を見返した。

「町人の生活というのは和やかで温かくなかなかのものだと思ったのだ。武家社会では意識して演じようとしても今のように巧くはいかぬ」

「そうでございやしょうね」

「仕来たり、作法、虚栄、出世争い、などというものが、否応無しに生活の中へ割り込んでくる。いやはや武士の生活などというのは、肩が凝るものよ」

「お察し致します。立ち入ったことをお訊ね致しやすが、今日はお城勤めの帰りでござんすか」

「ま、そういったところだ。肩衣に半袴というこの堅苦しい着物のことなど、気にしないでくれ」

「ここの亭主に乾いた綺麗な手拭でも持ってこさせやしょうか。酒の滴などで、お着物をうっかり汚しちゃあなりやせん」

「構わぬ。このままでよい」

蔵人が白い歯を覗かせて、静かに笑ったところへ、角之一が盆を手に「主人(あるじ)でございます。大変お待たせしまして」とやって来た。盆の上には大徳利にぐい呑み盃、それに小皿二枚が載っていた。

「あと暫くで次次とお持ち出来ましょう。それ迄はこれで……」

蔵人に対し腰低く、そう言い残して、角之一は離れていった。初めての客の蔵人に一目置いている様子であった。まだ客が少ないこの刻限なら、宗次との会話を肴(さかな)に盃の三、四杯を交わしている角之一だ。

小皿には銀杏(ぎんなん)の塩味炒(い)りと、もう一皿には漬物が盛ってある。

「お受け下さいやすか」

「うむ」

酒を間にして、穏やかな表情で、宗次と蔵人との付き合いが始まった。それは運命の皮肉としか言い様(よう)のない光景だった。純真な吾子の姿に引かれるようにして居酒屋「しのぶ」へと入ってしまった夢伝心眼流を極めた式部蔵人光芳。

大老酒井家（上野国厩橋〈前橋〉藩十三万石）の江戸家老（三番位）、坂脇修右衛門忠安

より「探し出して消せっ」と厳命されたその人物が、目の前にいるなど知るよしもない。

「こいつは旨い酒だな。驚いた」

最初の盃を物静かに、が一気に呷った蔵人の精悍な顔にたちまち笑みが広がった。

「この店はお侍様。何を食べても旨うござんすが、とくに美味しいのが一つございやす。笹掻牛蒡と泥鰌を味醂を利かした薄味噌の出し汁で煮た中へ、卵を一つポンと落とした泥鰌鍋、こいつが最高。酒によく合いやす」

「ほう、聞いただけで旨そうではあるなあ」

「お武家様のご家庭では、泥鰌とか畑の枯木などと軽んじられておりやす牛蒡などには、余りお手を出さねえでござんしょうねえ」

「食材として市中に出回っていることは承知しておっても、台所を預かっている女たちは手を出したことがないのう。出入りの鮮魚屋も泥鰌とか鰻などというのは勧めたことがない」

「今日お食べになってお口に合えば、お屋敷へ戻られましたら早速、台所の者に泥鰌鍋の材料をお命じなさいませ。泥鰌の味を吸い込んだ笹掻牛蒡の香りってえのが、これまた堪りやせん。さ……いきやしょう」

宗次は徳利を手にし、蔵人の胸元へと持っていった。蔵人が「うん」と機嫌よく宗次の勧めを受け、二人のその光景は長く付き合ってきた者同士のように見える。

調理場から時折り二人の様子を窺う角之一の目元も微笑んでいた。

吾子を長屋へ送り届けた美代が何やら包み物を手にして戻って来ると、そのまま調理場へ「よいしょっ」と言いながら入っていった。

「お前さん、ほれ。チヨさん家からこんなにどっさりと貰ってきたよう」

「お、肉に玉子に大根に牛蒡とは豪勢じゃねえかい」

「奥多摩からお父っつぁんが色色と山のように持ってきてくれたんだと」

「あの小柄なお父っつぁんが一人でかえ？」

「小荷駄を雇ったんでしょうよ。山仕事じゃあかなりの顔役だってえから、娘への手土産運びなど馴れたものですよ、お前さん」

「勢いのあるお父っつぁんだからねい。肉は新鮮だな。もう少し熟させようかい」

「チヨさんが、その方が美味しくなる、と言ってたね。その色の薄い方の肉は軍鶏だってさ」

「有り難え。また一風かわった味(料理)を考えてみようかえ」

抑え気味に交わしている夫婦の会話ではあったが、宗次と蔵人の席へは聞き取れる程度に届いていた。

「なんだか楽しそうな店を知ってしまったようだの。ま、受けてくれい」

今度は蔵人が徳利を宗次の方へ差し出し、二人の間のなごやかさが尚のこと濃くなった。二人の間に横たわっている避けられそうにない「宿命」に、共に気付かぬままのなごやかさだった。

宗次は敢えて名乗らなかったし、蔵人も訊かなかった。不思議な「了解」が共に胸の内で固まり出していた。名前も職業も地位も知り合おうとしない気楽さが、このとき既にじわじわと二人を包み出していたのである。

蔵人にぐい呑み盃を満たして貰った宗次がそれを呑み干すと、それを待っていたかのように蔵人が自分の盃を宗次の前に差し出した。蔵人の目が「頼む……」と言っていた。

「お呑みになりますなあ、お侍様」

「其方も強そうだのう」

二人がお互い、そう言い合ったところへ、いい匂いを広げながら角之一の手で熱熱の泥鰌鍋二つが運ばれてきた。

「なるほど、こいつあ旨そうだ」

「名の知れた料理屋なんぞには負けねえ味でござんすよ」

「うん、何とも言えぬこの匂いならば、そうであろう」

宗次と角之一は蔵人が泥鰌鍋に箸をつけるのを、まるで親が子を眺めるような眼差しで見守った。

「旨いっ。こいつは、たまらぬ。何とも言えぬのう、この笹掻牛蒡……」

蔵人は目を細めて宗次を見返し、頷いてみせた。角之一が満足そうにニヤリとして離れてゆく。

「牛蒡ってえのは、お侍様。国の政治の中心が平安京（京都）に置かれていた頃、すでに朝廷料理の重要な献立として出ていたそうでござんすよ」

「ほう、平安京の朝廷料理にのう……」

「物の本によりやすとね。牛蒡が国の外からこの国へと入ってきたのは、平城京（奈良）の頃ともそれ以前とも言われているようですが、はっきりとは判っていないようで」

「起源はどうなのだ。これほど旨い牛蒡の起源というのは……」

「それも全く判っていないようでござんすよ。ただ、牛蒡の栽培の仕方ってえ本は、すでに江戸市中に出回っておりやす」

「ま、これほど旨いのであれば、起源などはどうでもよいのう」

「そういう事でござんすねえ」

宗次は「しのぶ」の味を下支えしているのは、この店が試行錯誤でつくってきた味醂にあることを知っていたが、それは話の中に出さなかった。

「しのぶ」の味醂は角之一よりも、美代の熱心な手さぐりの研究による結果として生まれたものといってよかった。蒸した糯米（餅米）と米麴に焼酎を混ぜ加えて糖分が醸し出されてくるのを待って、それを搾って味醂を得る方法は豊臣秀吉の時代（一五〇〇年代後半）には既にあって、その伝承的な方法に美代は繰り返し繰り返し味を確かめつつ改良を加えてきたのだ。

ただ、江戸時代に入って高価な味醂が調理に用いられたのは腕のよい板前を揃えた余程の料理屋・料亭であって、大量の生産により一般の町民家庭にまで広がるには、幕末近くまで待たねばならなかった。

「お侍様、今日は楽しゅうござんすよ。ひとつ、じっくりとお付き合い下さいやし」

「いや、そうもいかぬのだ。此度はあと一本くらいで止しておこうか」

「お急ぎの御用でも……」

「いや、表口そばの柳に馬の手綱を括りつけてあるものでな」

「あ、左様でございやしたか。今日は騎馬で御登城なさいやしたので……」

「ま、そんなところだ。お役目で使(つこ)うた馬の背で酔っての夜歩きなど、以(もっ)ての外(ほか)なのでな」

「仰る通りでござんすね。お引き止めして申し訳ございやせん。じゃあ今、膳の上にあるものだけと致しやしょう」

「男らしい聞き分けのよさだのう。気に入った。近いうちにまたこの店を訪ねてよう」

「次は着流しで気楽に御出下さいやし」

「うむ、判った」

二人はお互いのぐい呑み盃へ、なみなみと注ぐと、一滴もこぼすことなくカチンと盃を触れ合わせて口元へ運んだ。殆ど同時だった。

（この男……）

と、蔵人が瞳の奥を鋭く光らせたのは、その一瞬である。一滴の酒もこぼさずに盃を口元へ運んだ宗次に、只者ではない匂いを感じたのだ。

だが直ぐに、「考え過ぎか……」という当たり前の目つきに戻っていた。

二十一

「いや、今日はすこぶる気分がよいのだ。私に払わせてくれ」

宗次が女将の美代に支払いを済ませようとするのを、軽く押し退けるようにして自分で二人分の支払いを終えてしまった式部蔵人だった。

「じゃあ今日は甘えさせて戴きやす。町人の私（あっし）が、その代わりなどと言うのは恐れ多いことでござんすが、ちょいとその辺りまでお送りさせて下さいやせんか」

「左様か。では手綱を引いて、ぶらりと歩いてみるか」

「有り難うございやす。またどうぞ」と調理場で言った角之一の威勢のよい声と、表口まで出て来た女将の美代に見送られて、宗次と馬の手綱を引く蔵人の二人は東の方角（竜閑橋の方角）へとゆっくり歩き出した。

日は既に沈んで江戸の町に闇が降り出してはいたが、西の空にはまだうっすらとした明りの広がりが残っていた。

「二人ともよく似た背恰好だこと……」

美代が呟いて、店の内へと戻ってゆく。

「今宵は満月でございやすよ、お侍様」

「うむ。星もよく見えるのう」

「このような夜は、酒も料理もとびきり旨いものでござんすよ」

「月夜に猪牙舟（ちょきぶね）などに乗って、のんびりと揺られながら酌（く）み交わす酒も、なかなか乙(おつ)かも知れぬなあ」

「あ、それ、よござんすねえ。町人の私(あっし)でよけりゃあ一度、ご一緒させて下さいやせんか」

「余り木の葉のように貧弱な猪牙舟では、面白くないぞ。そこそこ大きくないとのう」

「江戸には船宿が沢山ございやす。その時が来やしたら、この私(あっし)に手配りをさせておくんなさいやし」

「よし、では近い内に船酒(ふなざけ)を楽しもうではないか」

「船酒とはまた粋(いき)な言葉でござんすねえ。今にもはらはらと季節の花びらなんぞが降ってきそうで……」

蔵人の足は間もなく目の前に近付いてきた竜閑橋などには見向きもせず、浜町河岸(はまちょうがし)の方へと延びている今川堀(いまがわぼり)に沿った通りへ入っていった。

此処いらまでとするか、と宗次に遠慮する気分が起こって歩みが止まった。

「それじゃあ、お侍様。私(あっし)はここで失礼させて戴きやす。近いうち、船酒でお目にかかれるのを楽しみに致しておりやす」

「なんだ、もう少し付き合わぬか。其方に一か所、知っておいて貰いたい所がある」

「町人のこの私に……でござんすか」

「そう自慢たらしく町人町人と振り回してくれるな。私は其方と妙に気が合いそうだから申しておるのだ。今暫く付き合え」

「勿体ねえお言葉で……宜しゅうございやす」

二人はまた歩き出した。夜空には満月の輝きがあったが、千切れ雲が北から南へと吹き流れてゆく数が少なからずあって、明るさと闇が交互に江戸の町を覆った。

「お屋敷は、この今川堀沿いにでもあるのでござんすか?」

「いや、私の屋敷は向こうの方角、『お玉稲荷』の傍じゃ」

蔵人が北の方角を指差してみせ、宗次は「あ、『お玉稲荷』の……」と頷いた。これ以上、踏み込んではならぬ、と心得ている宗次であった。肩衣に半袴、という着衣に馬の手綱を持つ堂堂たる体軀の武士である。一角の人物に相違ない、と思っていた。剣も相当な腕前、と既に見抜けてもいる。だが、宗次は蔵人に対して、〝純白〟という表現に値する印象を抱いていた。翳りも険も感じ取れないのだ。なかなかによい育ち方、育てられ方をなさっておられる、と読めていた。

「こちらだ……」

蔵人は宗次を促すようにして、今川堀に架かった小さな木橋を渡り出した。月が大きな雲に隠されて、辺りが闇に覆われた。

今川堀は、馬喰町手前で南へと下り、旧吉原遊郭の跡地（高砂町ほか）の直ぐ東側に接するようにして隅田川へと注ぐ難工事であったが、未完成のところが何か所もあった。掘削予定地の〝地上〟に先に橋が出来ているという面白い光景の所もある。

雲が流れ去って月明りが降り注いだとき、蔵人の足は小さな寺院の手前角にある小屋敷の前で立ち止まっていた。まさに小屋敷だった。敷地百五十坪前後といったところであろうか。

「ここだ……」

と、蔵人は宗次を見て、目をやさしく細めた。

「大きな木立（こだち）がびっしりと繁って建物が全く見えやせんが……お侍様、此処は一体（いってえ）？」

「私の母がな、此処で月に五、六度か日を決めて、武家の妻女たちに『生花（いけばな）』を教えておるのだ」

「ほう、『生花』とはまた風雅（ふうが）でござんすねえ」

「もっとも、母は今、体調を少し崩しておって、この小屋敷へは顔出しを出来ぬのだ。それで大身旗本家の娘である若い師範代が、母の代わりを務めておる」

「立ち入ったことをお訊ね致しやすが、母上様は、かなりお悪いのでございやすか」

「いや、幸（さいわ）いここ数日は回復が著（いちじる）しくてな、間もなく此処へも来られようが、私が無理をさせないようにしておるのだ。しかし、ま、もう心配はあるまい」

「それはようございました。こう言うと何でございやすが、お侍様と『生花』ってえのは何とのう合っておりやすようで」

「おい、世辞は止せ。母は芸術的な才能のある女性(ひと)で〝花〟も〝茶〟も心得ておるが、私はすこぶる無骨者じゃよ。〝花〟も〝茶〟も出来んのだ。ああいうのはどうも苦手でなあ」

月明りの下で、蔵人は笑った。宗次に心を許し始めている者の、明るい笑顔だった。

「と、なりやすと、お侍様は差し詰め剣術の達人といったところでござんすか……」

宗次は控え目な口調で、そろりと窺うようにして訊ねてみた。

「夢伝心眼流を心得てはおるが、なあに、こちらの方もいい加減にしかやっておらぬ。そうだおい、少し寄っていかぬか。肴は無いが旨い酒ならあるぞ」

運命とは皮肉であった。夢伝心眼流を極め、〝不埒なる奴〟を討たねばならぬ剣客式部蔵人光芳は、刻(とき)が経つにしたがって、目の前の初対面の町人に気を許し始めていた。しかもその勢いは、止まりそうにない。

夢伝心眼流と聞かされた宗次の方は、穏やかな表情に変化はなかったが、胸の内に痛いほどの衝撃を受けていた。

夢伝心眼流は猛烈な稽古で、武士はもちろん町衆の間にも知られており、諸国剣客の中には「殺人剣法」と呼ぶ者さえいて、品川の桜の名所、御殿山下に門弟八百人の大道場を構えている。

二十二

皓皓たる月明りの下のそれは真に小造りな屋敷であった。玄関式台を当たり前な格子戸が付いた玄関に造り変えれば、何処にでも見られる町屋敷風な造りだった。

宗次は「まあ、よいではないか。遠慮せずともよい。少し寄っていけ」と強く勧められて、蔵人の後に従った。

肩衣に半袴という体格のよい蔵人にとっては明らかに窮屈な造りの廊下を、二人は奥へと進んだ。柱に掛け行灯が掛かった、まだ雨戸が開け放たれたままの廊下の右手は、黒黒とした繁りの広がる木立の庭で、うっすらと青い月明りが降り注いでいる。

その木立の足元に息を潜めたようにして小明り(こあか)を点している二つの石灯籠を見つけた宗次が「ああ……」と気持を和(なご)ませた。

大見栄(おおみえ)を嫌ったかのようなその弱弱しい明りの小さな石灯籠が、蔵人から受けた印象に何とも似合っていると思った。

宗次の後ろには、質素な一間一戸四脚門の潜り戸を開けてくれた老爺が少し間を空けて控え目に従っている。

「この小屋敷の留守を預かってくれている留吉(とめきち)だ」

先程、潜り戸を開けてくれた老爺を、蔵人がそのように紹介してくれたとき宗次は、チヨの父親の永吾郎の目鼻立ちにどことなく似ているなあ、と感じた。ただ、留吉の方が間違いなく幾つも年上に見える。そうと判るほどに、うっすらと青白い月明りは強さを増していた。

「狭いが、まあ辛抱してくれい」

蔵人がそう言って宗次を通したのは、床の間も飾り戸棚も押し入れも無い、月明りの庭に面した六畳の小座敷だった。

もちろん文机もない。

用心づくり（防火づくり）の掛け行灯が一つ柱に掛かっているだけだ。が、月明りが廊下にまで差し込んで、座敷は明るかった。

「好きに座ってよいぞ」

「さいですか。そいじゃあ気楽にさせて戴きやす」

蔵人に笑顔で言われた宗次は、庭に向かって静かに腰を下げ胡座を組んだ。

蔵人も宗次を見習うようにして腰を下ろすと、次の指示を待つかのようにしてきちんと正座をして待機している留吉に言った。

「爺、酒がまだ残っておろう」

「はい。充分に残ってございます」

「すまぬが冷やのままでよいゆえ二、三本持ってきてくれぬか」

「承知いたしました。年寄り夫婦が食しました今夜の惣菜の残りもので宜しければ、お持ち出来ますが……」

「残りものとは……何を食したのか」

「大根と豆腐と蒟蒻を味噌あじで煮たものでございます」

「それはよい。肴になる。少しでよいぞ。舌先が喜ぶ程度でよい」

「もう夕餉をお済ましになられましたか」

「うむ。なかなかよい居酒屋を見つけてなあ……が、味噌あじで煮た大根と豆腐と蒟蒻ならばまだ腹の隙間に少しは入りそうじゃ」

「そのうち爺もその居酒屋へお連れ下され」

「心得た。約束しよう」

「では只今お持ち致します。お酒は冷やのままで宜しゅうございますな」

「いや、やはり熱燗にしてくれぬか。今宵は酒の香りも楽しみたい」

「はいはい……」

月明りが差し込む廊下にぺたんと座っていた老爺留吉は、蔵人と話を交わすのが嬉しいのか、終始ものやわらかな笑顔であった。

「燗をするので、暫くお待ち下され」

そう言い残した留吉の足音が、廊下を遠ざかってゆくと、こんもりとした木立の広がる月明りの庭を眺めながら蔵人は言った。小さな石灯籠の明りは、木立の繁りが深すぎるため余り役に立っていない。

「あの留吉にはフサという同い年の女房がおってのう。これがなかなか料理上手なのだ」

「ほほう、では大根と豆腐と蒟蒻の味噌あじ煮が楽しみでござんすね」

「先ほどの店の味噌あじとはまた少し違うぞ。留吉夫婦は、私が生まれて直ぐの頃から、誰だったかの紹介で式部家で下働きをするようになったらしくてな。とにかく長く奉公してくれておる」

「それほど長く奉公を……」

宗次は、何気ない様子で軽く応じたが、蔵人の口から出た「しきぶけ」を聞き逃さなかった。

織部家、識部家、色部家、式部家と咄嗟に四つの形の字綴りが脳裏を走ったが、この内のどれかであろうと確信する勇気はまだ無かった。

また、宗次が知る大身・中堅の旗本家とか剣客とかの中にも、「しきぶ」という名に該当する者はいない。

（何処ぞ地方の大名家の江戸屋敷にでも詰めている家なのであろうか……）

とも思ったが、それを噯にも出さぬ宗次だった。また、地方の大名家の江戸屋敷に詰める家格の者が、たとえ上位者であったとしてもこのような小屋敷を別に構えることなど、今世の江戸では少し難しいかも知れない、と思えたりもする。

「それに致しやしても背高くよく育った庭木でございますねえ。明るい昼間に見れば尚(なお)立派でございやしょう。石灯籠の明りがちょいと淋しゅうござんすから木立の黒黒とした盛り上がりが恐ろしい程で、枝の一本一本がはっきりと見えないところが、また凄みがあってよございます」

「これはまた、町人らしからぬ表現の仕様を心得ておるのう」

「いやあ、近頃の町人てえのは、これくらいの話し調子は出来るものでござんすよ」

宗次は苦笑いを見せつつ照れたように言って頭の後ろに手をやった。

「其方(そなた)の言う通りかも知れぬ。町人は商いの道(営業)でも勘定の道(経理)でも実によく考え、よく学んで力強く台頭してきておる。俳諧、浮世絵、茶道、華道、刀鍛冶など芸術的な分野でも町人の実力には素晴らしいものがある。それにひきかえ、侍というのは実に駄目になって参ったわ」

「あ、いや、お武家様に素晴らしい人人が大勢いらっしゃいやすからこそ、町人はそれを伝授させて戴けるのだと、私はそのように思っておりやすが」

「うむ。其方は面白い見方をする町人だのう。一体何を生活の糧と致しておるのだ」

「私は今のこの江戸で掃いて捨てるほど、あちらこちらに群がっておりやす、遊び人と呼ばれている者でござんすが」

「なに、遊び人？　遊んで暮らしておるということなのか」

「うーん、これと決まった堅苦しい職は身に付けていないということでございますよ。日によって、あるいは気分によって色色な職人の親方なんぞに頼み込んで、その半端仕事の手伝いをさせて貰ったりで食いつないでおりやす」

「なるほどのう……つまり〝自由なる人〟という訳だ」

「あ、そのお言葉、いけますねえ。頂戴いたしやす」

「こいつ……」

二人が顔を見合わせ声を立てて笑ったところへ、盆を手にした白髪の綺麗な老婆が月明りの廊下をやって来た。

と、蔵人が即座に立ち上がって老婆の傍へ行き、盆を受け取った。

「膝の具合はどうだ、フサ。まだ痛むか」

「今日はだいぶと楽でございますよ。なあに、年寄りというのは膝や腰の痛みには馴れております」

「フサの煮物は天下一の味じゃ。何とのう気が合うて連れて参ったこの町人にも是非食べて貰おうと思ってな……」

宗次はフサと目が合ったので、丁寧に頭を下げた。

「さ、町人。廊下で月明りを浴びながら、フサの料理を楽しもうではないか」

「恐れ入りやす……」

「なかなかの味だぞ」

蔵人がそう言いながら盆を廊下へ置いたので、宗次も「はい」と座る場を廊下へと移した。

「用があったら手を叩いて下され、若様」

フサがそう言い言い、廊下の向こうへと消えて行く。

なるほど、矢張り若様と呼ばれる御身分であられたのか、と宗次は自分の脇へ置かれた大きな盆を見つめながら思った。

二人はよい匂いを漂わせている盆を間に挟み、月明りの庭を眺めて共に胡座を組む姿勢だった。

盆の上には大徳利が三本と、大皿に味噌の出汁で煮られたと一目で判る大根、豆腐、蒟蒻が盛りつけられている。衒いの無いその盛りつけ様をも、宗次は豪快に感じて大層気に入った。おおよそ、若様と呼ばれる人物の前に出される盛りつけようではない。そしてそのことを、若様なる人物は全く気にしていない風だった。

「さ、先ず一献、酌み交わそうではないか」

若様の手が大徳利へすうっと伸びかけたので、

「いえ、私がお注ぎ致しやしょう」

と、宗次が少し慌てて見せると、

「まあまあ……」

と、満足そうに目を細めた若様が二つのぐい呑み盃を満たした。香りを飛ばさないようにと、静かな注ぎ方だ。

「さ、やろう。私は其方が妙に気に入った。どうも変な気分だが、ま、よいわ。お前の人柄がいいのだろう。酔ったら構わぬから此処へ泊まっていけ」

「滅相もございません」

二人は穏やかに笑みを浮かべながら、ぐい呑み盃に満たされた酒を口へ持っていった。

「こりゃあ、うまい……実にいい酒です」

「私はお玉稲荷の屋敷では殆ど酒を呑まんのだ。呑む時はたいていこの花屋敷と決まっている」

「花屋敷……この御屋敷はそのように呼ばれているのでございますね」

「うむ。いつの頃からか、誰言うとなくのう。さ、食べてくれい。先ず蒟蒻をどうだ」

「そいじゃあ、遠慮なく……」

宗次は盃を盆に戻すと、蔵人に勧められた通り蒟蒻に箸をそろりと近付けた。

「この蒟蒻は、何とまあ旨(うま)い。大変美味(おい)しゅうございやす。確かに先ほどの店の味噌あじとはまた違った味で煮られており、なかなかな物でございますねえ」

「そうであろう。これがフサ流の味つけなのだ」

蔵人は嬉しそうな目で宗次を見た。

蒟蒻が料理に登場したのはかなり古い。その名は、第六十代醍醐天皇（八八五年～九三〇年）の皇女勤子内親王の指示により承平年間（九三一年～九三八年）に源順によって編まれたと伝えられている漢和辞書『和名類聚抄』（和名抄とも）に、既にみられる。

鎌倉時代には、大和の供御人から味噌煮用の食材として朝廷（天皇）に貢献されていたことが、『和名抄』によって明らかにされており、室町時代に入ると、魚の刺身の代わりとして、蒟蒻の刺身も朝廷で実用されていた。

因に、供御人とは、天皇家に対して飲食物を献ずる義務と特権を持つ「人民」あるいは「座」を指していう。

したがって供御とは、天皇家の飲食物を意味している、という判断でよいだろう。武家専制の時代には将軍家の飲食物についても供御と称させたようであるが、本来はあくまで天皇家の飲食物を指したという考え方が正しい。

蔵人と宗次の静かな酒盛りは続いた。お互いに口数は決して多くはなかったいた。

が、双方の満ち足りた表情が、まぎれもなく楽しい酒盛りであることを示していた。

暫く経って、宗次は控え目な調子で訊ねた。

「先ほど若様は、酒を呑む時はたいていこの花屋敷、と仰いやしたが何ぞ特別な理由でもあるのでございやすか。あ、いや、差し出がましいことをお訊き致しやして申し訳ござんせん。何となく気になりやしたものですから……」

「うむ……理由はある」

蔵人は頷くと盃の酒を一気に呑み干して、宗次の顔を見た。

「それは、朱孔雀だ」

「え？……」

「朱孔雀だ、と申しておる。孔雀を知らぬのか」

「いえ、存じてはおりやすが……町人にとっては決して耳馴れた言葉ではありやせんので……そのう、ちょいとびっくり致しやした」

「明日になれば判る。だから今夜はこの花屋敷へ泊まってゆけ町人。よいな」

「は、はあ……」

仕方がない泊まってみるか、と宗次は思った。目の前の侍に徐徐に引きつけられつつある自分に気付いている宗次だった。

宗次は遠慮がちに訊ねた。

「母上様はもう随分と長く『生花（いけばな）』をなさっておられますので？」

「五、六歳の頃から母親つまり私の祖母に当たる人より教わったと聞いておるが、詳しくは知らぬのだ。なにしろ私自身、『生花』には殆ど関心が無いのでな。はははは っ」

蔵人はさも申し訳なさそうに答えて笑い、自分の盃に自分の手で酒を注いだ。

「では、若様の剣術への関心は、いつの頃からでございやすか」

あくまで控え目な口調を忘れない宗次であった。

「七歳の頃から夢伝心眼流の開祖である木下一心斎（きのしたいっしんさい）先生に教えを受け、一心斎先生が高齢で大往生なされてからは、現在の第二代宗家である木下夢鉄斎（むてっさい）先生に付き従い、現在（いま）に至っている」

「夢伝心眼流とは大変な剣術であるらしい、と町人の私（あっし）でも聞いたことがござんすが……」

「稽古がとにかく猛烈を極めておるのだ。ところが門弟の殆どが道場を辞めていくことがない。逆に道場は大隆盛なのだ」

「有力なお大名すじの強い御支援とかがあるのでございやすか」

「それもあるにはある。しかし指導が優れておるのだよ。夢鉄斎先生とか高弟たちのな。それで、めきめき強くなっていくことが門弟たちも自分ではっきりと判ってくるので、楽しくて辞める気にはならぬらしいのだ」

「なるほど。いい道場というのは、そういうものでござんしょうねえ。町人の私にも頷けやす」

「夢伝心眼流宗家の大道場は品川の御殿山下に在ってな。門弟数は八百名を誇っておる」

「八百名とはまた凄い数でござんすねえ」

「だがなあ町人。剣術に劣らぬほど、『生花』の修行というのは大変らしいぞ」

「母上様がそのように仰っていらっしゃいやすので?」

「その通りだ。私が庭で真剣の素振りをしているとな、それを熟っと見ていた母が『剣術とは楽な修行よのう……』と言って微笑んだことがある」

「それはまた、胸に響くお言葉でございますねえ」

「母が武家の妻女を集めて、『生花』の実際をして見せながら講義をしているところを幾度となく見たことがある。いやあ、確かに、その目つき、表情、手先の動き、正座の姿勢など、見事なものだと思った」

「どう、見事なんでござんすか？」

「隙が無いのだ。全く無い」

「ほう……」

「おい町人。近い内に一度、私の母に会うてみぬか。この小屋敷で母が弟子たちに教えを説いているところを見てはどうじゃ」

「無理を言わねえでおくんなさいやし若様。遊び人に過ぎねえ私が『生花』の美しい業を見せて戴きやしたとしても道理が判る筈もござんせん。かえって母上様に対し、失礼になりやす」

「何も『生花』を学べとは言うてはおらぬ。弟子たちに教えを説いている私の母を眺めてみてはどうかと言うておるだけぞ。私の自慢の母じゃ。母が授業を終えたところで、三人で茶でも味わうのもよいのう」

「恐れ多いことでございやす。勿体ないことで……」

「よし、決めた。母にそのことを話してのち、お前に連絡をするが、先ほどのあの居酒屋の夫婦にでも頼んでおけば、遊び人を自称するお前の耳へも届こう」

「へい。それはもう間違いなく……」

「遊び人のお前にも当然母はいるのであろう。母は元気か」

「いえ、もう遠い昔、私が生まれて直ぐ、亡くなりやしてございます」

「そうか……それは申し訳ないことを訊いてしまったのう。許せ」

「母親の温かみも優しさも、私は知りやせん。素晴らしい母上様に恵まれていらっしゃいやす若様が羨ましく思いやす。どうぞ、母上様をお大切になされやすように」

「そうじゃのう。うむ、その方の今の言葉、胸に響くぞ。有り難い」

蔵人はそう言って深深と頷くと、両の肩のあたりに急に淋しさを漂わせた宗次へ、静かに徳利を差し出した。

二十三

翌朝、宗次は雀の囀りで目を覚ました。掛け布団の下で天井を向いていた体に寝返りを打たせると、障子に映っていた木の枝で雀が飛び跳ねていた。

（おっと、いけねえ。御天道様が高く昇っていなさる……）

声なく呟いた宗次は寝床から出ると、夜具をたたんで乱れぬようそっと片隅へ押しやった。押し入れはあったが自分の手で片付ける積もりはなかった。押し入れの中というのは初めて泊めて貰った客が見るべきものではないと心得ている。その御屋敷のどのような〝事情〟が押し入れの中に潜んでいるか知れないからだ。

（それにしても昨夜は随分と呑んだなあ……）

宗次は雀の影が飛び跳ねている障子の手前で、思い切り背すじを反らせた。

背骨が気持よい音を立て、たちまち全身に生気が走った。

若様と呑んだ部屋の隣が客間で、ひと風呂浴びて体を清めたあと、そこへ案内されて激しい睡魔に見舞われたことまでは覚えている宗次だった。

「ちょいとばかし不覚をとったかねい」

苦笑しながら呟いて静かに障子を開け、廊下へと出た瞬間、宗次の口から「お……」という小声が漏れた。目を見張って、驚きの表情だ。

緑深い木立に覆われた鬱蒼（うっそう）たる庭であることは昨夜の月明りの中で判っていたが、明るい日を浴びたその木立の懐（ふところ）に隠し抱かれるようにして、八畳大ほどの見事に真四角な小さい池があるのを宗次は見つけたのだった。「水の無い小さな池」で、その八畳ほどの池の中に納まっている〝芸術〟に宗次は驚いたのである。

それは池庭風の枯山水とでも、いうものだった。

枯山水とは、一切水を用いない庭を指すものであることは、改めていうまでもないが、その枯山水の中にも、たとえば竜安寺（りょうあんじ）（京都）のような平庭風枯山水や、本願寺（ほんがんじ）本派（京都）の池庭風枯山水などがある。

いま宗次が目にしているのは、明らかに池庭風枯山水であった。

枯滝を思わせる先端鋭い石が〝池〟の中央に置かれ、それと向き合うかたちで〃島〃を想像させる富士の形をした小振りな石がある。そして、その富士石の麓で高さ二尺ほどの一羽の鳥が雄雄しく羽を広げており、枯滝の頂を見上げ今にも舞い上がらんばかりであった。

孔雀であった。しかもである。うっすらと朱色に染まって見えるではないか。

「なんと妖麗な……」

宗次は呻くように漏らすと、踏み石の上にある、まるで自分のために調えられたかのような真新しい感じの雪駄に足を下ろした。もう一足、やや古いと判る雪駄も並んでいる。

宗次は枯山水の〃池〃へと近付いてゆき、その驚きは更に大きくなった。枯滝と富士石を取り囲むようにして〃流れている〃こまやかな砂の流れ。その砂がまた、うっすらと朱色なのであった。目の錯覚などではなかった。確かにうっすらと朱に染まっていた。

宗次は〃池〃の畔にしゃがんで、日差し降り注ぐ空を仰ぎ、そして〃池〃を心を鎮めて眺めた。

枯滝も富士石も人の手、つまり彫り師の手が加わったものではなく、自然石であると判った。枯山水では配置する石そのものに人が手を加えて奇を衒(てら)うなどは邪道とされている。

日を浴びた、うっすらと朱色の砂は、その朱の色を反射させて孔雀の朱の色をやや濃く染めて見せていた。今にも飛び発(た)たんばかりの朱孔雀(べにくじゃく)であった。

宗次は、この朱孔雀(べにくじゃく)だけは、人の手によって彫り造られたものであると思った。

相当な業師(わざし)が彫ったもののようだった。実に精緻(せいち)な出来なのだ。

「それは、朱孔雀だ」

昨夜、盃を手に〝若様〟の言った言葉が、宗次の耳の奥に甦(よみがえ)った。酒を呑む時はこの花屋敷で呑むことが多いと言った〝若様〟が、その理由について述べたものだ。

「この朱孔雀が枯山水の中で生きているからこそ花屋敷で酒を呑むのだ……という意味だとしても、それは一体全体どういう事なのか」

口の中でぶつぶつ言いながら、宗次は腰を上げた。

このとき背後で人の気配があって、宗次が振り向くのと、「あのう……」と声の掛かるのとが殆ど同時だった。

廊下にフサが立って、にこやかにこちらを見ていた。

「あ、お早うございやす。昨夜は旨い料理と酒を有り難うござんした」

「よくお眠りになれましたかのう」

「はい。ぐっすりと……あつかましく泊めてなど戴きやして、申し訳もござんせん」

「なんの、なんの。どう致しまして。気が向いたら、また、いつでも立ち寄りなされ。若様が忘れずそのように伝えておくように、とのことでした」

「恐れ多いことで……で、若様は？」

「昨夜のうちに、お玉稲荷の本邸へお戻りになられました。お前さんが床に就くのを見計らってなあ」

「えっ、左様でござんしたか。一向に気付きやせんで……」

「朝餉の用意を調えているから、台所の方へ御出なされ。爺様とこの婆様と一緒に三人で食べませんかね」

「喜んで頂戴いたしやす。ところで、おフサさん、この小造りな四角い池庭風枯山水の中で今にも飛び発たんばかりの朱孔雀や、流れをあらわしている砂でござんすが、このうっすらとした品のある朱の色がよござんすねえ。また朱孔雀の細やかな彫りの出来具合も実に見事なものでござんすよ。一目見て驚きやした」

「あれまあ、お前さん……」

おフサが宗次の言葉が終わるか終わらぬ内に、大きく目を見開いてみせた。

「お前さん、若様には遊び人とか言ったそうじゃが、池庭風枯山水だの朱孔雀だの朱の色だのと、すらすらと言いなさる。少しは寺子屋へでも通って学んだ遊び人なのかえ」

「こいつあ参った。ははは、遊び人の町人でも今時の者なら、寺子屋へ通わなくともその程度のことは知っておりまさあ、おフサさん」

宗次は端整な顔いっぱいに笑みを広げて、おフサと確り目を合わせた。

「あれまあ、そうかねえ」

二度目の「あれまあ」を口にしつつ、おフサも庭へ下りてきた。

「この朱孔雀はなあ、お前さん。亡くなられたある剣術の大先生が彫られたものじゃよ」

「剣術の大先生？……その方のお名前は何と仰いやす」

「それは次に若様に会われた時にでも、お前さんが自分で訊きなされ。ただ、うっすらと朱の色をした砂も孔雀も、元の石は三宅島から運ばれてきたものらしくてのう」

「ほう……てえと、うっすらと朱の色の砂は、三宅島から運ばれてきたその赤い石とやらを細かく砕いて人の手でつくられたものでござんすね」

「そうそう」

「へえ。火の山（火山）がある三宅島では、こんなに綺麗な色の石が採れるんでござんすかあ」

三宅島で、微小な自然銅を含んで赤く見える日長石なるものが、火山岩の斑晶として産出されることなど、さしもの宗次も知らない。斑晶とは、火成岩の中に見られる大きな結晶のことを指すが、「日長石」や「斑晶」といった表現は、近代鉱物学で登場するもので、「日長石」はサンストーンとも呼ばれている。

「それにしても、この朱孔雀の彫物は素晴らしゅうござんすね。文化的にも価値の高いものと思いやす」

「若様にとっては、家宝のようなものでのう、お酒を呑む時は必ずと言っていいほど、この屋敷を訪れ、朱孔雀を眺めながらゆったりと気分よさそうに呑みなさる」

「へええ……」

「とくに夕焼け空が広がっている時の、この孔雀の美しさといったら、そりゃあもう息をのむ程じゃわ。一度夕焼け時にでも来てみなさるがええ」

「この朱孔雀を彫り上げた剣術の大先生は、若様のお師匠なんで？」

「若様に関して知りたいことは、お前さんが若様に直に訊きなさることじゃ。この婆様があれこれ勝手には言えんのでな。それよりも朝餉を済ましなされ。台所が片付かないのでな」

「あ、そうでござんした。では厚かましく戴きやす。申し訳ござんせん」

宗次はフサにやさしい眼差しで促され、腰を丁重に折って頭を下げた。視線が動いたせいであろう、朱孔雀の目のあたりで一瞬、鋭い赤い光が走ったような気がした。

二十四

爽(さわ)やかな気分で「花屋敷」を辞した宗次は、「いい相手に出会えた。どうやら永く付き合えそうだい」と思った。いい相手とは、昨夜(ゆうべ)の〝若様〟ひとりを言っているのではなく、「花屋敷」の下働きである留吉、フサ老夫婦をも指していた。朝餉を囲んだときの、留吉やフサの温かな話し上手が、肉親の縁に薄い宗次にはたまらなかった。留吉やフサと話を交わしているだけで、〝若様〟の母親という女性(ひと)が、どのように魅力的な人柄の御人(おひと)であるか、その容姿までがぼんやりだが想像出来た。そのため「武家の妻女を集めて生花(いけばな)の実際を教えておられるところを一度見せて戴こうか……」という気になりかけてさえいた。

けれども、胸の内でただ一つ、魚の小骨のように引っ掛かっているものがあった。あの八畳ほどの広さの池庭風枯山水の中から、今にも舞い上がらんばかりであった朱孔雀。

それであった。

宗次は並外れてすぐれた剣客である。その宗次が、「花屋敷」で話を交わした誰に対しても懸念を覚えなかったにもかかわらず、あの朱孔雀だけは胸の内で妙にざわついていた。

「気になる……」

明るい朝の日差しの中をぶらり調子で歩く宗次の口から、ぽつりと呟きが漏れた。

ひと口に孔雀とはいっても、インドやその近隣国に留鳥として分布している「印度孔雀」と、タイやインドシナなどに留鳥として棲息する「真孔雀」の二種がある。

古くに外国から日本に入ってきたのは「真孔雀」の方であった。延暦六年（七八七）頃から弘仁十三年（八二二）頃にかけて、奈良薬師寺の僧景戒により仏教説話集として編まれた日本の説話文学集の始祖的作品「日本国現報善悪霊異記」に、この真孔雀が登場している。

つまり日本の古い花鳥画などに描かれているのは、印度孔雀ではなく真孔雀の方だった。

「気になる……どうもな」

宗次は、もう一度漏らして「花屋敷」の方を振り返り、しかし思い出したように足を急がせた。

八軒長屋の自宅をひと晩留守にしてしまったことが気になり出していた。留守をしたからといって盗られて困るような財産など何一つとして置いてはいない貧乏長屋の自宅ではあったが、絵仕事とかかわりのある者がよく訪ねてくるので、それが気がかりだった。

これまでの絵仕事でそこそこ貯め込んだ幾許かのカネは、古信楽の小さな茶壺に入れて、竈下の薪入れの奥に潜ませてある。べつに、こそ泥に盗られやしないかと、気にしてなどいない。それどころでない気がかりが次次と生じているのだ。

浄土宗安乗寺で花子と吾子が狆を見つけた直後に血相を変えて境内に駆け込

んできた侍たち。

美雪を離縁して追い出しておきながら今もなお「美雪は我が妻。横恋慕で近付く者は誰であろうと叩っ斬る」と激情をふりまく譜代四万石田賀藩「御中老」六百石で藩兵法指南の廣澤和之進。

将軍家の信任厚い筆頭大番頭西条山城守暗殺未遂事件。

大襖に描き上げて間もない白山宗関東総本山紋善寺の「観世音菩薩」の盗難事件。

そして、まるで何かを告げるかのようにして現われた「花屋敷」の**朱孔雀**であった。

それらの出来事の一つ一つを、宗次は刻が経つにしたがって、重苦しく感じはじめ、只事では済まないような予感に見舞われていた。

「ふうっ」

宗次は歩みを緩めることなく、晴れた朝の青空を仰いで、溜息を一つ漏らした。

「あっ、お早うございます。宗次先生」

骨董屋「文化堂」の前まで来ると、店土間の小ごみを箒で店前へ掃き出して塵取りで集め取っていた小僧が、宗次に気付いて笑顔を向けた。

「お早う。主人の市右衛門さんは元気かえ」

「旦那様は風邪の熱でか昨日から床に臥していらっしゃいます。かなり高い熱で……」

「なに。床に臥して？……そいつあいけねえな」

八軒長屋へ急いでいた宗次の足が止まった。「文化堂」の主人市右衛門五十三歳は、芸術とか文化とかの談義で気の合う相手である。「畑と赤トンボ」の画題で掛軸画を頼まれているのだが余りの忙しさでまだ描き始めてもいない。

「柴野南州先生……『白口髭の蘭方医』で知られた柴野南州先生の名を知らねえ訳じゃねえだろう」

「はい。よく知っております」

「熱が高いんなら、湯島までひとっ走りして、南州先生に此処まで来て貰いねえ。忙しい先生だが、直ぐ診て下さるからよ。〝急ぎ駕籠〟を用意して差し上げてな」

「宗次先生は、南州先生とは顔なじみなのですか」

「おおよ。この私もよくお世話になっている。というより親爺とも思っている御人さ」

「判りました。旦那様の了解を取って〝急ぎ駕籠〟をともない湯島まで走ります」

「そうしねえ。じゃあな……」

宗次は笑顔を残して、「文化堂」の前から離れた。小僧を相手に話をしている間も、八軒長屋のことが妙に気になって仕方がなかった。

宗次は足を急がせた。八軒長屋の自宅と朱孔雀とが、頭の後ろあたりで入れ替わり立ち替わり蠢き回っている。

「一体何なんでえ。この騒がしい感じは……」

呟いて宗次は軽く頭を振り舌を打ち鳴らした。珍しい宗次の苛立ちであった。

通りを右へ折れて、次の辻を左へ曲がったとき、危うく一人の男とぶつかりそうになって足を止めた宗次の口から「や……」と小声が漏れ、相手も「お……」と表情を緩めた。江戸の町民たちに名親分でその名を知られた「春日町の平造親分」であった。とくに本郷菊坂界隈を押さえている平造は、北町奉行より仕事ぶりを高く評価され直直に紫の房付き十手を与えられている。そして当たり前の目明しに比べて立ち入る場所などをかなり広域に認められた特別な〝権限〟を付与されてもいた。いわゆる目明したちの間で不文律となっている**縄張り**、が無用の目明しだった。

平造の後ろで、宗次もよく知る若い下っ引きの五平（二十二歳）が、ぺこりと頭を下げる。

「これは宗次先生、なんだか苛立っているような顔つきじゃねえか」

「面目ねえ親分。ここんとこ何やかやと忙しく、どうも気分が落ち着かねえんで……」

「ちょいといい話がある。これからお役目の用で五平と二人して八丁堀の旦那を訪ねるんだがよ、帰りに八軒長屋を訪ねる予定だったんだい」

「いい話と仰いやすと？」

「うーんと……よし、立ち話もなんだ。ちょいといいかえ」

平造親分が斜め向かいにある「きねや」という饂飩屋の方へ顎先を杓ってみせてから五平に告げた。

「おい。お前は先に八丁堀へ駆けつけない」

「承知いたしやした。そいじゃ、宗次先生……」

五平は軽く腰を曲げると小駆けに離れていった。

宗次は自分から先に立って、饂飩屋「きねや」の方へ足を向けた。朝の早目から老夫婦だけでやっているこの「きねや」へは、宗次はときどき立ち寄ったりする。出汁の味はなかなかよい。

とくに軍鶏肉と豆腐と葱たっぷりのところへ玉子を落とした饂飩鍋は宗次の好みだった。これで一杯やるとたまらない。

ただ、朝早目に店をあけるため、日が落ちる前には表戸は閉じられてしまう。

「おやまあ宗次先生お久し振り……あら親分さんもいらっしゃい」

小上がりの席を忙し気に拭いていた元気そうな老婆が、宗次と平造親分を見てにっこりと腰を折った。

「婆さん、朝から一杯という訳にもいかねえから、梅干茶でもくんねえか」

親分はそう言ってから、「先生もそれでいいよな」と、念を押した。

花屋敷で既に腹を満たしている宗次は、「ああ」と応じて、小上がりの席に腰を下ろした。

宗次と向き合って胡座（あぐら）を組んだ親分が「八丁堀への用があるんで、要点だけをかい摘まんで話させて貰うぜい」と断わった。小声だ。

「いい話、と仰いやしたが、一体（いってえ）……」

「昨夜（ゆうべ）遅くに捕まえたのよ。市中取締方筆頭同心飯田次五郎（いいだじごろう）様とこの俺の二人でよう。もっとも若手同心二人に捕り方十名を率いてだがな」

「これはまた、捕まえたと仰いやすのは若しかして空き巣とか巾着切り（きんちゃくきり）……などですかい」

「何を言いなさる。そんな小物じゃねえよう先生。捕（つけ）めえたのは中間（ちゅうげん）くずれと流れ浪人ども五人から成る押し込み常習の荒くれ一味よ。其奴（そやつ）らが塒（ねぐら）にしている浅草田圃（たんぼ）の無住の荒寺から、先生が描いて落款（らっかん）も鮮明な襖絵の大作が見つかりやしたぜ」

「えっ、それって、市谷浄瑠璃坂に在る白山宗関東総本山紋善寺の襖絵観世音菩薩のことを言ってるんですかい」

「そうよ先生。その襖絵よ。ありゃあ、凄い絵だい」

「有り難え。思いもしていなかった有り難さだい親分。さすが平造親分、感謝いたしやす」

「検分のため今は北町奉行所で預かっているが、夕方までには寺へ返すっから よ先生、寺へ行ってみなせえ」

「へい。そうさせて戴きやす」

と、宗次の顔から明るい笑みがこぼれた。両の肩に乗っていた重苦しい石の一つが、するりと消えていく感じであった。

二十五

宗次が八軒長屋まで戻ってみると、長屋の門——といっても丸太を二本立てただけの——を入って直ぐの井戸端で、女房さんたちが額を寄せ集めてひそひそ話だった。

ただ、その中にチヨの姿はない。

「どしたい。何かあったのかい」

「あ、宗次先生。朝帰りだなんて、一体何処へ行ってたんですよう。昨夜、化粧臭い嫌なところへ泊まりなすったんでしょう」

「おいおい……」

膏薬を首に貼った老鳶公造の女房キンが甲高い声で言ったものだから、さしもの宗次も少し慌てた。

「絵仕事だよ、絵仕事。化粧臭いところへなんぞ、行かねえって……」

「それより先生。チヨさん家へ大変な御人がお見えだよう」

「大変な御人？」

「チヨさんがおろおろしているから、ともかく早く行ったげな」

「判った」

宗次は溝板を踏まぬようにして、長屋路地をチヨの家へと急いだ。とはいっても目と鼻の先、直ぐそこだ。

チヨの家の表障子を開けて一歩を踏み入ろうとした宗次が「おっと……」と背すじを反らすようにして退がった。狭苦しい玄関土間は姿勢正しく片膝ついた頑丈な体つきの若侍二人で埋まっていた。しかも框を上がった古茣蓙敷きの板の間には、ひと目で町人ではないと判る女性二人が座っているではないか。

「あ、これは……」

侍の内のひとりが殆ど反射的に立ち上がりかけたので、宗次は即座に且つ小さく首を横に振ってみせた。

若い侍はハッとしたように腰を下ろした姿勢に戻った。美雪の大和への旅で警護に就いていた西条家八千石の家臣団のひとりで、近習役堺田勇之進二十二歳であった。

もうひとりの侍は、宗次にとって初対面である。

茣蓙敷きの板の間に座っていた女性二人が宗次に向き直って、三つ指をつき頭を綺麗に下げた。

美雪と、八千石西条家の「奥」の取締を任されている菊乃だった。

「宗次先生をお訪ね申し上げたのですけれど、お留守でございましたので、チヨ殿に誘われこうして奥多摩の美味しいお茶を御馳走になっております」

美雪が美しい笑みを見せ控え目な調子で言った。狭い町人の住居に一輪の花が咲いたようであった。美雪にとってチヨとの出会いは今日がはじめてではない。これまでに二、三度、供侍を従えて訪れた際に、チヨから漬物の漬け方や、美味しい味噌汁のつくり方を教わっている。それでもチヨにしてみれば馴れることの出来る相手ではなかった。なにしろ美雪は筆頭大番頭八千石西条家の御息女なのだ。姫君である。

宗次は目を細め、やさしい表情を拵えて美雪を見つめた。

「そうでござんしたか。チヨさん、世話を掛けやしたね。大事な用が幾つも重なってしまったり、平造親分との打ち合わせが長引いたりしたものでよ」

宗次は、平造親分の名を出して言い繕った。美雪たちの耳へも届いているに相違ない老鳶の女房キンの金切声に対処したつもりだった。

「平造親分との打ち合わせって……何ぞあったのかね先生」

台所の前に花子や吾子と並んで小さく座っているチヨが、心配そうに眉を寄せた。

「うん、ま、それはいいやな。花子よ、美雪先生と色色と大事な話が出来たかえ」

宗次に訊かれて、花子は肩を窄め黙って頷いた。確りとした頷き様だった。

おかしいのは吾子までが、花子を見習って、こっくりと頷いたことだった。

美雪が宗次に向かって矢張りやわらかな話し様で言った。

「今日は宗次先生とチヨ殿の了承が得られれば、これより花子を我が西条家に連れて参り、自身の目で屋敷内の色色を見て貰ってはと思うております。お昼を一緒に摂ったあと、また私が此処までお送り致そうと思っているのですけれど……」

「花子のための色色な配慮。私からも御礼を申しやす。花子の目で八千石の大身旗本家の内を見ることは本人にとって大変な学びとなりやしょう。チヨさんに異存などある筈がござんせん。ひとつ、くれぐれも宜しく御願い申し上げやす」

「あのう……宗次先生」と、それまで黙っていた菊乃が、宗次と真っ直ぐに目を合わせた。

「はい？」

「宗次先生もご一緒に御出（おいで）いただくことを前提として、美雪様は申し上げているのでございまする」

「あ、それならば私（あっし）にも異存などあろう筈がござんせん。ご一緒させて戴きやしょう」

「よかったこと。お仕事でお忙しい毎日とは思いますが、宜しくお願い申し上げます」

菊乃は微笑んで丁重に頭をさげたあと、姿勢をチヨの方へと改めた。

「チヨ殿。お聞きの通り宗次先生もご一緒下さいます。どうか御心配など何一つなされませぬように」

「はい。それはもう……」

チヨは恐れ入ったように板の間に額をこすり付けて、平伏した。目の前にいるのは、当たり前なら話を交わすことなど出来ない、八千石大身旗本家のご息女なのだ。だが、屋根葺職人久平の女房であるチヨも**武田菱**を家紋とする武田一族の血を引いているらしいと判ってきた。つまり時代が時代なら、甲斐の武将の姫君であったかも知れないチヨなのだ。もっともそのような印象は今のところ皆無なチヨではある。

「それでは、さ、花子。そろそろ参りましょう」

菊乃が口調やさしく言って、花子を促すと、チヨが少し慌てた。

「あのう、着替えませんと……このままでは」

「なあにチヨさん。そのままでいい。普段着のそのままでいいのさ」

チヨの言葉を遮るようにして、即座に口を挟んだ宗次であった。

「では宗次先生も、三日前から着ているそのままで？」

チヨが真顔で言ったので、菊乃が思わず「まあ……」という表情をつくり、美雪が「ふふ……」と小さく漏らした。それまで片膝ついて畏まっていた二人の若い侍も、思わず笑みを見せる。

「おいチヨさん、三日前じゃあねえ。二日前からだよ。参ったな。戻ったら着替えっからよ。面倒かけるが、また洗っておくんない。さ、行きやしょうかい。見送りなどは止しねえよチヨさん」

宗次はそう言い残して、先に外へと出て長屋の門へと足を急がせた。柔和な表情ではあったが、それまでとは少し目つきが違っている。

「ちょいと日帰りで出かけやす」

井戸端に集まっている女房さんたちに、〝日帰り〟の部分を強めて告げ長屋の門から出る宗次だった。

鳶の女房キンが、「んもう……」といった顔つきで、宗次の背を軽く睨んでいる。皆、仲がいいのだ。何でも言い合える仲の良さが、この八軒長屋には満ちている。

だが、門の外へ出た宗次の目は、きつい光を放ち出し、四方に対して油断がなかった。

宗次に続いて、美雪たち五人が門の外へと現われた。美雪はにこやかに花子と手をつないでいた。花子の表情は、やや硬い。二人の直ぐ後ろには懐剣の柄を帯から覗かせた菊乃が続き、そのあとに二人の侍が従った。

一行から数間先を宗次は行った。今や宗次の多くについて知る美雪にとって、その後ろ姿ほど安心できるものはなかった。花子に語りかける表情がやさしく清清しい。

それでも、その直ぐ後ろに従う菊乃の目配りは厳しかった。普通ならば、護衛の供侍が二人だけというような状況で出歩けるような美雪ではない。婚家を出た身とはいえ、筆頭大番頭八千石の幕府重臣、西条山城守貞頼の姫君である。もっとも一行の背後を警衛する二人の侍は、若いが柳生新陰流の達者であって、西条山城守の信頼が厚い家臣なのだが。

今朝、美雪が八軒長屋を訪ねることについては、山城守はむろんのこと承知をしていた。もっとも、暗殺未遂事件の直後だけに、八名の供侍を従えることが承知の条件であったのだが、それを美雪が抑えたのだ。筆頭大番頭西条山城守の娘として、怯えているような外出の仕方を選びたくはない、と。

さすがの文武を極めたる山城守も、娘のこの言葉には、不安をこらえて頷くしかなかった。

明るい朝の日差しの中を行くにしたがって、それまでやや硬い表情であった花子の顔にも笑みが広がるようになっていた。つないでいる美雪の手の温もり、そして花子にも理解できる豊かな語り掛け、などが幼心を温めつつあったのだろう。

やがて町人街区を抜け旗本街区へと入ってゆくと、人の往き来が一気に少なくなった。菊乃の表情が一層のこと厳しくなり、二人の供侍の左手も然り気なくだが鯉口へと移っていた。

中堅の旗本屋敷から大邸宅が立ち並ぶ広い通りに入って最初の十字路で、右手方向を見た宗次の足が、ふっと止まった。物静かな、というか穏やかな止まり様だった。

後に続く一行の歩みも止まって、二人の供侍は用心深く辺りを見まわした。

全く人の往き来が絶えた大身旗本家が立ち並ぶ通りだった。この通りは、あと二町ばかり左へ緩く曲がるかたちで行くと、数千石の大身旗本家の巨邸（上屋敷）が連なる「旗本八万通」へとつながる。

菊乃が一行から離れ、急ぎ足で「あのう宗次先生……」と近付いていった。

「いやなに大丈夫。心配はござんせん。さ、参りやしょう」

「若しや、あの、誰ぞ怪し気な者でも……」

尚も菊乃が不安な表情で宗次に訊ねようとするのを、「菊乃、宗次先生が大丈夫と仰って下さっているのです。お戻りなさい」と、美雪が涼やかな口調でやわらかく窘めた。それは宗次の多くについて知っている美雪と、美雪ほどには宗次について知らぬ菊乃との不安の大きさの違いであった。

美雪に諭されて、「は、はい……」と菊乃が元の位置へと戻った。幼い花子の表情に、格別の変化はない。周囲を油断なく警戒するという大人たちの機微を理解するには、花子はまだ幼かった。

宗次は実は、十字路の右手の彼方に、御側衆七千石旗本だった本郷甲斐守清輝の「**上屋敷**」跡を認めていたのだった。〝跡〟とはいっても本郷家上屋敷は遠目にはいまだ姿かたちはそのままであった。

つい最近のこと宗次は、牛込御門そばの本郷家「**下屋敷**」跡を見ている。

これもまた、〝跡〟とはいっても矢張り姿かたちは近時のままではあったが、大屋根は雑草が目立って荒れ果て、白壁塗り（漆喰塗り）の土塀もところどころ傷みが激しく、削げ落ちて名家の「お家断絶」を容赦なく物語っていた。

その「お家断絶」が、宗次と深いかかわりがあったことは、いうまでもない。

また菊乃は本郷家の上屋敷や下屋敷の所在を知る立場にはなかった。それゆえ、先程の宗次の小さな様子の変化に対し、余計に不安を覚えたのだろう。

何事もなかったかのように歩みを進めながら、実は宗次は「はて？」という気持に見舞われていたのだ。かなり離れた其処、本郷家上屋敷跡に、コツンと微かに触れるものを覚えたのである。人の気配とも何とも名状し難いコツンであったが、剣客としての宗次の背すじに、ざわっとしたものが一瞬走っていた。

名家といわれてきた御側衆七千石旗本、本郷甲斐守清輝は、御側衆というその役目柄、城中においては「老中待遇」であった。つまり肩で風を切る存在だった。

この甲斐守清輝の嫡男清継（きよつぐ）は、幕府の信頼厚い名家の後継者にあることから、駿府城に本拠を構える幕府最強の隠密情報機関「**葵**」の筆頭与力（事実上の頭（かしら））を任され、江戸と駿府との間を忙しく往き来する立場だった。

宗次もその存在だけは知る「**葵**」は、神君家康公が創設した隠密情報機関であって、よく言われる忍びの組織ではない。

ひとりひとりが忍びわざを極めてはいても、決して微禄でも下級でもない一騎当千の武士によって構成されている影の情報集団だった。**その組織は家康公の遺訓によって、永久不滅のものとされている。**

こともあろうに。まさに、こともあろうに、であった。徳川幕府最強の隠密情報機関の「長」を預かっていた本郷清継が、美貌の美雪に激情を寄せる余りに、精神の安定を失って荒れ狂い、美雪をそっと見守る立場にあった宗次と真正面から激突したのである。いや、清継の方から宗次に挑みかかったのだった

(祥伝社文庫『夢剣 霞ざくら』)。

「つい昨日の出来事であったような……暗い思い出だ」

ぽつりとひとり呟いて、少し歩みを速める宗次だった。我知らず眉をひそめている。

本郷清継は激闘の末、宗次によって討ち倒され、清継の邪心を知って激怒した幕府は父親清輝に蟄居を申し渡し御側衆を解任した。直後に清輝は自害して果て、名門本郷家は消滅したのだった。

その後の「葵」がどうなったのか、宗次は知らなかったし関心もなかった。

いや、関心を抱かぬように努めてきた、と言った方が正しいのかも知れない。自分が「葵」のその後に関心を持ち続けることで、純真な美雪の心を苦しませることになると心配したのだ。

一行の進む通りが「旗本八万通」へとつながっていった。

宗次の胸の内側では先程、本郷家上屋敷跡に対して微かに感じたコツンとしたものが、まだ蠢（うごめ）いている。

（どうも気になる……あの微かな気配は一体（いってえ）何であったのか……）

宗次が後ろの一行に気付かれぬ程度に首をひねったとき、最後尾に付いていた西条家の近習役堺田勇之進が、その位置から離れるや脇差を鞘（さや）ごと抜いて宗次に駆け寄った。

一行の歩みが自（おの）ずから止まる。

「宗次先生……」

声を掛けられて「ん？」と振り向いた宗次に、堺田勇之進は脇差を差し出した。

「間（ま）もなく我が殿が襲われなされた場所に差しかかります。これをお持ちになって下さい」

「いや、それは堺田殿がお持ちになっていておくんなさい。脇差といえども御身から外すものではござんせん。悪者相手にいつなん時、大刀が折れねえとも限りやせんから」

「なれど先生……」

「私は大丈夫でござんす。心配いりやせん」

「はあ……」

それでも不安そうな様子の堺田勇之進に、美雪が穏やかに声を掛けた。

「勇之進、宗次先生の仰る通りに致しなさい」

宗次の圧倒的な剣技を承知している美雪であった。たとえ素手ではあっても並の者の素手とは全く違うことを美雪は心得ている。

「は、はい……」

美雪の言葉に対して、四の五の返せる訳がない堺田勇之進であった。

一行は再び歩み出した。菊乃も二人の若侍も緊張に見舞われていた。次の辻を過ぎて左へ鋭く曲がった先、其処が西条山城守の暗殺未遂現場であった。つまり一行には、間もなくの現場である其処が、道が鋭く左へ折れているために見えていなかった。見えていないことが、菊乃と二人の若侍の緊張を、一層のこと高めていた。それとは対照的なほど、美雪と花子との会話が随分となごやかにくだけている。

「まあ、では猪のお肉というのは、それほどに美味しいのですね」

「はい。一度食べたら、直ぐにまた欲しくなります」

ます、と花子が丁寧言葉を使っているではないか。チヨの教えなのであろうか。

「では、また食したいなあと思う頃に、必ずと言ってよいほど奥多摩からお祖父様が江戸へ訪れて下さるのですか」

「はい。来てくれます。兎の肉とか鹿の肉のときもあります。長屋の皆と少しずつ分け合って食べます」

「お祖父様は、お肉の他には何をお土産に持ってきて下さるの?」

「柿とか栗とか山ぶどうとか……うーん、よもぎ餅とかワラビとかゼンマイなども沢山です」

「とってもいいお祖父様ですね」

とっても、という美雪の表現が新鮮だった。

「はい、大好きです。今度、猪の肉が入ったら長屋へ来て一緒に食べて下さい」

「ふふふっ。そうですね。宗次先生と相談してから決めるように致しましょう」

花子に誘われて嬉しそうに目を細める美雪だった。

二人の会話はむろん、前を行く宗次の耳に届いてはいた。しかし西条山城守の暗殺未遂現場に近付きつつあったため、宗次は然り気なくだが目配りに注意をし、聴覚を鋭利にさせた。

道を左へ鋭く折れたところで一瞬ではあったが、宗次の歩みが「お……」と止まりかけた。

前方の暗殺未遂現場に数名の侍たちが通りを塞ぐかのように仁王立ちとなって、こちらを見ていたのだ。が、その中央あたりに、西条家の家老戸端元子郎の嫡男十四郎忠寛の姿があるのを、宗次は見逃さなかった。美雪の大和への旅で警護の頭を務めた念流の皆伝者である。

その忠寛が先ず丁重に腰を折り、ひと呼吸遅れて居並ぶ侍たちも揃って頭を下げた。

宗次は忠寛の前で立ち止まり、軽く腰を曲げた。

「お出迎え、ご苦労様でござんす。途中、何事もございやせんでした」

「心配いたしておりました。何よりでございます」

「今日は御殿様は御屋敷に？」

「登城が休みの日でございましたが、先程、ご老中堀田備中守正俊様より急なお召しがございまして、騎馬にて堀田様のお屋敷へ向かわれました」

「なんと……急なお召しで堀田様のお屋敷へでござんすか」

「はい。ただ単騎ではございません。手練七名を従え、また堀田様からも家臣六名が遣わされておりましてございます」

「その六名、間違いなく堀田家の家臣の方方でござんしたか」

「はい。六名のうち四名は私も、私の父も顔見知る者たちでございましたゆえ」

「そうですか……」

ひとまずホッと安堵した宗次だったが、老中堀田備中守との話が長引いて帰宅が日没後になると油断は出来ないと思った。

堀田自身も、大老酒井の宮将軍計画に真っ向から反対していることから、いつ暗殺されるか知れない立場なのだ。

また宗次の知る限り堀田家には、西条家で数えられるような剣術の達者は、いない筈だった。

「ま、ともかく先生、お屋敷の方へ……我が殿不在ではありまするが、今日はゆるりとお過ごし下され」

「恐れ入りやす」

宗次が頷き、出迎えの西条家家臣たちの半数が、一行の後尾へと小駆けに張り付いた。

花子の手を菊乃に預けた美雪が前を歩む宗次との間を詰め、宗次にそっと肩を並べた。

「ご老中堀田様からの急なお呼び出しとは先生……一体何事でございましょ

う。心配いたします」

小声で宗次に語りかける美雪であった。

「堀田様が目下、非常に大きな問題を抱えて苦しんでいらっしゃいやすことについては、美雪様はご存知ですかえ」

「はい。父からほんの少しではありますけれど話がございました。それよりも京都所司代の兄から重要扱いの所司代飛脚が参り詳細に知らされてございます。このことについては宗次先生以外には決して打ち明けても相談を持ち掛けてもならぬと、記されてもございました」

「その兄様よりの書状は、どうなさいやした」

「読んだあとは焼却するように、とありましたゆえ、その通りに致しました。父へは兄からのこの書状については未だ打ち明けてはおりませぬ」

「お父上はご自分の身はご自分で守れる力を備えていらっしゃいやす。それに、幸いなことに西条家の家臣には剣術の達者が少なくない。むしろ心配なのは、ご老中堀田備中守様の方でござんすよ」

「大きな争いごとになるのでございましょうか」

「すでに、なっておりやす。が、ご安心致しなせえ。お父上に対してはこの私が誰にも手出しはさせやせん……いや、と言うよりも、お父上に対しては、余程に高位の者であっても容易には手出しできないものでござんす」

二人の、辺りを憚る小声は続いていた。

「どうしてでございますの？」

「筆頭大番頭であるお父上の下には、直参の武官集団である**番方五番勢力**二千数百名の存在がありやす。この存在を無視してお父上に挑みかかるには相当の勇気が要りやしょう」

「その父でございますのに、先日大勢の不審の者に刃を向けられましてございます。宗次先生のお助けがなければ、父はどうなっていたことでございましょう」

「あの連中の素姓は早早に判りやしょう。いまごろ連中は、お父上に刃を向けたことを、少し急ぎ過ぎた、あるいは焦り過ぎたと、気付いているやも知れやせん。いま危急に備えた警護が必要なのは、堀田様の方だと私は考えておりやす」

「先生、美雪は恐ろしくてなりませぬ。この江戸が大乱の炎に包まれてしまうのではないかと……」

「なあに、そうはさせやせん」

宗次は穏やかに言った。己れに向かって告げたのであった。後水尾上皇の悲願を受けて、京を大乱の炎から護るため、嵯峨飛天流の大剣客斜野小路能師を激闘の末に討ち果たしたときの光景が、ふっと宗次の脳裏に甦って消えた（祥伝社文庫『皇帝の剣』）。

二十六

その日の夕刻のことであった。式部蔵人光芳は、己れが討ち倒さねばならぬ相手を求めて具体的な行動を取る前に先ず、品川の御殿山下に在る夢伝心眼流の大道場へ、第二代宗家であり恩師でもある木下夢鉄斎を訪ねていた。すでに夢伝心眼流最高師範皆伝を授与されている蔵人は、独り身を貫いて研鑽に打ち込んできた夢鉄斎の身に万が一のことがあると、三代目として宗家を継ぐことになっている。そのため蔵人は夢鉄斎の弟子でありながら〝子〟でもある立場から、何事によらず打ち明けて教えを受けることを大事としてきた。

蔵人から、大老酒井家の三番位江戸家老坂脇修右衛門忠安(さかわきしゅうえもんただやす)が放った「厳命」を聞かされた夢鉄斎は、眉間に深い皺を刻んで「う、うむ……」と腕組をした。閉じた口を不快そうにへの字に結んでいる。

暫くの間無言を通した夢鉄斎が、やがてポツリと口を開いて目を光らせた。

「ご大老酒井家の江戸家老次席の立場にあられる橋森雄之介(はしもりゆうのすけ)殿とは親しくさせて戴いておるが、坂脇殿とは全く付き合いがなく、ときどき噂が耳に入ってくる程度でな」

「どのような噂でございましょうか。差し支えなければ、お聞かせ下さいませぬか先生」

「善悪とかの噂ではない。決断力にすぐれたご性格とかで、そのため独断専行に走りやすいとかの噂が耳に入ってきたことがある」

見事に当たっている、と蔵人は感じた。

「それにしても、其方(そなた)の今の話……」

夢鉄斎はそこで言葉を切ると、口の奥の方でチッと小さく舌を打ち鳴らした。夢鉄斎ほどの剣客が、いまいまし気であった。

「其方（そなた）が坂脇修右衛門殿から厳命を申し渡されるのは致し方ないとしても、夢伝心眼流同門の貫鬼四郎五郎高房ほどの手練が、幕府の奥深くに隠された恐ろしい集団の頭（かしら）に就いているとはのう。この夢鉄斎は貫鬼四郎五郎に対し血雨降らせる暗殺のための剣術を伝授した覚えはない。はてさて世も末じゃて」

「四郎五郎が『白夜』なる隠密情報集団の長（おさ）に就いていること、先生は今日（こんにち）までご存知ありませんでしたか」

「うむ、知らなんだ。其方（そなた）の話を聞いて知り驚いておるのじゃ。あれは免許皆伝を受けてから、さっぱり道場に姿を見せなくなったゆえ、もう随分と長いこと往き来が絶えたままになっておる。儂（わし）はいちいち誰彼にそのことを愚痴（ぐち）るようなことは致しておらぬからのう……」

「左様でございましたか。私も己れのお役目に没頭する余り、その点については全く承知致しておりませんでした。申し訳ございませぬ」

「何も其方（そなた）が儂に謝ることはない。ところで其方（そなた）と四郎五郎との仲はどうなのじゃ。良いのか」

「良い悪いを申し上げ難い間柄でございます。強いて申さば四郎五郎は幕府の隠密情報集団を統率する**官僚の立場**でございまするし、私は大老酒井家の家臣と肩を並べております**食客(しょっかく)の立場**に過ぎませぬ」

「四郎五郎が統率するその『白夜』なる組織じゃが、突如として一年ほど前よりその名を聞くようになった気がするのじゃ。組織を構成しておるのは、いわゆる伊賀あるいは甲賀などの忍(しの)びの者たちかな」

「そうではありませぬ。単なる忍びの集団とは全く戦略的能力とでも申すものが異なっております。また、この組織はまさに一年ほど前より江戸城内にて日の当たる組織となりましてございまする。ご大老酒井様の強大な力により江戸城内深くに位置付けされた組織であり、指揮権につきましても酒井様が一手に握っておられ、その権限を酒井家三番位江戸家老坂脇様が代行なさっていらっしゃいます」

「剣術ひとすじの儂(わし)には、政治(まつりごと)は解らぬし関心もない。ただ、夢伝心眼流皆伝の貫鬼が『白夜』の長(おさ)となっていることは真(まこと)に不愉快じゃ」

「ただ先生。四郎五郎はその性格を判定された上で幕府秘蔵の組織の首領に抜擢されたのであると私は見ております。その意味においては、本人が積極的に望んだ地位では決してなく……」

「そうであろうとは理解している積もりじゃよ蔵人。寛文三年（一六六三）に九十を超える高齢で亡くなった甲州流兵法学の開祖であり小野派一刀流皆伝の剣客でもあった小幡勘兵衛景憲の兵学塾は、北条安房守氏長（北条流兵学）、山鹿素行（山鹿流兵学）、奥田玄賢（一統流兵学）などすぐれた多彩な兵学者を生み……」

「はい、門下生の数、二千とも二千五百とも伝えられました。また甲州流兵法学は明らかに徳川幕府の兵制の基本でもあり、その中にあって……」

「うむ。貫鬼四郎五郎高房の、亡き祖父も父親も徳川に忠実なる者であり、小幡勘兵衛が自分の後継者とまで口にした程の英才だった。これは間違いのない事実だ」

「しかも四郎五郎の亡き母親は確か、甲州流忍法の頭領として武田氏に仕えたことで知られる井浦対馬守盛清（天文十五年・一五四六〜元和九年・一六二三）の血を引いているとの噂がございます」

「儂もその噂なら耳にしたことはある」

「それほどの血すじに恵まれた夢伝心眼流剣客の四郎五郎が、三百石旗本の立場で、熟っと息を殺して己れの出番を待っていたのです。その四郎五郎に幕府は、いや、ご大老酒井様が白羽の矢を立てられたということです」

「そこまで聞くと、おい、蔵人よ、何となく正体が見えて参った。若しや酒井様の権力下に置かれた単なる忍びの集団ではない『白夜』とかは、実は神君家康公が徳川幕府を開いた直後に、目立たぬよう駿府城内に創りなされたことで知られる隠密情報機関『葵』ではないのか」

「仰る通りです先生。その『葵』をご大老酒井様は、有無を言わせず江戸城内、つまりご自分の権力の身近に配置なされたのです」

「酒井様の政治手腕というのは、それほどの事が出来るのか。それほど凄まじい権限を有しているのか。それだと、神君家康公が創設なされた秘密なる組織を、私物化なされたことと同じではないか」

「先生、それは大きな声では申されませぬ。将軍家綱様は目下ご体調すぐれず、そのため酒井様の政治権力は幕府の隅隅にまで罷り通ってございます」

「う、うむ……」

「先生と同様、剣ひとすじの私にも、政治のことは余りよくは解りませぬ。ただ、政治権力には、**罷り通る**、という強烈なかたちがあることについては、不快に承知致しております」

「それにしてもじゃ蔵人よ。『葵』を構成する者たちは皆誇り高い連中であろうに、酒井様の強引な『白夜』化の決定に反発しなかったのか？」

「出来なかったのではありますまいか」

「どういうことかね？」

「それまで『葵』の頭領であった本郷清継様が突如として姿を消され、その直後に清継様の父君である御側衆七千石旗本、本郷甲斐守清輝様のお家は取り潰されましてございまする」

「な、なんと。そのようなことが大きな噂になることもなく生じていたのか。御側衆本郷家と申せば大変な名門ではないか。一体何事があったのじゃ」

「判りませぬ。また、この件について近付き過ぎてはならぬ雰囲気がございます。下手に近付き過ぎれば、とてつもなく大きな力が動き出しそうな……」

「あきれたことじゃ。政治とは恐ろしいのう。儂のような者でも、背すじに寒気が走りよる。其方も充分に気を付けることじゃ。立派な道場屋敷を得ている今の恵まれた生活を失うてはならぬ。心やさしい母君のためには其方は、上位にある指示命令者に忠実である方がよい」

「私もそのように考えております。とくに苦痛を覚える毎日ではございませぬゆえ」

「そうか。それならば結構じゃ。ご大老酒井様の政治手腕がどのようなかたち、またどのような動きを選択しようが、剣客式部蔵人光芳は軽軽しく己れの思想で反発してはならぬ。己れの思想は確りと抑えておけ。よいな」

「はい。お約束いたします」

蔵人は無論のことその積もりであったから、深深と頷いてみせた。矢張り恩師との会話を求めて訪ねてきたことは正しかった、と満足でもあった。

「久し振りによく話したのう蔵人。今から難しい話は忘れて盃を交わすとするか。外は暗くなってきた。今夜は泊まってゆけ。ゆっくりと呑もうぞ」

「いえ、先生。母が心配いたしますので、少し遅くなっても帰らせて戴きます」

蔵人が申し訳なさそうに言うと、夢鉄斎は「そうか……」と苦笑した。

二十七

ちょうど同じ頃、夢鉄斎と蔵人の話題の中にあった貫鬼(つらぬき)四郎五郎高房は、江戸城大手門そばに在る大老酒井家の宏壮な邸宅(上屋敷)の、表御門を険しい顔つきで潜ったところであった。爛爛(らんらん)たる目つきである。

家康公創設の「葵」が大老酒井の強権でその姿を「白夜」と化した隠密情報機関。その頭領(かしら)の地位に就いている四郎五郎は、酒井邸内においては「表側御殿」(執政御殿(しっせいごてん))内である限り、「自由に御免」の勢いを有していた。なにしろ大老酒井が白羽の矢を立てて重職に任命した四郎五郎だ。三百石の〝旗本禄〟の他に御役手当(頭領手当)として千石を支給されているため、今や合わせて千三百石の大身旗本並である。もっとも頭領たる御役目を去れば、当然のこと千石の御役手当は失う。

四郎五郎は、藩士たちが慌て気味に廊下の端へ寄って畏まる中を、大番所、伺候の間、記録所の前を通り過ぎて、詰書院の前で立ち止まった。詰書院内には独立した三部屋が設けられており、奥より広い順に首席江戸家老、次席江戸家老、三番位江戸家老の執政詰所となっていた。

各家老とも重要な密議が少なくないことから、三部屋の間は襖仕切りではなく確りとした板壁仕切りである。

四郎五郎は三番位家老の詰所の障子に向かって姿勢正しく正座をすると、

「貫鬼でございまする。遅くなり申し訳ございませぬ」と、小声を掛けた。

「入りなさい」と、すぐさま障子の向こうから、やはり抑え調子の返答があった。

「失礼いたしまする」

四郎五郎は静かに障子を開けると、丁重に平伏してから、するりと座敷内へ体を移し、そっと障子を閉じた。

「思いのほか手間取りましてございまする」

床の間を背にして座っているこの詰所の主人、坂脇修右衛門と向き合って軽く頭を下げた四郎五郎の最初の言葉が、それであった。

「左様か。やはりのう」

四郎五郎の言葉を予想していたかのように坂脇修右衛門はこっくりと頷いた。

「取り敢えず上席者二十五名と下位の者たちの任務と生活に必要なる物は運び終えましてございます。ただ栄耀栄華を誇り肩で風を切っておられました本郷甲斐守様のお屋敷も、主人を失って今や内外ともに荒れ放題。畳には黴が生え壁にはシミが広がるなど、ひどい傷みようでございまする」

「お家が取り潰されるとは恐ろしいものよのう。ともかく、もと本郷家上屋敷は、隠密情報機関『白夜』の執務屋敷と決まったのじゃ。必要なる修理修繕は金が幾らかかってもよいゆえ素早く済ませるがよい。但し工事は目立たぬようにじゃ。目立たぬようにな。よいな」

「心得ましてございまする」

「ともかく、あの広さの屋敷じゃ。武芸の厳しい日常的訓練には、いささかの不便もあるまい」

「充分すぎるほど充分でございまする。駿府城時代に比べて、格段に恵まれた環境であると配下の者たちも申しております」

「そうか、それならばよい。駿府城時代をなつかしむ余り、謀叛の者が出ては困る。それについては絶対に注意を怠ってはならぬぞ」

「その心配は全くございませぬ。拠点を江戸に移しての任務は皆も望むところであったようで一段と結束は強まっておりまする」

「うむ。結構なことじゃ。ところで素姓の知れぬ〝不埒なる奴〟に組織の下位の者が倒されたことで、これからの任務に不安はないか」

「ありませぬ。上席の者二十五人衆は無傷でございまするので、下位の者へ今以上に新手を補充する必要はございませぬ。むしろ下位の者が増え過ぎまする と、その指導管理などで上席の者の自由の幅が削がれたり致しまする」

「なるほど、判った。指揮下の要員の数については、其方の意見を尊重する。ともかく、素姓の知れぬ〝不埒なる奴〟は早く見つけて消さねばならぬ」

「ところが式部蔵人の動きがもうひとつ迅速さに欠けておりまする」

「なにっ、それはどういう意味じゃ」

「式部蔵人を手伝わせる者として、前田斬次郎、横者強之介の手練上席の者二名を待機させておりまするが、急ぎ動いて貰わねばならぬ蔵人からの接触も連絡も、今のところ皆無でございまする」

「なんと、それはいかぬ。蔵人は一体何を致しておるのじゃ。小さな遅れがこの酒井家の命取りとなる。蔵人ほどの剣客に、それが判らぬのか」

「ご家老に一度、お訊きしたいと思うておりましたことがございます」

「何じゃ……申してみい」

「蔵人と私はご存知のように夢伝心眼流の同門であり、品川の宗家道場で共に長く研鑽して参った間柄でございまする。ただ、道場を離れますると個人的な付き合いがあった訳ではございませぬ。私には幼少年時代より付き合うて参りました旗本仲間が幾人もおりまするゆえ、蔵人をいわゆる〝友〟と意識したことはございません。また、〝友〟としたいとも思いませんでした」

「何を言いたいのじゃ。言葉を飾らずに率直に申せ」

「ご家老……私は式部蔵人光芳について、よくは知りませぬ。蔵人とは一体何者でございまするか」

「なにいっ」

それまで穏やかだった坂脇修右衛門の目が凄みをみせてギラリと光った。

四郎五郎ほどの者が思わず怯んだ。

「わ、私は蔵人がこの酒井家で非常に大切に扱われ過ぎているように見え、不思議でなりませぬ。ど、どうか式部蔵人光芳とは一体何者なのか。その素姓についてお教え下さりませ。道場での研鑽時代には全く気にならなかったことが、『白夜』という隠密情報機関を預かるようになって以降、気になって仕方がありませぬ」

「馬鹿者めが。蔵人が何者であるかなど、其方などには関係ないことじゃ。出過ぎた事に関心を抱くな。其方は配下の者の一人一人についてその素姓を具に存じておるのか。また知らねばならぬと思うておるのか。答えてみい」

「い、いいえ。知りませぬ。配下の者ひとりひとりではなく、組織という隠密情報集団を管理統率して行動のかたちを精緻に指揮し任務を果たすことだけに集中せよ、とご大老より厳命を戴きまして以来、そのように心がけておりますれば」

「蔵人に関しても同様じゃ。誰が何処の生まれのどのような素姓の人物か、などは其方ごとき三百石旗本などには関係のないことじゃ。統率者が〝人の部分〟に関心を強く抱き過ぎれば、組織にたちまち歪みが生じよう。そのような統率者は要らぬ。今ここで役職を辞するか四郎五郎よ。返答せい。どうじゃ」

「め、めっそうもございませぬ。ど、どうかお許し下され」

　予想もしていなかった坂脇修右衛門の怒りに、震えあがった四郎五郎は青ざめて平伏した。

「判ればよい。其方ごときは、『葵』、いや『白夜』という隠密情報集団の長として黙黙と忠実に働けばよいのじゃ。ゆめゆめ思いあがるでない。よいか」

「は、はい。お約束申し上げます」

「命じたことに対する蔵人の動きが迅速でないことについては、直ちに手を打たねばならぬ。お玉ヶ池にある蔵人の道場屋敷へ、其方が選んだ前田斬次郎、横者強之介の二名を一刻も早く差し向けよ。今宵の内にもじゃ」

「承知致しました」

「前田、横者の両名に強く命じておけい。五日以内に〝不埒なる奴〟を見つけて息の根を止めるよう、蔵人に圧力を掛けよとな」

「畏まりましてございまする」

「若し蔵人が道場屋敷を留守にしていたならば、道場なり客間なりへ通して貰うてでも蔵人の帰りを待つようにさせよ」

「そのように致しまする」

「行けっ。急ぐのじゃ。五日以内に息の根を止めるのじゃ」

「はっ。それでは……」

四郎五郎が強張った顔で座敷から辞そうとすると、「待てっ」と坂脇修右衛門の右手が少し上がった。

「ご老中堀田備中守じゃがな四郎五郎よ。我が殿（大老酒井）のためにも天下のためにも早く消えて貰わねばならぬ。三日以内……三日以内じゃ。其方が自らの手で密かに天誅を下せい。よいか、其方が自らの手でじゃ」

「確かにお引き受け致しましてございまする」

「うむ、よき返答じゃ。行けっ」

「はい」

四郎五郎が部屋の外へと退がって音もなく障子が閉まると、坂脇はそれまでの表情を緩めて腕組をした。

「う、う、う、胃の腑が疼（うず）きよる」

呻くように呟いて、大きな溜息を一つ吐く坂脇であった。

四郎五郎の表御門を出るときの様子は、来た時の肩で風を切るが如きの雰囲気を失っていた。なぜ坂脇が、不意にとも取れる怒りを覗かせたのか、理解に苦しむほかない四郎五郎であった。それまでは「貫鬼、貫鬼……」と目を掛けてくれていた、と思っていたのにである。とくに胸を殴られたような衝撃を覚えたのは、「……其方（そなた）ごとき三百石旗本などには……」と、馬鹿にされたような言葉を浴びせかけられたことだった。

「くそっ、直参旗本のこの俺に対して、よくも……」

呟いてギリッと歯を嚙み鳴らした四郎五郎であった。四郎五郎は知っていた。旗本を今まで通り**将軍直参**旗本と見るか、あるいは**幕府直参**旗本と捉えるか、という妙な論議が大老を頂点に据えた老中会議で生じているらしいことを。

今世において、徳川将軍**直属の家臣**に位置付けられている大名・旗本・御家人のうち、知行高一万石以下で将軍に謁見できる**「御目見」以上**の家格の者を旗本と称した。実際には御目見以下の微禄旗本もいるにはいたが、それら旗本の全てと「御目見」以下の家格でしかない御家人とを併せて直参（または幕臣）と称した。

（将軍直参旗本の数を減らす目的で、幕府直参という逃げ道をつくる積もりなのか。それとも将軍直参旗本の存在そのものを失くして将軍家を無力化し、大老・老中が自由自在に手足の如く使える幕府直属団を新設する肚なのか……）

胸の内で呟く四郎五郎の足は、活動拠点として新たに定められた旧本郷邸へと速まっていた。

（それにしてもご大老酒井様は、何という凄まじい権力を握っておられることか……）

そう思いながらも四郎五郎は、幕臣の最右翼に位置して睨みを利かせている筆頭大番頭八千石、西条山城守は大人しく黙ってはいまい、と不安を膨らませた。この江戸が大乱に包まれて炎の海となることなど、四郎五郎とて望んではいなかった。「白夜」の長として、活動拠点（旧本郷邸）に詰める責任を持つ三十六歳の四郎五郎であったが、牛込御門外の三百五十坪の屋敷には妻と二人の子がおり、幾日かに一度は様子を伺いに帰っている。その家族の平穏な生活のためにも、この江戸に大乱が生じてはならないと強く願っていた。そのためには、倒すべき相手は早く倒さねばならない、と下唇を強く噛んだ四郎五郎であった。

（下巻につづく）

「門田泰明時代劇場」刊行リスト

ひぐらし武士道
『大江戸剣花帳』（上・下）
徳間文庫　平成十六年十月
光文社文庫　平成二十四年十一月
徳間文庫（新装版）　令和二年一月

ぜえろく武士道覚書
『斬りて候』（上・下）
光文社文庫　平成十七年十二月
徳間文庫　令和二年十一月

ぜえろく武士道覚書
『一閃なり』（上）
光文社文庫　平成十九年五月

ぜえろく武士道覚書
『一閃なり』（下）
光文社文庫　平成二十年五月
徳間文庫　令和三年五月
（上・中・下三巻に再編集して刊行）

浮世絵宗次日月抄
『命賭け候』
徳間書店　平成二十年二月
徳間文庫　平成二十一年三月
祥伝社文庫　平成二十七年十一月
（加筆修正等を施し、特別書下ろし作品を収録して『特別改訂版』として刊行）

ぜえろく武士道覚書
『討ちて候』（上・下）
祥伝社文庫　平成二十二年五月
徳間文庫　令和三年七月

浮世絵宗次日月抄
『冗談じゃねえや』
徳間文庫　平成二十二年十一月
光文社文庫　平成二十六年十二月
（加筆修正等を施し、特別書下ろし作品を収録して『特別改訂版』として刊行）
祥伝社文庫　令和三年十二月
（上・下二巻に再編集して『新刻改訂版』として刊行）

浮世絵宗次日月抄
『任せなせえ』　光文社文庫　平成二十三年六月
祥伝社文庫　令和四年二月
（上・下二巻に再編集し、特別書下ろし作品を収録して『新刻改訂版』として刊行）

浮世絵宗次日月抄
『秘剣 双ツ竜』　祥伝社文庫　平成二十四年四月

浮世絵宗次日月抄
『奥傳 夢千鳥』　光文社文庫　平成二十四年六月
祥伝社文庫　令和四年四月
（上・下二巻に再編集して『新刻改訂版』として刊行）

浮世絵宗次日月抄
『半斬ノ蝶』（上）　祥伝社文庫　平成二十五年三月

浮世絵宗次日月抄
『半斬ノ蝶』（下）　祥伝社文庫　平成二十五年十月

浮世絵宗次日月抄
『夢剣 霞ざくら』　光文社文庫　平成二十五年九月
祥伝社文庫　令和四年六月
（上・下二巻に再編集して『新刻改訂版』として刊行）

拵屋銀次郎半畳記
『無外流 雷がえし』（上）　徳間文庫　平成二十五年十一月

拵屋銀次郎半畳記
『無外流 雷がえし』（下）　徳間文庫　平成二十六年三月

浮世絵宗次日月抄
『汝 薫るが如し』　光文社文庫　平成二十六年十二月
祥伝社文庫　令和四年八月
（上・下二巻に再編集して『新刻改訂版』として刊行）

浮世絵宗次日月抄
『皇帝の剣』（上・下）　祥伝社文庫　平成二十七年十一月
（特別書下ろし作品を収録）

拵屋銀次郎半畳記
『侠客』（一）　徳間文庫　平成二十九年一月

浮世絵宗次日月抄
『天華の剣』（上・下）　光文社文庫　平成二十九年二月
祥伝社文庫　令和四年十月
（加筆修正を施し、『新刻改訂版』として刊行）

拵屋銀次郎半畳記
『侠客』（二）　徳間文庫　平成二十九年六月

拵屋銀次郎半畳記
『侠客』（三）　徳間文庫　平成三十年一月

浮世絵宗次日月抄
『汝よさらば』（一）　祥伝社文庫　平成三十年三月

拵屋銀次郎半畳記
『侠客』（四）　徳間文庫　平成三十年八月

浮世絵宗次日月抄
『汝よさらば』（二）　祥伝社文庫　平成三十一年三月

本書は平成二十九年に光文社より刊行された『天華の剣（上）浮世絵宗次日月抄』を再編集し、著者が刊行に際し加筆修正したものです。

天華の剣（上）

一〇〇字書評

切り取り線

購買動機（新聞、雑誌名を記入するか、あるいは○をつけてください）	
□（　　　　　　　　　　）の広告を見て	
□（　　　　　　　　　　）の書評を見て	
□ 知人のすすめで	□ タイトルに惹かれて
□ カバーが良かったから	□ 内容が面白そうだから
□ 好きな作家だから	□ 好きな分野の本だから

・最近、最も感銘を受けた作品名をお書き下さい

・あなたのお好きな作家名をお書き下さい

・その他、ご要望がありましたらお書き下さい

住所	〒				
氏名		職業		年齢	
Eメール	※携帯には配信できません	新刊情報等のメール配信を 希望する・しない			

この本の感想を、編集部までお寄せいただけたらありがたく存じます。今後の企画の参考にさせていただきます。Eメールでも結構です。

いただいた「一〇〇字書評」は、新聞・雑誌等に紹介させていただくことがあります。その場合はお礼として特製図書カードを差し上げます。

前ページの原稿用紙に書評をお書きの上、切り取り、左記までお送り下さい。宛先の住所は不要です。

なお、ご記入いただいたお名前、ご住所等は、書評紹介の事前了解、謝礼のお届けのためだけに利用し、そのほかの目的のために利用することはありません。

〒一〇一・八七〇一
祥伝社文庫編集長 清水寿明
電話 〇三（三二六五）二〇八〇

祥伝社ホームページの「ブックレビュー」からも、書き込めます。
www.shodensha.co.jp/bookreview

祥伝社文庫

天華の剣（上）　新刻改訂版　浮世絵宗次日月抄

令和 4 年10月20日　初版第 1 刷発行

著　者　門田泰明

発行者　辻　浩明

発行所　祥伝社

東京都千代田区神田神保町 3-3

〒 101-8701

電話　03（3265）2081（販売部）

電話　03（3265）2080（編集部）

電話　03（3265）3622（業務部）

www.shodensha.co.jp

印刷所　萩原印刷

製本所　ナショナル製本

カバーフォーマットデザイン　かとうみつひこ

Printed in Japan ©2022, Yasuaki Kadota　ISBN978-4-396-34851-9 C0193